Sobre os ossos dos mortos

Olga Tokarczuk

Sobre os ossos dos mortos

tradução
Olga Bagińska-Shinzato

todavia

A Zbyszek e Ágata

1.
E agora prestem atenção!

Outrora dócil, e em perigosa senda,
O justo seguiu seu curso ao longo
Do vale da morte.

Com a minha idade e nas minhas condições atuais, deveria sempre lavar bem os pés antes de dormir, caso uma ambulância precise vir me buscar à noite.

Se tivesse examinado nas Efemérides o que acontecia no céu naquela noite, nem me deitaria para dormir. Entretanto, caí num sono muito profundo; recorri ao chá de lúpulo e tomei ainda dois comprimidos de valeriana. Por isso, quando fui acordada no meio da noite pelo som — violento, excessivo, e por isso agourento — de alguém batendo na minha porta, não consegui me recompor. Levantei às pressas e fiquei em pé junto da cama, vacilando, pois o corpo sonolento, trêmulo, não conseguia dar o salto da inocência do sono para a vigília. Desfaleci e cambaleei, como se estivesse prestes a perder a consciência. Isso tem me acontecido ultimamente, e está relacionado com as minhas moléstias. Precisei me sentar e repetir algumas vezes para mim mesma: estou em casa, é noite, alguém está batendo na porta, e só então é que consegui controlar os nervos. Enquanto procurava os chinelos no escuro, podia ouvir que aquele que tinha batido agora circundava a casa, murmurando. No térreo, na caixa do relógio de luz, guardo gás de pimenta que ganhei de Dionísio por causa dos caçadores ilegais. Foi justamente nele que pensei agora. Consegui achar na escuridão o formato frio e familiar do aerossol e, assim armada, acendi a luz do lado de fora. Olhava para o alpendre pela janela lateral.

A neve rangeu e apareceu no meu campo de visão o vizinho que costumo chamar de Esquisito. Estava enrolado numa velha samarra, com a qual às vezes o via quando trabalhava do lado de fora de casa. Debaixo dela podia ver seu pijama listrado e suas botas pesadas para caminhar nas montanhas.

— Abra — disse.

Com um espanto evidente olhou para o meu terno de linho (durmo vestida com as peças que o Professor e sua esposa quiseram jogar fora no verão, e que me lembram da moda antiga e da minha juventude. Assim, combino o útil com o sentimental) e entrou sem pedir licença.

— Vista-se, por favor. Pé Grande morreu.

Por um instante perdi a fala e, em silêncio, calcei as botas de cano alto e vesti o primeiro casaco de frio que encontrei no cabideiro. Lá fora, a neve, na mancha de luz jogada pelo abajur no alpendre, virava uma ducha vagarosa e sonolenta. Esquisito estava do meu lado, calado, alto, esbelto e ossudo como uma silhueta esboçada com alguns riscos a lápis. A neve caía do seu corpo ao mínimo movimento, como se fosse um cavaquinho polvilhado com açúcar de confeiteiro.

— Como assim "está morto"? — perguntei, por fim, ao abrir a porta, com a garganta apertada, mas ele não me respondeu.

De modo geral, ele fala pouco. Deve ter Mercúrio num signo silencioso, acho que em Capricórnio ou em conjunção, quadratura, ou talvez em oposição a Saturno. Podia ser, também, um Mercúrio retrógrado — que, nesse caso, acarretava discrição.

Saímos de casa e, imediatamente, nos envolveu esse ar muito familiar — frio e úmido — que nos relembra todos os invernos que o mundo não fora criado para a humanidade, e durante pelo menos a metade do ano nos demonstra a sua hostilidade. O frio atacou brutalmente as nossas bochechas, e emergiram nuvens brancas de vapor de nossas bocas. A luz no alpendre se apagou automaticamente e caminhamos pela neve crepitante na escuridão completa, a não ser pela lanterna de cabeça de Esquisito que penetrava as trevas num único ponto oscilante logo à sua frente. Eu andava na penumbra, saltitando às suas costas.

— Não tem lanterna? — perguntou.

Claro que tinha, mas conseguiria achá-la apenas de manhã, à luz do dia. Com as lanternas é sempre assim: são visíveis só durante o dia.

A casa de Pé Grande ficava um pouco afastada, acima das demais. Era uma das poucas habitadas durante o ano inteiro. Apenas ele, Esquisito e eu vivíamos aqui sem temer o inverno; os outros moradores fechavam a casa já em outubro; esvaziavam os canos de água e voltavam para a cidade.

Desviamos então levemente da estrada, desobstruída, que passa pelo nosso vilarejo e se ramifica em trilhas que levam às respectivas casas. Um caminho pela neve profunda, tão estreito que nos obrigava a pisar colocando um pé atrás do outro, alternadamente, enquanto tentávamos manter o equilíbrio, nos guiava até Pé Grande.

— Não vai ser uma imagem nada agradável — avisou Esquisito, virando-se para mim e, por um átimo, me cegando completamente.

Não esperava nada de diferente. Silenciou por um instante e, em seguida, disse, como se quisesse se desculpar:

— Fiquei preocupado com a luz acesa na cozinha e o latido desesperado da cadela. Você não ouviu nada?

Não, não ouvi. Estava dormindo, entorpecida pelo lúpulo e pela valeriana.

— Onde ela está agora, essa cadela?

— Levei embora, está na minha casa. Eu a alimentei e ela pareceu se acalmar.

Mais um instante de silêncio.

— Ele sempre ia dormir cedo e apagava as luzes para economizar, e dessa vez a luz ficou acesa o tempo todo. Uma faixa brilhante de luz sobre a neve, visível da janela do meu quarto.

Foi por isso que decidi ir até lá. Pensei que ele poderia estar bêbado, ou que estivesse implicando com o cão, para que latisse daquele jeito.

Passamos por um estábulo arruinado e, logo em seguida, a lanterna de Esquisito caçou na escuridão dois pares de olhos reluzentes, esverdeados, fluorescentes.

— Olha só, corças — eu disse num sussurro excitado e agarrei a manga de sua samarra. — Chegaram muito perto da casa. Não têm medo?

As corças estavam com as patas imersas na neve até a altura da barriga. Olhavam para nós com calma, como se as tivéssemos apanhado no meio de um ritual cujo sentido não conseguimos entender. Estava escuro, portanto não sabia reconhecer se eram as mesmas jovens que vieram da República Tcheca no outono. Ou será que eram outras, novas? E por que, essencialmente, havia apenas duas? Aquelas eram no mínimo quatro.

— Voltem para casa — eu disse, espantando-as com as mãos. Estremeceram, mas não se moveram. Elas calmamente nos acompanharam com o olhar até a porta. Senti calafrios.

Enquanto isso, Esquisito limpava os sapatos, batendo os pés contra o solo diante da porta de uma casa descuidada. As pequenas janelas haviam sido calafetadas com papéis de vedação e plástico. Feltro betumado cobria as portas de madeira.

Pedaços de lenha de diversos tamanhos recobriam as paredes do vestíbulo. Era, de fato, um interior desagradável, sujo e descuidado. Sentia-se o cheiro de mofo, madeira e terra — molhada e voraz. O odor de fumaça, de longa data, envolveu as paredes com uma camada de gordura.

A porta da cozinha estava entreaberta. Assim, de imediato avistei o corpo de Pé Grande prostrado no chão. Meu olhar roçou nele fugazmente, para logo recuar. Demorou um bocado antes que eu conseguisse olhar para lá outra vez. Era uma cena horrível.

Estava deitado, retorcido numa posição estranha, com as mãos junto do pescoço como se quisesse afrouxar a gola apertada. Ia me aproximando aos poucos, como que hipnotizada. Vi os seus olhos abertos fixados em algum ponto debaixo da mesa. A camiseta suja estava rasgada na altura da garganta. Parecia que o seu corpo tinha travado uma luta consigo mesmo, foi derrotado e se entregou. Fiquei com frio de tanto horror, meu sangue gelou nas veias e senti como se tivesse cedido para o próprio fundo do meu corpo. Ainda ontem havia visto esse corpo vivo.

— Meu Deus — balbuciei. — O que aconteceu?

Esquisito deu de ombros.

— Não consigo ligar para a polícia, o sinal da operadora tcheca deu interferência outra vez.

Tirei meu celular do bolso e digitei o número que conhecia da televisão — 997 — e, em seguida, uma voz tcheca automática ressoou no aparelho. Aqui é assim. O sinal vagueia, sem se importar com as fronteiras nacionais. Às vezes, a fronteira entre as operadoras ficava por um tempo na minha cozinha. Outras, se fixava durante alguns dias junto à casa de Esquisito ou no terraço. No entanto, era difícil prever o seu caráter quimérico.

— Você devia ter subido a colina — o aconselhei tardiamente.

— O corpo vai enrijecer por completo antes que eles cheguem — disse Esquisito num tom que eu não gostava, particularmente no seu caso: era um tom sabichão. Tirou a samarra e a pendurou no encosto da cadeira. — Não podemos permitir que fique assim. Está com um aspecto repugnante, mas, enfim, era nosso vizinho.

Olhava para o pobre e retorcido corpo de Pé Grande e me custava entender que ainda ontem tinha medo desse homem. Não gostava dele. Talvez não gostar fosse até um eufemismo. Deveria, aliás, dizer: ele me parecia repugnante, horrível. De fato, nem sequer o considerava um ser humano. Agora estava prostrado no chão manchado usando uma cueca suja, pequeno e magro, impotente e inofensivo. Ora, um fragmento de matéria que, em consequência de transformações difíceis de ser imaginadas, virou um ser frágil, isolado de tudo. Fiquei triste, extremamente triste, pois mesmo uma pessoa tão desagradável não merecia morrer. Aliás, quem mesmo merece morrer? Eu também compartilharei o mesmo destino, assim como Esquisito e aquelas corças lá fora; todos nós seremos um dia nada mais que um corpo morto.

Olhei para Esquisito, na esperança de algum consolo, mas ele já tinha se entregado à tarefa de arrumar a cama revirada, improvisada sobre um sofá-cama em ruínas, então fiz o possível para me consolar sozinha. Passou, então, pela minha cabeça a ideia de que a morte de Pé Grande poderia ser considerada, de alguma forma, algo bom, pois o libertou da bagunça que era a sua vida. E libertou outros seres vivos dele. Eis que, repentinamente, me dei conta dos benefícios da morte e de como ela era justa, à semelhança de um desinfetante ou de um aspirador. Admito, foi o que pensei, e continuo com a mesma convicção.

Era meu vizinho, menos de um quilômetro de distância separava as nossas casas, mas, por sorte, o meu contato com Pé Grande era esporádico. Normalmente avistava-o de longe — sua figura franzina e rija, sempre um pouco instável, se deslocava com a paisagem ao fundo. Ao andar, balbuciava algo e, de vez em quando, a acústica ventosa do planalto propagava os farrapos desse monólogo, essencialmente simples e pouco diversificado, trazendo-os até mim. Seu vocabulário era composto principalmente de palavrões aos quais acrescentava apenas nomes próprios.

Conhecia cada pedaço de terra deste lugar, pois parece que nasceu aqui e nunca foi além de Kłodzko. Era perito na floresta — sabia como usá-la para ganhar dinheiro, o que poderia vender e para quem. Cogumelos, mirtilos, lenha roubada, gravetos para acender o fogo, armadilhas, o rali off-road anual, as caçadas. A floresta alimentava esse pequeno gnomo, e por isso ele deveria respeitá-la, mas não era o caso. Uma vez, em agosto, durante a estiagem, ele incendiou todo o mirtileiro. Liguei, aliás, para os bombeiros, mas não consegui salvar quase nada. Nunca soube por que ele fez aquilo. No verão, caminhava pelas redondezas com uma serra e cortava as árvores cheias de seiva. Quando chamei sua atenção, reprimindo a raiva com dificuldade, ele respondeu de forma simples: "Cai fora, sua velha". Só que com mais grosseria. Ele sempre ganhava um dinheirinho extra roubando alguma coisa, dando um jeitinho; quando os veranistas deixavam uma lanterna ou um podador no quintal, Pé Grande sempre aproveitava a ocasião para levar tudo e depois vender na cidade. Na minha opinião, inúmeras vezes deveria ter recebido punições, ou até ido para a cadeia. Não sei como sempre saía impune. Talvez tivesse a proteção de certos anjos; às vezes eles tomam o lado errado.

Sabia também que ele caçava ilegalmente de todas as formas possíveis. Tratava a floresta como se fosse a sua própria fazenda — tudo o que havia lá lhe pertencia. Era do tipo saqueador.

Passei muitas noites em claro por sua causa. Por impotência. Algumas vezes liguei para a polícia — quando alguém enfim atendia, minha denúncia era registrada, mas nada acontecia. Pé Grande outra vez percorria o seu caminho com uma armadilha no ombro, gritando de forma agourenta. Uma divindade pequena e malvada. Maldosa e imprevisível. Sempre estava um pouco embriagado, e era provavelmente isso que lhe despertava o humor rancoroso. Balbuciava e batia nos troncos das árvores com uma vara, como se quisesse espantá-las do seu caminho. Ele parecia já ter nascido num leve estado de entorpecimento. Muitas vezes eu segui os seus caminhos e recolhi as armadilhas grosseiras de arame que ele deixava para os animais, laços amarrados a pequenas árvores inclinadas de tal forma que o animal preso neles era lançado para o alto, como se tivesse sido arremessado de uma atiradeira, e ficava suspenso no ar. Às vezes, achava animais mortos — lebres, texugos e corças.

— Precisamos transferi-lo para o sofá-cama — disse Esquisito.

Não gostei dessa ideia. Não gostei da ideia de tocar nele.

— Acho que deveríamos esperar pela polícia — disse, mas Esquisito já tinha arranjado espaço no sofá-cama e arregaçado as mangas do suéter. Ele me fulminou com seus olhos claros.

— Você não gostaria de ser encontrada assim, não é? Nessas condições. Isso é desumano.

Pois é, o corpo humano é certamente desumano. Especialmente um corpo morto.

Não era um paradoxo sinistro que agora nós precisássemos nos ocupar com o corpo de Pé Grande, que ele tivesse nos deixado esse último problema? Nós, os vizinhos que ele nunca respeitou, de quem não gostava, e com quem nunca se importou?

Na minha opinião, depois da morte, a matéria deveria ser aniquilada. Seria o método mais adequado para lidar com o corpo. Assim, os corpos aniquilados voltariam diretamente para os buracos negros de onde vieram. As almas viajariam para a luz com a velocidade da luz. Isso se de fato existir algo como a alma.

Quebrando uma terrível resistência, eu agia conforme Esquisito mandava. Seguramos o corpo pelas pernas e braços e o transferimos para o sofá-cama. Para minha surpresa, constatei que ele era pesado, mas não de todo inerte, teimosamente rijo como lençóis recém-engomados. Vi também as suas meias, ou aquilo que ele usava nos pés — panos sujos, grevas feitas de um lençol rasgado em tiras, agora cinzento de tão manchado. Não sei por que a imagem dessas grevas causou em mim um impacto tão forte que me atingiu no peito, no diafragma, no corpo inteiro, de tal forma que já não conseguia estancar o soluço. Esquisito olhou para mim com frieza, de relance, e com uma nítida reprovação.

— Precisamos vesti-lo antes que cheguem — disse Esquisito, e notei que o seu queixo também tremia ao olhar para essa miséria humana (embora por algum motivo não quisesse admiti-lo).

Primeiro tentamos remover sua camiseta suja e fedorenta, mas não havia como tirá-la pela cabeça, então Esquisito sacou do bolso um canivete complexo e rasgou o tecido ao longo do peito. Pé Grande estava prostrado agora diante de nós em cima do sofá-cama, seminu, peludo como um troll, com cicatrizes no peito e nas mãos, com tatuagens já ilegíveis, entre as quais não conseguia reconhecer nada que fizesse sentido. Seus olhos estavam ironicamente semicerrados enquanto procurávamos no armário quebrado algo decente para vestir antes que o seu corpo endurecesse para sempre e voltasse a ser aquilo que essencialmente era — um torrão de matéria. A cueca rasgada aparecia debaixo das calças de moletom prateadas, novinhas em folha.

Desenrolei cuidadosamente as grevas repulsivas e vi os seus pés. Fiquei surpresa. Sempre tive a impressão de que os pés são a parte do corpo mais íntima e pessoal, e não os genitais, ou o coração, nem mesmo o cérebro — órgãos insignificantes e supervalorizados. É nos pés que se encontra todo o conhecimento sobre o ser humano, é para lá que flui todo o sentido fundamental daquilo que realmente somos e de como nos relacionamos com a terra. Todo o mistério — o fato de sermos compostos de elementos da matéria e, ao mesmo tempo, estranhos a ela, isolados — jaz no contato com a terra, em sua ligação com o corpo. Os pés são nossos pinos da tomada. Contudo, nesse momento, esses pés nus eram, para mim, a prova de sua estranha ascendência. Não podia se tratar de um ser humano. Devia constituir uma forma inclassificada, uma daquelas que, como disse Blake, dissolvem os metais em vastidão, transformam a ordem em caos. Talvez ele fosse uma espécie de demônio.

As criaturas demoníacas sempre podem ser reconhecidas pelos pés, pois carimbam a terra com um selo distinto.

Esses pés — muito compridos e finos, com dedos delgados e unhas negras e disformes — pareciam preênseis. O dedão destacava-se levemente dos restantes, como um polegar. Estavam cobertos por uma pelagem negra e espessa. Alguém já viu algo parecido? Esquisito e eu trocamos olhares.

No armário quase vazio encontramos um terno cor de café um tanto manchado, mas obviamente pouco usado. Nunca o tinha visto com ele. Pé Grande sempre usava valenkis, calças desgastadas, uma camisa xadrez e um colete acolchoado, independentemente da época do ano.

Associei o ato de vestir o morto a uma forma de carícia. Duvido que ele tenha recebido tanto carinho enquanto vivo. Nós o seguramos gentilmente pelos braços e o vestimos. Sustentava seu peso com meu peito e, depois de uma onda inevitável de asco que me deixou nauseada, de repente me ocorreu abraçar esse corpo, dar tapinhas nas suas costas para acalmá-lo e dizer: não se preocupe, vai ficar tudo bem. Não o fiz porque Esquisito estava presente e poderia pensar que era algum tipo de perversão.

Meus gestos abortados transformaram-se em pensamentos e fiquei com pena de Pé Grande. Talvez sua mãe o tenha abandonado, e ele tenha sido infeliz durante toda a sua triste vida. Longos anos de infelicidade degradam um homem mais do que uma doença letal. Nunca vi convidados em sua casa, não aparecia nenhuma família, nem amigos. Nem sequer os catadores de cogumelos paravam na frente de sua casa para conversar. As pessoas tinham medo e não gostavam dele. Parece que andava apenas com os caçadores, mas mesmo isso era raro. Eu diria que ele tinha por volta de cinquenta anos. Quem me dera ver a sua oitava casa para verificar se havia lá a conjunção de Netuno, Plutão e Marte em algum aspecto no ascendente, pois, com aquela serra de dentes afiados nas mãos, lembrava um predador que vivia apenas para semear a morte e provocar sofrimento.

Esquisito o sentou para lhe vestir o paletó. Percebemos, então, que sua língua grande e inchada prendia algo na boca. Assim, depois de um momento de hesitação, cerrando os dentes de asco e retirando a mão sucessivas vezes, segurei o objeto pela ponta e percebi que o que tinha apanhado entre os dedos era um osso longo e fino, afiado como um punhal. Um som gutural e um pouco de ar emergiram da boca morta formando um assovio suave que lembrava um suspiro. Ambos pulamos para trás. Esquisito deve ter sentido o mesmo que eu: horror. Sobretudo porque, depois de um instante, um sangue escuro, quase negro, apareceu na boca de Pé Grande. Um fio sinistro começou a verter dali.

Ficamos paralisados, aterrorizados.

— Então — Esquisito disse com uma voz trêmula — ele se engasgou. Ele se engasgou com um osso. Um osso ficou preso em sua garganta, engoliu um osso, se engasgou — repetia nervosamente. E depois, como se estivesse acalmando a si próprio, acrescentou: — Mãos à obra. Não é um prazer, mas nossos deveres com os vizinhos nem sempre são prazerosos.

Percebi que ele se autodeclarara o chefe desse plantão noturno e me subordinei a ele.

Entregamo-nos por completo ao trabalho ingrato de meter Pé Grande no terno cor de café e acomodá-lo numa posição digna. Fazia bastante tempo que eu não tocava em nenhum corpo estranho, muito menos num morto. Eu podia sentir a inércia fluindo rapidamente dentro dele, que se tornava mais rígido a cada minuto. Era por isso que tínhamos tanta pressa. E, no momento em que Pé Grande estava deitado vestido com seu melhor terno, seu rosto enfim perdeu a expressão humana, e ele definitivamente virou um cadáver. Apenas o dedo indicador da mão direita não queria se sujeitar complacentemente à tradicional posição das mãos entrelaçadas, e se erguia para o alto, como se quisesse atrair nossa atenção e interromper por um instante nosso esforço nervoso e apressado. "E agora prestem atenção!", dizia esse dedo. "Agora prestem atenção, há algo que vocês não enxergam, o ponto de partida essencial de um processo oculto, mas digno da maior atenção. Graças a ele todos nós nos encontramos neste lugar e tempo, numa pequena casa no planalto, entre a neve e a noite. Eu como um corpo morto, e vocês como seres humanos pouco importantes e um tanto envelhecidos. Contudo, é apenas o início. Tudo está apenas começando."

Lá estávamos nós, num cômodo frio e úmido, no vazio gelado que tomou conta daquela hora cinzenta e monótona, e me ocorreu que aquilo que se desprende do corpo suga um pedaço do mundo, e não importa o quanto foi bom ou mau, culpado ou imaculado, ele deixa atrás de si um grande nada.

Olhei pela janela. Amanhecia e, aos poucos, os vagarosos flocos de neve começaram a preencher esse vácuo. Caíam vagarosamente, vacilando no ar e girando em torno do seu próprio eixo como se fossem plumas.

Pé Grande já partira, portanto não havia sentido em guardar qualquer ressentimento ou mágoa. Permaneceu apenas um corpo morto, enfardado num terno. Nesse momento parecia tranquilo e contente, como se o espírito se alegrasse de ter se livrado, enfim, da matéria, e a matéria contentava-se de finalmente ter se livrado do espírito. Durante esse curto espaço de tempo efetuou-se um divórcio metafísico. O fim.

Sentamo-nos à porta da cozinha e Esquisito pegou uma garrafa de vodca aberta que estava sobre a mesa. Achou um copo limpo e o encheu — primeiro para mim, depois para ele. A alvorada, leitosa como as lâmpadas hospitalares, penetrava lentamente pelas janelas nevadas e nessa luz percebi que Esquisito estava com a barba por fazer, uma barba tão branca quanto o meu cabelo, e que o seu pijama de listras esmaecidas aparecia desabotoado debaixo da samarra, que estava suja, com todos os tipos possíveis de manchas.

Tomei um grande copo de vodca que me aqueceu por dentro.

— Acho que cumprimos nosso dever com ele. Quem mais teria feito isso? — disse Esquisito, dirigindo-se mais para si mesmo do que para mim. — Era um pequeno filho da mãe miserável, mas e daí?

Encheu mais um copo, o tomou de uma vez e depois sacudiu-se, enojado. Claramente não estava acostumado a beber.

— Vou telefonar — disse e saiu. Pensei que estivesse tonto.

Levantei-me e comecei a observar essa terrível bagunça. Esperava achar em algum lugar a carteira de identidade de Pé Grande com a sua data de nascimento. Queria saber, verificar seus números.

Sobre a mesa coberta por uma toalha impermeável gasta, havia uma caçarola com pedaços assados de algum animal; na panela ao lado, dormia um pouco de *borsch* sob uma camada branca de gordura. Uma grossa fatia de pão, a manteiga envolta em papel vegetal. No chão revestido de linóleo rasgado ainda havia alguns restos de animais, espalhados, caídos da mesa junto com o prato, o copo e os pedaços de bolacha. Tudo isso estava esmagado, pisoteado no chão sujo.

Foi então que vi algo numa bandeja de metal sobre o parapeito da janela que o meu cérebro, num esforço de fugir, reconheceu apenas depois de um longo instante: era a cabeça de uma corça cortada com precisão. Junto dela havia quatro patas. Os olhos semicerrados devem ter seguido, constante e atentamente, todos os nossos passos.

Sim, era uma dessas jovens esfomeadas que, no inverno, se deixam atrair ingenuamente pelas maçãs congeladas e, apanhadas na armadilha, morrem em tormento, estranguladas pelo arame.

Enquanto percebia, aos poucos, segundo após segundo, o que acontecera ali, fui tomada pelo horror. Ele apanhou a corça na armadilha, a matou, então esquartejou, assou e comeu seu corpo. Uma criatura havia comido outra no silêncio e na quietude da noite. Ninguém protestou, nenhum raio caiu do céu. No entanto, o castigo atingiu o demônio, ainda que nenhuma mão tivesse guiado a morte.

Rapidamente, com as mãos trêmulas, recolhi os restos, esses ossos pequenos, empilhando-os num único lugar para depois enterrá-los. Achei uma velha sacola de plástico e os juntei assim, um depois do outro, nessa mortalha de plástico. E então, com cuidado, também guardei a cabeça ali dentro.

Queria tanto saber a data de nascimento de Pé Grande que comecei a procurar nervosamente sua carteira de identidade — na cômoda, entre alguns papéis e folhas arrancadas de um calendário, jornais, depois em gavetas; é lá que se guardam documentos nas casas rurais. E era exatamente lá que estava, com uma capa verde danificada, e, decerto, com a validade expirada. Pé Grande tinha vinte e poucos anos na foto, um longo rosto assimétrico e olhos semicerrados. Na época, tampouco apresentava vestígios de beleza. Anotei a data e o local de nascimento com um cotoco de lápis. Pé Grande nasceu em 21 de dezembro de 1950. Neste mesmo local.

E devo acrescentar que havia mais uma coisa nessa gaveta: uma série de fotos relativamente novas, coloridas. Examinei-as rapidamente, apenas por costume, mas uma me chamou a atenção. Olhei mais de perto para ela e estava prestes a colocá-la de volta. Demorei a entender o que era aquilo que estava vendo. De repente, tudo ficou em silêncio e eu me encontrei bem no meio dele. Olhei para a foto. Meu corpo se retesou, eu estava pronta para a luta. Fiquei tonta e um zumbido sombrio ressoava nos meus ouvidos, um murmúrio, como se um exército de centenas de milhares de homens emergisse de trás do horizonte — vozes, o tinir de ferro, o ranger das rodas, tudo distante. A ira torna o raciocínio mais claro e perspicaz, faz enxergar com mais nitidez. Concentra as outras emoções e controla o corpo. Não há dúvida de que toda a sabedoria deriva da ira, pois a ira é capaz de ultrapassar quaisquer limites.

Coloquei a foto no bolso, com as mãos trêmulas, e logo ouvi tudo avançar, ouvi os motores do mundo sendo ligados e sua maquinaria decolando — as portas rangeram, o garfo caiu no chão. Lágrimas correram dos meus olhos.

Esquisito estava parado na porta.

— Ele não merecia suas lágrimas.

Estava com os lábios cerrados e digitava um número, concentrado.

— Outra vez a operadora tcheca — falou. — Precisamos subir para a colina. Você vem comigo?

Fechamos a porta silenciosamente e seguimos mergulhados na neve. Na colina, Esquisito começou a girar segurando os dois celulares nas mãos estendidas, procurando a cobertura. Diante de nós víamos todo o vale Kłodzko imerso no resplandecer prateado, cinzento da alvorada.

— Oi, filho — disse Esquisito ao telefone. — Eu o acordei?

Uma voz indistinta respondeu algo que não consegui entender.

— Nosso vizinho está morto. Acho que se asfixiou com um osso. Agora mesmo. Hoje à noite.

A voz do outro lado falou algo outra vez.

— Não. Já vou ligar. Não tinha sinal. Já o vestimos, eu e a sra. Dusheiko, sabe, a minha vizinha — olhou para mim de relance — para que o corpo não enrijecesse...

E novamente a mesma voz, dessa vez talvez um pouco mais nervosa.

— De qualquer forma, ele já está de terno...

Foi então que alguém do outro lado começou a falar muito e rápido, então Esquisito afastou o telefone do ouvido e olhou para ele com desgosto.

Depois ligamos para a polícia.

2.
Autismo de testosterona

Um cão com dono e esfomeado
Prediz a ruína do estado.

Eu estava agradecida por ele me convidar para tomar algo quente em sua casa. Sentia-me completamente confusa e fiquei triste só de pensar em voltar para o meu canto frio e vazio.

Cumprimentei a cadela de Pé Grande, que havia algumas horas morava na casa de Esquisito. Ela me reconheceu e ficou contente ao me ver. Abanava o rabo e provavelmente nem se lembrava da época em que fugiu de mim. Alguns cães costumam ser bobos, assim como as pessoas, e essa cadela certamente era um deles.

Sentamo-nos à mesa de madeira da cozinha, tão limpa que era possível encostar a bochecha nela. Foi o que fiz.

— Está cansada? — perguntou.

Tudo ali estava limpo. A casa era clara, quente e aconchegante. É uma grande felicidade ter uma cozinha limpa e quente. Eu nunca tive essa satisfação. Não sabia manter a ordem à minha volta. E já havia aceitado esse fato.

Antes que eu conseguisse dar uma olhada em tudo, tinha um copo de chá diante de mim. Estava servido dentro de um lindo cestinho de metal com alça posto sobre um pires. No açucareiro havia açúcar em cubos — essa imagem me lembrou dos doces tempos da infância e me animou, de fato, apesar de sentir um forte desalento.

— Talvez não devêssemos ter mexido nele — disse Esquisito ao abrir a gaveta da mesa para pegar as colherzinhas de chá.

A cadela agitava-se a seus pés como se não quisesse soltá-lo da órbita do seu pequeno corpo esquelético.

— Você vai me derrubar — Esquisito lhe disse, rispidamente carinhoso. Dava para ver que tinha um cachorro pela primeira vez na vida e não sabia bem como se comportar.

— Como você vai chamá-la? — perguntei, depois que os primeiros goles do chá me aqueceram por dentro e aquele nó de emoções na minha garganta se dissolveu um pouco.

Esquisito deu de ombros.

— Não sei, talvez Mosca ou Bolinha.

Não falei nada, mas não gostei. Não eram nomes que combinassem com essa cadela, considerando sua história pessoal. Era preciso inventar algo para ela.

Que falta de imaginação ter nomes e sobrenomes oficiais. Ninguém jamais se lembra deles, pois são tão banais e alheios à pessoa que não possuem nenhuma ligação com ela. Além disso, todas as gerações têm as suas modas e, de repente, todos se chamam Margarida, Patrício ou — Deus me livre — Janina. Por isso procuro sempre evitar o uso de nomes e sobrenomes. Em vez disso, prefiro adotar denominações que surgem espontaneamente na cabeça quando olho para alguém pela primeira vez. Estou convencida de que essa é a maneira mais adequada de usar a linguagem, em vez de trocar palavras desprovidas de qualquer significado. Por exemplo, Esquisito chama-se Świerszczyński — é o que está escrito em sua porta. E antes do sobrenome há um "Ś". Será que existe algum nome que começa com a letra Ś? Sempre se apresentou como: Świerszczyński. No entanto, não devia exigir que nós travássemos a língua pronunciando isso. Acredito que cada um de nós vê o outro a seu modo, portanto tem o direito de chamá-lo da maneira que acha adequada e conveniente. Eis que assim nos tornamos plurinominais. Possuímos a quantidade de nomes igual à dos relacionamentos que mantemos. Chamei Świerszczyński de Esquisito e acho que essa denominação reflete bem as suas caraterísticas.

Mas, agora, quando olhei para a cadela, pensei imediatamente num nome humano — Mariazinha. Talvez por associá-lo com uma órfã, pois seu aspecto era deplorável.

— Será que, por acaso, ela não se chama Mariazinha? — perguntei.

— É possível — respondeu. — Sim, talvez sim. O nome dela é Mariazinha.

Pé Grande também ganhou o seu apelido de uma forma parecida. Não foi nada complicado, foi um nome que surgiu sozinho quando vi suas pegadas na neve. A princípio Esquisito o chamava de "Peludão", mas depois aderiu ao "Pé Grande". Isso era um sinal de que eu havia escolhido o nome certo.

Infelizmente, não conseguia escolher nenhum nome decente para mim mesma. Considero o que está registrado nos documentos oficiais escandalosamente incompatível e injusto — Janina. Acho que o meu verdadeiro nome é Emília ou Joana. Às vezes penso que podia ser algo parecido com Catarina. Ou Belona. Ou Medeia.

Já Esquisito evita ao máximo me chamar pelo primeiro nome. Isso também é um sinal. De algum modo, ele sempre encontra um jeito de se dirigir a mim como "você".

— Vai esperar comigo até eles chegarem? — perguntou.

— Claro — prontamente concordei, e percebi que não me atreveria a chamá-lo de "Esquisito". Quando se está com vizinhos próximos, não é preciso usar nomes para se comunicar com eles. Quando, passando por perto, o vejo trabalhando no jardim, não preciso usar seu nome para falar com ele. É um grau especial de intimidade.

Nosso vilarejo consiste em algumas casas localizadas no planalto, longe do resto do mundo. O planalto é um parente geológico distante das montanhas Stołowe, o seu prenúncio remoto. Antes da guerra, nosso vilarejo era chamado de Luftzug, ou seja, Corrente de Ar, mas hoje em dia resta apenas Lufcug, já que oficialmente não possuímos nenhum nome. No mapa aparecem apenas a estrada, algumas casas e nenhuma letra. Sempre venta aqui, as massas de ar atravessam as montanhas do oeste para o leste, da República Tcheca para cá. No inverno, o vento se torna violento e sibilante; assovia nas chaminés. No verão, se dissipa por entre as folhas e sussurra — nunca há silêncio aqui. Muitas pessoas podem se dar ao luxo de ter na cidade uma casa permanente, oficial, e uma outra — um tanto frívola, infantil — no campo. E é por isso que essas casas têm esse aspecto peculiar — parecem infantis: pequenas, achatadas, com telhados íngremes e janelas minúsculas. Todas foram construídas antes da guerra conforme o mesmo modelo: as paredes mais compridas viradas para o leste e o oeste, uma parede curta para o sul, e a outra, com o estábulo adjacente, virada para o norte. Apenas a casa da escritora é um pouco mais excêntrica — com terraços e varandas por toda parte.

Não se pode estranhar o fato de que as pessoas abandonam o planalto no inverno. É difícil morar aqui entre os meses de outubro e abril, tenho experiência nesse quesito. Todos os anos cai uma enorme quantidade de neve, que o vento esculpe formando montes e dunas. As recentes mudanças climáticas aqueceram tudo, menos o nosso planalto. Aliás, tem acontecido exatamente o contrário, especialmente em fevereiro, quando cai ainda mais neve e ela demora muito para derreter. Algumas vezes durante o inverno, a temperatura chega a atingir vinte graus negativos, e a estação só termina mesmo em abril. A estrada é de péssima qualidade, o frio e a neve destroem aquilo que o município procura consertar com os seus recursos limitados. Para chegar a uma estrada asfaltada, é preciso percorrer quatro quilômetros por uma estrada de terra batida cheia de buracos. Mesmo assim, não vale a pena se meter lá — o ônibus para Kudowa sai da parte baixa do vilarejo de manhã e volta à tarde. No verão, quando as poucas e pálidas crianças locais têm férias, os ônibus nem sequer circulam. No povoado há uma estrada que, imperceptivelmente, como se fosse pelo toque de uma varinha mágica, o transforma nos subúrbios de uma cidade pequena. Se quiser, você pode ir através dela até a Breslávia ou a República Tcheca.

No entanto, há pessoas que não se incomodam com nada disso. Se quiséssemos nos envolver nesse tipo de investigação, haveria muitas hipóteses a explorar. A psicologia e a sociologia teriam muitas linhas de pesquisa para sugerir, mas eu, particularmente, não tenho nenhum interesse por esse tipo de assunto.

Por exemplo, Esquisito e eu enfrentamos o inverno corajosamente. Aliás, não é uma expressão muito sensata: "enfrentar"; nós antes esticamos o queixo para a frente num gesto belicoso, assim como o fazem aqueles homens que ficam na ponte no vilarejo. Se são provocados com uma palavra desagradável, dizem, desafiando: "Como é que é? Como é que é?". De certa maneira nós também provocamos o inverno, mas ele nos ignora igual ao resto do mundo. Velhos excêntricos. Hippies patéticos.

O inverno envolve tudo aqui de forma encantadora com um algodão branco e encurta o dia ao máximo. Portanto, se por acaso você passar a noite em claro, pode acordar na escuridão da tarde do dia seguinte, o que — confesso — tem acontecido comigo cada vez mais desde o ano passado. O céu, escuro e baixo, paira sobre nós como uma tela suja onde as nuvens travam batalhas ferozes. Nossas casas servem para nos proteger desse céu. Caso contrário, ele penetraria o interior do nosso corpo, onde, como uma pequena esfera de vidro, a nossa alma está instalada. Caso algo assim realmente exista.

Não sei o que Esquisito faz durante esses meses de escuridão, porque não mantemos muito contato, embora — não nego — contasse com algo mais. Cruzamo-nos algumas vezes por semana e então nos cumprimentamos, trocando poucas palavras. Não nos mudamos para estes lados para convidar uns aos outros para o chá. Esquisito comprou sua casa um ano depois que eu comprei a minha, e parece que tinha decidido começar uma vida nova como alguém que esgotou todas as ideias e os recursos com a vida antiga. Supostamente, teria trabalhado num circo, mas não sei se no cargo de contador ou acrobata. Prefiro pensar que era acrobata. Quando manca, imagino que há muito tempo, nos belos anos 70, durante uma apresentação especial, algo fez com que falhasse em segurar a barra, e caísse do alto no chão coberto de serragem. Mas, depois de uma longa reflexão, admito que a contabilidade não é uma profissão tão ruim, e o amor pela ordem, próprio dos contadores, me inspira total respeito e aprovação. O amor de Esquisito pela ordem é evidente em seu pequeno quintal: a lenha para o inverno está empilhada em montes engenhosos que lembram espirais. O resultado é uma pilha de proporção áurea. Essas pilhas podem ser consideradas uma obra-prima local. Não consigo resistir a uma bela ordem em espiral. Quando passo por lá sempre paro um instante e admiro essa cooperação construtiva das mãos e da mente que, mesmo com uma coisa tão banal como a lenha, expressa o movimento mais perfeito no universo.

Na trilha diante de sua casa, Esquisito espalhou uma camada de cascalho tão uniforme que parece um cascalho especial, um conjunto de seixos idênticos, selecionados manualmente em pedreiras e fábricas de cascalho subterrâneas operadas por kobolds.* Nas janelas, há cortinas limpas com todas as pregas uniformes; suponho que deva usar um aparelho especial para conseguir isso. E as plantas no jardim também são limpas e arrumadas, rijas e esbeltas, como se fizessem exercícios para se manter em forma.

* Entidade fantástica da mitologia alemã. [N. E.]

Esquisito acabou de me servir o chá e enquanto andava pela cozinha vi os copos arrumados uniformemente em sua cômoda e uma capa intacta sobre a máquina de costura. Então também tinha uma máquina de costura! Envergonhada, enfiei as mãos entre os joelhos. Fazia muito tempo que não lhes dedicava uma especial atenção. Bem, tenho a coragem de admitir que minhas unhas estavam simplesmente sujas.

Quando ele pegou as colherzinhas de chá, por um instante a sua gaveta se revelou para mim e eu não conseguia tirar os olhos dela. Era larga e rasa como uma bandeja. Dentro, em pequenos compartimentos, havia todos os talheres e outros utensílios indispensáveis numa cozinha. Todos possuíam seu próprio lugar, embora eu nem conhecesse a grande maioria. Os dedos ossudos de Esquisito escolheram deliberadamente duas colheres que pousaram em seguida sobre os guardanapos em tons de um cinza-esverdeado junto às xícaras com o chá. Infelizmente, um pouco tarde demais, pois eu já havia tomado o meu.

Era difícil conversar com Esquisito. Ele falava muito pouco, e se não podíamos trocar ideias, era preciso ficar em silêncio. É difícil conversar com certas pessoas, particularmente homens. Tenho uma teoria a respeito disso. A partir de certa idade, muitos homens desenvolvem autismo de testosterona, que se manifesta lentamente como uma deficiência de inteligência social e da habilidade de comunicação interpessoal que compromete a formulação de ideias. Um ser humano atacado por essa moléstia torna-se taciturno e parece imerso em seus pensamentos. Mostra-se mais interessado pelas diferentes ferramentas e maquinarias. Sente-se atraído pela Segunda Guerra Mundial e por biografias de pessoas famosas, geralmente de políticos e malfeitores. Sua capacidade de ler romances desaparece quase por completo, pois o autismo de testosterona interfere no seu entendimento psicológico dos personagens. Acho que Esquisito sofria dessa moléstia.

Contudo, nessa manhã particular era difícil exigir de alguém qualquer tipo de eloquência. Estávamos completamente soturnos.

Por outro lado, sentia um grande alívio. Às vezes, pensando de uma maneira mais abrangente, ignorando algumas limitações da mente, e considerando as ações pessoais, é possível conscientizar-se de que a vida de alguém não é necessariamente boa para os outros. Acho que todos aqui concordarão comigo.

Pedi mais um copo de chá só para poder mexê-lo com a linda colherzinha.

— Uma vez eu denunciei Pé Grande à polícia — eu disse.

Por um instante, Esquisito parou de enxugar o prato para as bolachas.

— Por causa do cachorro?

— Sim. E da caça predatória. Mandei cartas para denunciá-lo.

— E aí?

— Nada.

— Você está querendo dizer que foi bom ele ter morrido, não é?

Antes do último Natal fui até a delegacia para registrar a queixa pessoalmente. Até então escrevia cartas. Ninguém nunca as respondeu embora exista a obrigação regulamentar de responder aos cidadãos. A delegacia era pequena e lembrava uma casa individual construída na época do comunismo usando materiais arrumados ao léu — era uma casa triste e ordinária. E o ambiente que a enchia refletia isso. As paredes pintadas com tinta a óleo foram recobertas com folhas de papel — todas intituladas “Anúncio”. Aliás, que palavra horrível. A polícia usa muitas palavras particularmente repugnantes, como “falecido” ou “concubino”.

Nesse templo de Plutão, a princípio, um jovem sentado atrás de um gradil tentou me dispensar. E então o seu superior mais velho tentou fazer o mesmo. Eu queria falar com o comandante e insisti nisso; tinha certeza que, cedo ou tarde, os dois perderiam a paciência e me levariam até ele. Tive que esperar muito e temi que a mercearia fechasse antes de eu sair, porque ainda precisava fazer compras. Até que, finalmente, a tarde caiu, o que significava que eram aproximadamente quatro horas e eu estava esperando havia duas.

Eis que, no fim do expediente, uma jovem apareceu no corredor e disse:

— Entre, por favor.

Eu tinha me perdido em meus pensamentos e precisei despertar um pouco. Organizei minhas ideias seguindo a mulher até o primeiro andar, onde ficava o gabinete do chefe da polícia.

O comandante era um homem obeso com uma idade, digamos, semelhante à minha, mas dirigia-se a mim como se eu fosse sua mãe, ou até sua avó. Ele me olhou de relance e disse:

— Sentai-vos, por favor.

E, sentindo que aquela forma de falar desmascarava sua origem rural, pigarreou e se corrigiu:

— Sente-se, senhora.

Quase conseguia ouvir seus pensamentos. Na cabeça dele eu certamente era uma "senhorinha", mas quando o meu discurso acusador se tornava mais impetuoso, mudava para "velha". "Uma velha maluca", "louca". Eu estava consciente de que ele observava meus gestos com aversão e avaliava (negativamente) o meu gosto. Não gostava de meu penteado, nem da minha roupa, nem da minha falta de complacência. Media o meu rosto com uma aversão crescente. Mas eu também poderia dizer muitas coisas sobre ele — que sofria de apoplexia, bebia demais e gostava de comida gordurosa. Durante minha explanação, sua grande cabeça calva foi ficando vermelha, desde a nuca até a ponta do nariz, e apareceram nítidas rupturas dos vasos sanguíneos nas bochechas, como uma extraordinária tatuagem de guerra. Ele certamente estava acostumado a governar e ser obedecido pelos outros e facilmente cedia à ira. Era do tipo jupiteriano.

Notei também que não entendia tudo o que eu dizia — primeiro, porque obviamente eu usava argumentos que lhe eram estranhos, mas também por causa do seu vocabulário limitado. E porque era o tipo de homem que desprezava o que não podia entender.

— Ele representa uma ameaça para muitos seres vivos, humanos e não humanos — terminei minhas reclamações contra Pé Grande, com as quais apresentei minhas observações e suspeitas.

O comandante não sabia se eu estava debochando dele ou se ele estava lidando com uma louca. Não havia outra possibilidade. Por um momento vi o sangue subir até seu rosto — sem dúvida era do tipo pícnico, que um dia morreria de derrame.

— Não sabíamos que caçava ilegalmente. Vamos tratar do caso — disse com os dentes cerrados. — Por favor, volte para casa e não se preocupe com isso. Eu o conheço.

— Tudo bem — eu disse em tom conciliador.

E ele se levantou, apoiando-se nas mãos, o que era um nítido sinal de que a audiência havia terminado.

Quando chegamos a uma certa idade, precisamos entender que as pessoas sempre ficarão irritadas conosco. Antes, nunca tinha percebido a existência ou o significado de gestos como acenar com a cabeça rapidamente, desviar o olhar, repetir "sim, sim", feito um relógio. Ou checar as horas, ou esfregar o nariz. Mas agora entendo muito bem que esse teatro todo só quer expressar uma simples frase: "Dá um tempo, sua velha". Às vezes fico pensando se um jovem bonitão ou uma morena curvilínea seriam tratados da mesma forma se dissessem as mesmas coisas que eu.

Provavelmente ele esperava que eu me levantasse e saísse da sala. Mas eu tinha mais uma coisa igualmente importante para reportar e ele foi obrigado a se sentar outra vez.

— Esse homem tranca a cadela dele o dia inteiro no galpão. O lugar não é aquecido, ela uiva de frio. Será que a polícia podia resolver isso tirando a cadela dele, e o punindo devidamente?

Ele me encarou por um momento em silêncio e o traço que eu tinha lhe atribuído no começo, o chamando de desprezo, se manifestou em seu rosto de uma maneira muito nítida. Os cantos da sua boca se inclinaram e os lábios fizeram um leve biquinho. Também podia ver que ele se esforçava para controlar essa expressão facial. Encobriu-a com um sorriso impassível que revelou seus grandes dentes amarelados pelo cigarro.

— Minha senhora, não é um caso para a polícia. Um cachorro é só um cachorro. Um vilarejo é só um vilarejo. O que a senhora esperava? Os cães são mantidos em canis e acorrentados.

— Estou apenas informando à polícia que um homem está fazendo maldades. A quem devo me dirigir, então, se não à polícia?

Ele deu uma risada gutural.

— Maldades? Talvez devesse ir atrás do padre! — ele disparou, satisfeito com o próprio senso de humor. Mas deve ter percebido que eu não achei a piada engraçada, porque seu rosto logo ficou sério. — Devem existir instituições que cuidam dos animais, ou algo desse tipo. A senhora vai encontrá-las na lista telefônica. A Associação Protetora dos Animais: é onde deve ir. Nós somos a polícia destinada às pessoas. Por favor, ligue para Breslávia. Eles devem ter algum tipo de guarda para animais lá.

— Para Breslávia! — gritei. — O senhor não pode falar assim! Esse tipo de coisa é responsabilidade da polícia local, conheço a lei.

— Ah, é? — sorriu ironicamente. — Então agora a senhora está me dizendo o que faz parte das minhas competências?

Com os olhos da imaginação vi nossas tropas posicionadas sobre a planície, prontas para o combate.

— Sim, com muita satisfação — eu disse, me preparando para um longo discurso.

Ele olhou para o relógio em pânico e reprimiu sua antipatia por mim.

— Sim, tudo bem, investigaremos o assunto — disse com indiferença, e começou a recolher os documentos espalhados sobre a mesa e a guardá-los na pasta. Conseguiu escapar.

Foi então que pensei que não gostava dele. Pior ainda: senti uma repentina onda de aversão, afiada como uma faca.

Ele se ergueu decidido e eu percebi que o cinto de couro do seu uniforme era pequeno para conter sua barriga enorme. Embaraçada, essa barriga tentava se esconder mais abaixo, na incômoda e esquecida região dos genitais. Os cadarços de seus sapatos estavam desamarrados — ele deve tê-los tirado debaixo da mesa. Agora precisou calçá-los às pressas.

— Posso saber sua data de nascimento? — perguntei educadamente já à porta da sala.

Ele ficou parado, surpreso.

— Para quê? — perguntou, desconfiado, segurando a porta que dava para o corredor.

— Faço mapas astrais — respondi. — O senhor quer um? Posso fazer.

Um sorriso divertido passou por seu rosto.

— Não, obrigado. Não me interesso por astrologia.

— O senhor vai saber o que a vida lhe reserva. Não quer mesmo?

Foi então que olhou enfaticamente para o policial sentado na recepção, e com um sorriso irônico, como se estivesse participando de uma brincadeira infantil, me passou todos os dados. Anotei-os, agradeci, pus o capuz sobre a cabeça e me dirigi para a saída. Da porta, ouvi os dois gargalharem, e as palavras que eu tinha previsto:

— Velha maluca.

***

Naquela mesma noite, logo depois do anoitecer, o cão de Pé Grande começou a ganir novamente. O ar se tornou azul e afiado como uma navalha. O uivo profundo e abafado o encheu de inquietação. A morte está batendo à porta, pensei. Mas a morte sempre bate à nossa porta, a qualquer hora do dia e da noite, respondi a mim mesma. As melhores conversas são as que temos com nós mesmos. Ao menos não há risco de desentendimentos. Deitei-me no sofá na cozinha e permaneci assim, sem conseguir fazer outra coisa além de ouvir aquele lamento agudo. Alguns dias antes, quando eu fora à casa de Pé Grande para uma intervenção, o bruto não me deixou entrar e disse para eu não me meter em assuntos alheios. De fato, o malfeitor deixou a cadela solta por algumas horas depois, mas tornou a trancá-la na escuridão, então, à noite, os ganidos voltaram.

Ali estava eu deitada no sofá na cozinha, tentando pensar em outra coisa, sem obviamente conseguir. Sentia uma comichão, uma energia pulsante se infiltrar em meus músculos — um pouco mais e as minhas pernas explodiriam por dentro.

Levantei-me do sofá num pulo, calcei as botas e vesti o casaco, peguei um martelo e um arame e todas as ferramentas que consegui achar. Minutos depois, estava arfando diante do galpão de Pé Grande. Não havia ninguém em casa, a luz estava desligada, a chaminé não expelia fumaça. Ele trancou o cão e sumiu. Não era possível saber quando voltaria. Mas, ainda que estivesse em casa, eu faria o mesmo. Depois de alguns instantes de esforço, eu estava banhada em suor mas consegui quebrar a porta de madeira — as tábuas junto à fechadura se soltaram e eu pude destravá-la. O interior estava escuro e úmido, alguém havia largado ali bicicletas velhas e enferrujadas, barris de plástico e outras tralhas. A cadela estava sobre uma pilha de tábuas, presa à parede por uma corda amarrada ao redor do pescoço. O que me chamou a atenção de imediato foi um monte de excrementos. Aparentemente, ela se aliviava sempre no mesmo local. Abanava o rabo com insegurança. Fitava-me com os olhos úmidos, com alegria. Cortei a corda, peguei-a no colo e fomos para casa.

Eu ainda não sabia o que ia fazer. Às vezes, quando um ser humano experimenta a ira, tudo parece óbvio e fácil. A ira põe as coisas em ordem, mostra um claro resumo do mundo. A ira também restaura o dom da clarividência, difícil de ser alcançado em outros estados.

Coloquei-a no chão da cozinha e me surpreendeu que fosse tão pequena e miúda. Julgando pela sua voz, pelo seu ganido sombrio, poderia esperar no mínimo um cão do tamanho de um spaniel. Mas era um daqueles cães locais chamados de feiosos das montanhas Sudetos, considerados pouco vistosos. Eram pequenos, com patas finas e frequentemente tortas, de pelagem parda, com tendência à obesidade e, sobretudo, com uma dentição visivelmente irregular. Vamos dizer que essa cantora noturna não apresentava uma beleza digna de uma diva.

Estava ansiosa e seu corpo tremia inteiro. Tomou meio litro de leite quente e sua barriga ficou redonda feito uma bola. Também dividi com ela uma fatia de pão com manteiga. Não esperava visitas, então minha geladeira estava vazia. Dirigia-me a ela num tom calmo, relatava todos os meus movimentos, e ela me observava interrogativa. É provável que não estivesse entendendo essa brusca mudança de circunstâncias. Depois, deitei no meu sofazinho, sugerindo ao mesmo tempo que ela também encontrasse um lugar para descansar. Finalmente, se enfiou debaixo do aquecedor e dormiu. Como não queria deixá-la sozinha à noite na cozinha, também resolvi ficar no sofá.

Dormi um sono irregular. Aparentemente, uma agitação ainda estremecia meu corpo e provocava sonhos sobre fornos acesos, incandescentes, e caldeiras intermináveis com paredes vermelhas, ardentes. As chamas trancadas nos fornos rugiam para serem libertas, para se lançarem ao mundo numa terrível explosão e queimar tudo até as cinzas. Acho que esses sonhos podem ser um sintoma de uma febre noturna relacionada com as minhas moléstias.

Acordei de madrugada quando ainda estava completamente escuro. Meu pescoço ficou todo dormente. A cadela estava junto ao sofá e me encarava com insistência, chiando tristemente. Levantei-me, gemendo, para soltá-la — era preciso que esvaziasse esse leite todo que havia tomado. Uma rajada de ar úmido e frio que cheirava a terra e matéria putrefata — como se viesse de um túmulo — entrou pela porta aberta. A cadela saiu rodopiando para a frente da casa e fez xixi levantando a pata traseira para cima como se não conseguisse decidir se era um cão ou uma cadela. Depois olhou para mim com tristeza — posso dizer com sinceridade que mirou meus olhos profundamente — e correu às pressas para a casa de Pé Grande.

Foi assim que a cadela voltou para a sua prisão.

Não a vi mais. Eu a chamei, aborrecida por ter deixado que me enganasse com tanta facilidade, e impotente diante dos mecanismos sinistros do cativeiro. Já estava começando a calçar os sapatos, mas essa horrível manhã cinzenta me deixou apavorada. Às vezes tenho a impressão de que vivemos num grande túmulo, com espaço para muita gente. Olhava para o mundo envolto na penumbra cinzenta, fria e desagradável. A prisão não está lá fora, mas dentro de cada um de nós. Talvez não consigamos viver sem ela.

Alguns dias depois, antes que caísse a grande neve, vi a viatura da polícia diante da casa de Pé Grande. Confesso que fiquei feliz ao vê-la lá. Sim, estava satisfeita com o fato de a polícia finalmente ir até sua casa. Joguei paciência duas vezes e ganhei. Imaginei que eles o prenderiam, que o levariam algemado, que confiscariam os arames que usava para as armadilhas e apreenderiam a sua serra (essa ferramenta em particular deveria exigir o mesmo tipo de licença que as armas de fogo, já que provoca uma enorme devastação nas plantas). Mas o carro partiu sem Pé Grande, num instante a tarde caiu e começou a nevar. A cadela, de volta ao cativeiro, ganiu a noite inteira. De manhã, a primeira coisa que avistei sobre o belo branco imaculado foram as pegadas vacilantes de Pé Grande e as marcas amarelas de urina em volta do meu abeto azul.

Lembrei-me disso, e das minhas meninas, quando estava sentada na cozinha de Esquisito.

Enquanto ouviu minha história, ele fez ovos moles e os serviu em copos de porcelana.

— Não compartilho dessa sua confiança nas autoridades — disse. — É preciso resolver tudo sozinho.

Não sei o que ele quis dizer com isso.

3.
Luz Perpétua

Tudo o que nasceu para morrer
Precisa ser devorado pela Terra.

Já estava claro quando voltei para casa, e baixei a guarda, pois tinha a impressão de ouvir outra vez o som dos passos das meninas sobre o piso do hall. Vejo os seus olhares interrogativos, suas testas franzidas, seus sorrisos. E de repente meu corpo já estava pronto para os rituais de saudação, para o carinho.

Mas a casa estava completamente vazia. A brancura do inverno jorrava através das janelas ondulando suavemente, e o vasto espaço aberto do planalto insistia em entrar. Guardei a cabeça da corça na garagem, onde era frio, e coloquei a lenha na fornalha. Fui dormir do jeito que havia chegado e dormi um sono pesado, como se estivesse morta.

— Dona Janina.

E depois de um instante, mais alto:

— Dona Janina.

Fui acordada por uma voz vinda do hall. Era grave, masculina e tímida. Alguém estava lá e me chamava pelo meu odiado primeiro nome. Fiquei duplamente irritada: primeiro porque não me deixavam dormir outra vez, segundo, porque era chamada pelo nome de que não gosto nem aceito. Que me foi dado por acaso e sem reflexão. É o que acontece quando o ser humano não pensa no significado das palavras, ainda mais dos nomes, e faz uso delas às cegas. Eu não permitia que ninguém me chamasse de "dona Janina".

Levantei-me e ajeitei a roupa, pois não estava com uma boa aparência — já tinha dormido com ela duas noites seguidas —, e espreitei para fora do quarto. No hall, numa poça de água formada pela neve derretida, estavam dois homens vindos do vilarejo. Ambos eram altos, tinham ombros largos e usavam bigode. Entraram porque eu não tinha trancado a porta, e talvez por isso estivessem, com razão, com um ar culpado.

— Queríamos pedir que a senhora fosse para lá — um deles falou com voz grave.

Sorriram, pedindo desculpas, e notei que tinham uma dentição idêntica. Eu os reconheci, trabalhavam no corte das árvores. Topava com eles na mercearia do vilarejo.

— Acabei de chegar de lá — murmurei.

Disseram que a polícia ainda não havia chegado e esperavam pelo padre. E que nevou tanto à noite que as estradas foram interditadas. E que mesmo a estrada para a República Tcheca e a Breslávia estava intransitável e as carretas permaneciam paradas num longo congestionamento. Mas as notícias se espalhavam rapidamente pela vizinhança e alguns dos conhecidos de Pé Grande foram até lá andando. Era bom ouvir que tinha alguns conhecidos. Parecia que esses contratempos meteorológicos os deixavam mais animados. Era melhor lidar com uma nevasca do que com a morte.

Eu os segui, atravessando a neve branca e fofa. Estava fresca e corada pelo sol baixo do inverno. Os homens abriam o caminho. Ambos usavam suas valenkis — botas duráveis de borracha com a gáspea de feltro —, a única moda entre os homens daqui. Com suas solas largas, abriam um pequeno túnel para mim.

Em frente à casa havia mais alguns homens fumando cigarros. Curvaram-se, hesitantes, desviando o olhar. A morte de alguém conhecido tira a autoconfiança de qualquer pessoa. Tinham a mesma expressão no rosto — de uma tristeza e uma gravidade solenes e cerimoniosas. Comunicavam-se com uma voz abafada. Quem terminava de fumar ia para dentro.

Todos, sem exceção, usavam bigode. Permaneciam soturnamente em volta do sofá-cama onde estava o corpo. As portas não cessavam de se abrir, toda hora chegava gente, enchendo o cômodo de neve e trazendo o cheiro metálico do frio. Eram, sobretudo, antigos operários das fazendas estatais, agora sustentados à base de benefícios, contratados ocasionalmente para a extração de madeira da floresta. Alguns iam trabalhar na Inglaterra, mas regressavam rapidamente, assustados pelo sentimento de estranheza. Ou insistiam em manter as suas pequenas fazendas não rentáveis que os sustentavam graças aos subsídios da União Europeia. Havia apenas homens. O cômodo ficou abafado por causa de sua respiração, e eu podia sentir um leve cheiro de álcool, fumo e roupas úmidas. Eles lançavam olhares rápidos e furtivos para o corpo. Eu os ouvia fungar, mas não sabia se era só o frio ou se de fato havia lágrimas nos olhos desses enormes homens, que, não podendo desaguar ali, corriam até o nariz. Nem Esquisito, nem ninguém que eu conhecesse estava lá.

Um dos homens tirou do bolso um punhado de velas achatadas colocadas em pequenas vasilhas de metal e as passou para mim num gesto tão óbvio que acabei aceitando sem saber muito bem o que fazer com elas. Só depois de um momento é que entendi o que ele tinha em mente. Era preciso dispor as velas ao redor do corpo e acendê-las; assim o ambiente se tornaria sério e solene. Talvez as chamas permitissem que lágrimas vertessem e fossem absorvidas pelos bigodes espessos. E isso traria alívio para todos. Então me apressei para ajeitar as velas e logo concluí que muitos deles entenderam errado o meu empenho. Acharam que eu era a mestre de cerimônia, a líder da assembleia fúnebre, pois, quando as velas fulguraram, silenciaram repentinamente e cravaram em mim o seu olhar triste.

— Comece, por favor — sussurrou para mim aquele que eu parecia conhecer de algum lugar.

Não entendi.

— Comece a cantar.

— Cantar o quê? — eu me alarmei seriamente. — Não sei cantar.

— Qualquer coisa — disse —, mas o melhor seria a "Oração pelos falecidos".

— E por que eu? — sussurrei irrequieta.

Foi então que o homem mais próximo de mim respondeu num tom decidido:

— Porque a senhora é mulher.

Pois é. Essa é a ordem do dia. Não sabia o que o gênero tinha a ver com o ato de cantar, mas não queria, num momento assim, me rebelar contra a tradição. A "Oração pelos falecidos". Lembrava-me desse cântico nos enterros da minha infância. Depois, já adulta, deixei de frequentar funerais. Mas não me lembrava da letra. Descobri, porém, que bastava murmurar o início e um coro inteiro de vozes graves imediatamente se juntou à minha voz débil, e assim se iniciou uma polifonia hesitante e fora do tom que ia ganhando força a cada repetição. De repente, senti alívio, a minha voz ganhou confiança e consegui decorar rapidamente as palavras simples sobre a Luz Perpétua que, como acreditávamos, também envolveria Pé Grande.

Cantamos assim durante quase uma hora, a mesma canção sem parar, até que as palavras deixaram de ter sentido, como se fossem seixos no mar, revirados pelas ondas até ficarem redondos e iguais a dois grãos de areia. Sem dúvida, isso nos deu uma trégua, o corpo que jazia ali se tornava cada vez mais irreal, até finalmente virar o pretexto do encontro daqueles que trabalhavam arduamente no planalto ventoso. Cantamos sobre a Luz que de fato existe em algum lugar distante, por enquanto imperceptível, mas que veríamos assim que morrêssemos. Agora a enxergamos pela janela, num espelho deformador. No entanto, um dia ficaremos cara a cara com ela. E ela nos envolverá, porque essa Luz é nossa mãe e viemos dela. Carregamos uma partícula sua dentro de nós, cada um de nós, até o próprio Pé Grande. Por isso, na verdade, deveríamos ficar contentes com a morte. Fiquei pensando enquanto cantava, embora nunca tenha acreditado, essencialmente, em nenhuma distribuição personalizada da Luz. Nenhum Deus tratará disso, nenhum contador celeste. Seria difícil uma pessoa aguentar tanto sofrimento, especialmente uma do tipo onisciente. Acho que desabaria sob a pressão de tamanha dor. Só se, por acaso, se munisse de alguns mecanismos de defesa, assim como o ser humano. Só uma máquina seria capaz de carregar toda a dor do mundo. Apenas uma maquinaria, simples, eficaz e justa. Mas se tudo acontecesse mecanicamente, nossas preces seriam inúteis.

Quando saí para fora descobri que os homens bigodudos haviam chamado o padre e acabavam de cumprimentá-lo em frente da casa. O pároco tinha dificuldade em chegar, ficou entalado algures por entre as montanhas de neve e só agora é que conseguiram trazê-lo de trator. O padre Farfalhar (foi assim que o chamei em meus pensamentos) ajeitou a batina e saltou graciosamente do trator. Entrou na casa com passos rápidos e sem olhar para ninguém. Passou tão perto que o seu cheiro me envolveu — uma mistura de água de colônia e fumaça de lareira adormecida.

Vi que Esquisito havia se organizado muito bem. Trajava sua samarra de serviço, como um mestre de cerimônia, e com uma enorme garrafa térmica chinesa na mão enchia copos de plástico com o café que depois distribuía entre os enlutados. Então lá estávamos nós, em frente à casa, tomando um café quente e doce.

Logo depois chegou a polícia. Na verdade, veio a pé, pois tiveram que deixar a viatura estacionada no asfalto — estavam sem os pneus de inverno.

Havia dois policiais fardados e um à paisana, trajando uma longa capa negra. Antes que conseguissem chegar à casa com suas botas cobertas de neve, arfando pesadamente, todos nós saímos para fora. Acho que assim demonstramos educação e respeito diante das autoridades. Ambos os policiais fardados eram secos, muito formais e era visível que reprimiam a raiva por causa da neve, do longo caminho e das circunstâncias gerais deste caso. Bateram com as botas no chão e desapareceram no interior da casa sem dizer nada. Enquanto isso, o homem de capa negra subitamente se aproximou de mim e Esquisito.

— Bom dia. Olá, senhora. Olá, pai.

Disse "Olá, pai" e se dirigiu a Esquisito.

Nunca suspeitaria que Esquisito pudesse ter um filho policial e, além disso, um filho que usasse uma capa negra tão engraçada.

Esquisito apresentou-nos de uma forma bastante desajeitada, atrapalhado, e nem consegui guardar o nome oficial de Capa Negra porque afastaram-se imediatamente e ouvi o filho se dirigir ao pai, cheio de reclamações:

— Pelo amor de Deus, pai, por que o senhor mexeu no corpo? O senhor não assiste aos filmes? Qualquer pessoa sabe que, não importa o que aconteça, não se pode tocar no corpo até a polícia chegar.

Esquisito defendia-se inabilmente, como se estivesse paralisado pelo fato de estar conversando com o filho. Eu achava que seria o contrário, e que, em princípio, uma conversa com o próprio filho deveria dar ânimo.

— Ele estava com um aspecto horrível, filho. Você também agiria dessa maneira. Ele se engasgou com algo e estava todo retorcido, sujo... Era o nosso vizinho, não queríamos deixá-lo no chão como, como se fosse... — procurava as palavras.

— ... um animal — completei, me aproximando deles; não consegui aceitar o fato de Capa Negra repreender o pai desse jeito. — Ele se engasgou com o osso de uma corça caçada ilegalmente. Foi uma vingança do além-túmulo.

Capa Negra olhou para mim de relance e dirigiu-se ao pai:

— Pai, o senhor pode ser acusado de dificultar a investigação. E a senhora também.

— Você deve estar brincando! Que coisa. É nisso que dá ter um filho promotor de justiça.

O filho decidiu terminar essa conversa embaraçosa.

— Tudo bem, pai. Depois vocês dois terão que prestar depoimento. É provável que seja necessário fazer uma autópsia.

Ele deu um tapinha carinhoso no braço de Esquisito, um gesto de carinho em que havia dominação, como se estivesse dizendo: tudo bem, coroa, agora eu é que tomo conta das coisas.

Depois desapareceu na casa do defunto, e eu, sem esperar quaisquer resoluções finais, fui para casa, morrendo de frio e com a garganta rouca. Estava farta.

Das minhas janelas avistei a limpa-neve, chamada aqui de Bielorrussinha, que vinha do vilarejo. Graças a ela foi possível que o carro funerário — um comprido, baixo e escuro veículo com as janelas encobertas por cortinas negras — chegasse até a casa à tarde. Mas apenas conseguiu chegar. Quando saí para o terraço por volta das quatro horas, pouco antes do anoitecer, avistei de longe uma mancha negra movendo-se na estrada — os homens de bigode empurravam corajosamente ladeira acima o carro funerário que transportava o corpo do colega para o eterno descanso na Luz Perpétua.

Normalmente, a televisão permanece ligada o dia inteiro, a partir do café da manhã. Isso me tranquiliza. Quando a névoa do inverno paira atrás da janela ou quando, depois de algumas horas do dia, o amanhecer se transforma imperceptivelmente na escuridão, tenho a impressão de que lá fora não há nada. Você olha para lá, e os vidros refletem apenas o interior da cozinha, um pequeno e abarrotado centro do universo.

Por isso a televisão.

Tenho uma enorme opção de programas. Foi Dísio quem me trouxe a antena, parecida com uma vasilha esmaltada. Há dezenas de canais, mas é demais para mim. Dez já seriam muito. Dois também. Na verdade, assisto apenas à previsão do tempo. Desde que achei esse canal, fico feliz em dizer que tenho tudo o que preciso, e não faço ideia de onde o controle remoto foi parar.

Portanto, desde de manhã fico na companhia das imagens das frentes atmosféricas, belas linhas abstratas nos mapas, azuis e vermelhas, que se aproximam implacavelmente a partir do oeste, vindas da República Tcheca e da Alemanha. Trazem o ar que Praga respirava ainda há pouco, ou talvez Berlim. Ele vem do Atlântico, passando por toda a Europa. Por isso, é possível dizer que aqui nas montanhas temos um ar marítimo. Gosto particularmente quando os mapas mostram a pressão que explica a inesperada resistência na hora de se levantar da cama ou a dor nos joelhos, ou ainda outras coisas — uma tristeza inexplicável que tem exatamente o mesmo caráter de uma frente atmosférica, uma caprichosa *figura serpentinata* na atmosfera terrestre.

Fico comovida ao ver imagens de satélite e da curvatura da Terra. É verdade, então, que vivemos na superfície de um globo, expostos ao olhar dos planetas, abandonados num enorme vazio, onde, após a queda, a luz se aglutinou em pequenos fragmentos e arrebentou? É verdade. Deveríamos ser recordados disso todos os dias, porque nos esquecemos. Iludimo-nos achando que somos livres, e que Deus nos perdoará. Pessoalmente, acho o contrário. Todas as boas ações transformadas em pequenas vibrações de fótons serão lançadas, enfim, para o cosmos como um filme ao qual até o fim do mundo será assistido pelos planetas.

Enquanto faço meu café, passam as previsões do tempo para os esquiadores. Mostram o mundo áspero das montanhas, encostas e vales, e a caprichosa cobertura da neve — a pele áspera da Terra embranquecida apenas em alguns pontos pela camada da neve. Na primavera, os alérgicos ocupam o lugar dos esquiadores e a imagem torna-se mais colorida. As linhas macias determinam as áreas de risco. Onde houver uma área vermelha — a natureza ataca com mais força. Durante todo o inverno esteve hibernando, esperando para acometer o sistema imunológico do ser humano, frágil como uma filigrana. Um dia se livrará de nós completamente. Antes dos fins de semana aparecem as previsões do tempo para os motoristas, mas o seu mundo se limita a alguns riscos de escassas autoestradas no país. Essa divisão das pessoas em três grupos — esquiadores, alérgicos e motoristas — me convence muito. É uma boa e simples tipologia. Os esquiadores são hedonistas. Dominam as encostas. Enquanto os motoristas preferem tomar o destino em suas mãos, embora sua coluna frequentemente sofra por causa disso. É óbvio — a vida é dura. Já os alérgicos estão sempre em guerra. Eu certamente pertenço aos alérgicos.

Gostaria de ter ainda um canal sobre os astros e planetas. "TV Influências do Cosmos". Esse tipo de televisão também seria composta, fundamentalmente, de mapas, mostraria as linhas de influência e os campos magnéticos dos planetas. "Estimados telespectadores, Marte está começando a ascender sobre a eclíptica, à noite atravessará a faixa das influências de Plutão. Pedimos que deixem seus carros nas garagens e nos estacionamentos cobertos, guardem as facas, tenham cuidado ao descerem ao porão, e enquanto esse planeta estiver atravessando o signo de Câncer, apelamos que evitem tomar banho e que andem para trás, como um verdadeiro caranguejo, na hora das brigas familiares" — pronunciaria uma apresentadora magra e etérea. Saberíamos por que os trens nesse dia se atrasaram, o carteiro ficou atolado na neve dirigindo o seu Fiat Cinquecento, a maionese não ficou boa e a dor de cabeça, de repente, passou sozinha, sem nenhum remédio, tão subitamente como havia surgido. Conheceríamos o horário certo para começar a tingir o cabelo e saberíamos para quando planejar o casamento.

À noite, observo Vênus, acompanho detalhadamente as metamorfoses dessa bela donzela. Prefiro-a como a Estrela Vésper, quando aparece do nada, como se fosse por magia, e desce atrás do Sol. A fagulha da luz eterna. É no crepúsculo que os fenômenos mais interessantes acontecem, pois é quando as diferenças simples se apagam. Eu poderia viver num crepúsculo eterno.

4.
999 mortes

Quem duvida daquilo que vê
Jamais irá crer, não importa o que fizer.
Se duvidassem, Sol e Lua
Extinguiriam de imediato.

Enterrei a cabeça da corça no dia seguinte, no meu cemitério, ao lado de casa. Coloquei num buraco quase tudo o que havia retirado da casa de Pé Grande. Pendurei a sacola de plástico manchada de sangue sobre o galho da ameixeira, de recordação. Encheu-se de neve imediatamente, e o frio noturno a transformou em gelo. Demorei muito a cavar um buraco adequado no solo congelado e pedregoso. As lágrimas se congelavam sobre minhas bochechas.

Como de costume, depositei uma pedra sobre o túmulo. Em meu cemitério já havia muitas pedras desse tipo. Jaziam aqui: um gato velho cujo cadáver encontrei no porão quando comprei esta casa, e uma gata meio selvagem que morreu logo depois do parto junto com seus filhotes. Havia uma raposa, morta pelos operários na floresta por estar supostamente contagiada com raiva, algumas toupeiras e uma corça atacada pelos cães até a morte no inverno passado. São apenas alguns dos animais. Quanto àqueles que eu achava mortos na floresta, presos nas armadilhas de Pé Grande, apenas os transferia para outro local, para que, ao menos, alguém se alimentasse deles.

O cemitério estava localizado num lugar pitoresco, às margens de uma lagoa, numa suave encosta de onde se podia ver quase todo o planalto. Também queria jazer ali e tomar conta de tudo para sempre.

Tentava inspecionar minhas posses duas vezes por dia. Preciso tomar conta de Lufcug já que me encarreguei disso. Visitava todas as casas deixadas aos meus cuidados, e, por fim, subia a colina para dar uma olhada em todo o nosso planalto.

Dessa perspectiva era possível ver aquilo que não podia ser visto de perto: no inverno, os rastros na neve documentavam qualquer movimento. Nada podia escapar a esse registro. Como um cronista, a neve inscrevia cuidadosamente os passos dos animais e das pessoas, e eternizava os poucos rastros de carros. Eu examinava com cuidado nossos telhados para notar se havia, algures, neve pendente capaz de arrancar as calhas mais tarde ou — Deus me livre — ficar entalada na altura da chaminé e derreter devagar, deixando a água escorrer debaixo das telhas e para dentro da casa. Examinava as janelas para ver se estavam inteiras, se durante a visita anterior não havia descuidado de nada, ou talvez deixado a luz acesa; observava também os quintais, as portas, os portões, galpões e depósitos de lenha.

Vigiava a propriedade de meus vizinhos quando eles próprios se entregavam aos trabalhos da estação e às diversões na cidade — eu passava, no lugar deles, o inverno aqui, protegia suas casas do frio e da umidade e tomava conta de suas posses vulneráveis. Dessa forma os desobrigava de participar das trevas.

Infelizmente, minhas moléstias reavivaram-se outra vez. Sempre aumentavam por causa do estresse e outros acontecimentos extraordinários. Às vezes bastava apenas uma noite passada em claro para que tudo começasse a me indispor. Minhas mãos tremiam e parecia que uma corrente elétrica passava pelos meus membros, como se o corpo estivesse envolto numa rede elétrica invisível e alguém me infligisse, aleatoriamente, pequenos castigos. Nessas horas, o ombro ou as pernas eram tomados por uma cãibra repentina e desagradável. Sentia meu pé completamente dormente, torpe e atravessado por uma dor penetrante. Arrastava-o ao andar, mancava. Além disso, havia meses, os meus olhos não paravam de lacrimejar, lágrimas vertiam subitamente e sem nenhum motivo aparente.

Hoje, apesar da dor, decidi subir a encosta e olhar para o mundo lá de cima. Tudo estará em seu lugar. Talvez isso me acalme, faça com que a minha garganta se solte e eu me sinta melhor. Não estava com nenhuma pena de Pé Grande. Mas enquanto percorria sua casa de longe, me lembrei de seu corpo morto de koboldo trajando o terno cor de café, e depois pensei nos corpos de todos os conhecidos que estavam vivos, felizes em suas casas. E pensei em mim mesma, no meu pé e no corpo magro e rijo de Esquisito, e tudo parecia atravessado por uma profunda e insuportável tristeza. Enquanto olhava para o planalto e sua paisagem em branco e preto, entendi que a tristeza é uma palavra importante na definição do mundo. Constitui a base de tudo, é o quinto elemento, a quintessência.

A paisagem que se abriu diante de mim era composta de tons de branco e preto entrelaçados com as linhas das árvores nas divisórias entre os campos. Nos lugares onde as gramas não haviam sido cortadas, a neve não conseguiu cobrir a terra com uma superfície branca homogênea. Os colmos perfuravam a sua extensão e de longe era como se uma mão tivesse começado a esboçar um desenho abstrato, praticando riscos curtos, delicados e sutis. Via as belas figuras geométricas dos campos, faixas e retângulos, cada uma diferente em sua estrutura, em sua matiz, inclinada distintamente perante o fugaz crepúsculo do inverno. E nossas casas, todas as sete, estavam espalhadas como parte da natureza, como se tivessem surgido junto com as divisórias dos campos, assim como o riacho e a ponte sobre ele. Tudo isso parecia projetado e arranjado meticulosamente, talvez esboçado pela mesma mão.

Eu também poderia esboçar um mapa de memória. Nosso planalto, teria, então, o formato de uma grossa meia-lua cercada de um lado pelos Montes de Prata, uma pequena e baixa cadeia de montanhas, compartilhada entre nós e os tchecos, e do outro lado — o lado polonês — pelas Colinas Brancas. Há nele apenas um povoado — o nosso. O vilarejo e a cidadezinha ficam embaixo, no nordeste, assim como todo o resto. A diferença de nível entre o planalto e o resto do vale Kłodzko não é grande. No entanto, é suficiente para se sentir um pouco elevado e olhar para tudo de cima. A estrada inicia-se lá embaixo e sobe arduamente. Do norte, a subida é relativamente suave. No entanto, a descida do planalto na parte oriental termina de uma forma bastante íngreme, o que no inverno pode ser perigoso. Na época dos invernos rigorosos a Direção das Estradas, ou qualquer que seja o nome dessa instituição, interdita esse caminho. Assim, passamos a usá-lo ilegalmente, por nossa conta e risco. Caso, obviamente, tenhamos carros em bom estado. Na verdade, estou falando de mim mesma. Esquisito tem apenas uma motocicleta, e Pé Grande tinha apenas seus próprios pés. Costumamos chamar essa parte íngreme de desfiladeiro. Há lá, nas suas proximidades, um precipício rochoso, mas está enganado quem pensa que é uma formação natural. São os resquícios de uma antiga pedreira que costumava abocanhar o planalto, e um dia haveria de consumi-lo por completo com as bocas das escavadeiras. Dizem que existem planos de reativá-la, e assim vamos sumir da face da Terra, devorados pelas máquinas.

Uma estrada de terra batida, transitável apenas no verão, passa pelo desfiladeiro rumo ao vilarejo. A oeste, a nossa estrada junta-se a outra maior, que, no entanto, ainda não é a principal. Ao lado dela há um povoado que eu costumo chamar de Transilvânia, por causa da sua atmosfera geral. Há lá uma igreja, uma mercearia, alguns elevadores de esqui quebrados e um salão comunitário. O horizonte é alto, por isso o povoado está eternamente imerso no crepúsculo. Essa é minha impressão. Na sua ponta mais extrema, há um caminho lateral que leva a uma fazenda de peles de raposa, mas eu não costumo andar por lá.

Depois de Transilvânia, justo antes do acesso à estrada internacional, há uma curva acentuada na qual acontecem muitos acidentes. Dísio a chama de Curva do Coração de Boi porque uma vez viu uma caixa de vísceras cair de um caminhão vindo de um matadouro pertencente a um figurão local, e corações de boi se espalharem pela estrada; pelo menos é o que ele afirma. Isso me parece bastante macabro e, para dizer a verdade, não tenho certeza se não foi apenas um devaneio. Dísio costuma ser supersensível quanto a certos assuntos. O asfalto interliga as cidades no vale. Quando o tempo está bom, é possível avistar do nosso planalto a própria estrada, Kudowa e Lewin, e, no norte, as distantes Nowa Ruda, Kłodzko e Ząbkowice, que antes da guerra eram chamadas de Frankenstein.

Esse já era um mundo distante. Eu costumava ir à cidade em meu Samurai pelo desfiladeiro. Depois dele era possível virar à esquerda e chegar perto da fronteira que serpenteava caprichosamente. Era fácil atravessá-la sem perceber em passeios mais longos. Isso acontecia comigo com frequência quando fazia minhas rondas diárias. Mas às vezes também gostava de atravessar a fronteira de propósito, pisando intencionalmente lá e cá. Uma dezena de vezes, ou algumas dezenas. Eu me divertia atravessando a fronteira durante uma meia hora. É uma coisa que me dava prazer, porque me fazia lembrar dos tempos em que isso era proibido. Gosto de cruzar as fronteiras.

A primeira casa da minha ronda pertencia ao professor e sua esposa. Era minha casa preferida — pequena e simples. Uma casa calada e solitária com paredes brancas. Eles iam lá poucas vezes. Era mais frequentada por seus filhos, que apareciam com amigos, e então o vento propagava as suas vozes barulhentas. A casa com as venezianas abertas, iluminada e cheia de música alta, parecia um pouco atônita e surda. É possível dizer que também parecia boba com essas janelas escancaradas. Só se recuperava quando eles partiam. Seu lado fraco era o telhado íngreme. A neve deslizava e caía sobre o solo, permanecendo assim até maio, ao pé da parede setentrional, deixando a umidade penetrar no interior da casa. Nessas horas tinha que tirar a neve. Era um trabalho duro, ingrato. Na primavera tinha que cuidar do jardim — plantar flores e tomar conta daquelas que já cresciam num pedregoso fragmento de terra em frente à casa. Fazia isso com prazer. Às vezes era preciso fazer pequenos consertos. Nessas horas, ligava para o professor e sua esposa em Breslávia, e eles transferiam o dinheiro para minha conta bancária. Então eu mesma tinha que contratar os operários e ficar de olho no serviço.

Este inverno percebi que uma grande família de morcegos tinha morado em seu porão. Uma vez precisei entrar lá pois pensei ter ouvido água correndo lá embaixo. Seria uma tremenda complicação se estourasse um cano. Foi assim que os vi dormindo, apinhados junto ao teto de pedra. Pendiam inertes. No entanto, tive a impressão de que me observavam sonhando, e que a luz da lâmpada se refletia em seus olhos abertos. Despedi-me, sussurrando, até a chegada da primavera, e, sem detectar nenhum dano, voltei para cima pisando na ponta dos pés.

A casa da escritora foi habitada por martas. Não inventei nenhum nome para elas, pois não conseguia contar ou diferenciar uma da outra. Sua característica excepcional é serem difíceis de detectar — são como fantasmas. Aparecem e desaparecem tão rápido que é difícil se ter certeza de que realmente as viu. As martas são belos animais. Poderiam estar no meu brasão, caso surgisse essa necessidade. Parecem ligeiras e inocentes. Contudo, apenas aparentemente. Na realidade, são criaturas perigosas e astutas. Travam suas pequenas guerras com gatos, ratos e pássaros. Lutam entre si. Na casa da escritora enfiaram-se entre as telhas e o isolamento do sótão, e suspeito que provocaram lá uma grande devastação, destruindo a lã de vidro e furando as placas de madeira.

A escritora costumava vir em maio, num carro carregado até o teto de livros e comida exótica. Eu ajudava a descarregá-lo porque ela sofria com dores nas costas. Usava um colar cervical; parece ter sofrido um acidente no passado. Ou talvez tenha ficado mal da coluna de tanto escrever. Lembrava um sobrevivente de Pompeia — como se estivesse coberta de cinzas. Seu rosto era cinzento; até mesmo os lábios e os olhos eram cinza. Prendia os longos cabelos com um elástico e fazia um pequeno coque no topo da cabeça. Se eu a conhecesse um pouco menos, certamente leria seus livros. Mas, por conhecê-la, tinha medo de os ler. Era possível que eu me achasse neles, descrita de uma forma que não conseguiria entender? Ou os lugares que amo seriam completamente diferentes do que são para mim? De alguma forma as pessoas como ela, que dominam a escrita, costumam ser perigosas. Logo, levantam suspeitas de falsidade — que não são elas mesmas, mas um olho que está sempre observando, e transformando em frases tudo o que observa; assim retira da realidade a sua qualidade mais importante — sua inexpressividade.

A escritora ficava aqui até o final de setembro. Normalmente não saía de casa; só às vezes, quando, apesar de nosso vento, o calor se tornava insuportável e pegajoso, esticava o seu corpo cinzento sobre uma espreguiçadeira e permanecia inerte ao sol, ficando ainda mais acinzentada. Se eu pudesse ver seus pés, talvez até descobrisse que ela tampouco era um ser humano, mas alguma outra forma de existência — talvez uma ninfa do logos, ou uma sílfide. Às vezes uma amiga de cabelos escuros vinha visitá-la, uma mulher forte com os lábios pintados em tons vívidos. Tinha um sinal no rosto, uma marca de nascença marrom. Suponho que isso significava que no momento de seu nascimento Vênus estava na primeira casa.

Então cozinhavam juntas, como se estivessem evocando rituais familiares ancestrais. No verão passado fui convidada a comer com elas algumas vezes. Prepararam uma sopa apimentada com leite de coco e panquecas de batata com cantarela. Cozinhavam bem, com gosto. Essa amiga era muito carinhosa com a Acinzentada e cuidava dela como se fosse criança. Certamente sabia o que estava fazendo.

A menor casa, aquela que ficava ao pé da floresta brejosa, foi comprada há pouco tempo por uma família barulhenta de Breslávia com dois filhos adolescentes obesos e malcriados. Eram donos de uma mercearia no bairro de Krzyki. A casa seria reformada e transformada em uma mansão no estilo polonês — adornada com colunas, um alpendre, e atrás teria uma piscina. Foi o que o pai me contou. No entanto, a princípio, foi tudo rodeado com uma cerca feita de concreto pré-fabricado. Pagavam-me bem e pediam que eu entrasse todos os dias para ver se ninguém a havia assaltado. A casa era antiga, devastada e parecia querer ser deixada em paz para seguir seu processo de decomposição. Porém, este ano esperava-a uma revolução. Assim, montes de areia foram trazidos e depositados diante do portão. O vento tirava, o tempo todo, o plástico que os cobria, e colocá-lo de volta me exigia muito esforço. Em seu terreno havia uma pequena nascente e planejavam fazer lá pesqueiros e construir uma churrasqueira. O sobrenome deles era Poceiros. Demorei pensando se deveria inventar meu nome particular para eles, mas depois cheguei à conclusão de que constituíam um dos dois únicos casos em que o sobrenome combinava com a pessoa. Realmente eram pessoas que viviam num poço — caíram nele há muito tempo e agora ajeitavam a vida em seu fundo, pensando que o poço era o mundo inteiro.

A última casa, que ficava na beira da estrada, era uma casa para alugar. Normalmente a alugavam para jovens casais com filhos que procuravam contato com a natureza no fim de semana. E, de vez em quando, para amantes. De vez em quando havia também indivíduos suspeitos, que se embriagavam ao anoitecer e gritavam durante as bebedeiras que se estendiam noite adentro. Depois dormiam até meio-dia. Todos eles passavam por nosso Lufcug como se fossem sombras. Apenas por um fim de semana. Hoje aqui, amanhã, não. A pequena casa reformada de modo impessoal pertencia ao homem mais rico da região, que em todos os vales e em todos os planaltos possuía alguma propriedade. O indivíduo se chamava Víscero — e constituía o segundo caso em que o sobrenome combinava naturalmente com seu proprietário. Dizem que comprou a casa por causa do terreno em que ela ficava. E que comprou a terra para um dia transformá-la numa pedreira. Dizem que todo o planalto podia ser transformado numa pedreira. E que estaríamos vivendo aqui sobre uma mina de ouro conhecida como granito.

Eu precisava me esforçar muito para conseguir tomar conta de tudo. E examinar ainda a pontezinha, ver se estava bem e se a água não havia solapado a sua sustentação, construída depois da última enchente. E se a água não tinha lhe feito buracos. Quando terminava minha ronda, olhava ainda em volta e deveria, de fato, me sentir feliz por tudo isso existir. Poderia não haver nada além de grama aqui — enormes touceiras da grama da estepe fustigadas pelo vento. E as rosetas de carlina. Poderia ter sido assim. Ou poderia haver mesmo um nada — um vão no espaço cósmico. Talvez assim seria melhor para todos.

Quando rondava pelos campos e pousios, gostava de imaginar como tudo isso ficaria daqui a milhões de anos. As mesmas plantas estarão aqui? E a cor do céu, será a mesma? Será que as placas tectônicas se moverão e uma alta cadeia de montanhas se levantará? Ou será que um mar surgirá aqui e por entre o movimento ocioso das ondas desaparecerão os motivos para usar a palavra "lugar"? Uma coisa está certa — estas casas não estarão aqui, e meu esforço é insignificante, cabe na ponta de um alfinete, assim como a minha vida. Convinha me lembrar disso.

Mas se eu fosse além dos nossos limites, a paisagem mudaria. Aqui e acolá, pontos de exclamação saíam do chão, agulhas afiadas perfuravam o cenário. Quando a vista se enganchava neles, minhas pálpebras tremiam: essas estruturas erguidas nos campos, nas divisas, nos confins da floresta, feriam os olhos. Em todo o planalto havia oito delas. Sabia isso com exatidão, pois lutava contra elas, como Dom Quixote lutava contra os moinhos de vento. Foram construídas com toras de madeira cruzadas, todas compostas como cruzes. Essas figuras bizarras tinham quatro pernas e uma guarita no topo com aberturas para o disparo de armas. Chamavam-nas de púlpitos, púlpitos para caça. Esse nome sempre me espantava e causava irritação. O que se ensinava nesses púlpitos? Que evangelho se pregava ali? Não é o cúmulo de presunção, uma ideia diabólica, denominar assim o lugar de onde se mata?

Ainda consigo ver sua imagem. Semicerro os olhos para borrar seus contornos e fazê-los desaparecer. Faço-o apenas porque não consigo suportar sua presença. Mas a verdade é que quem sente ira e não age, propaga a pestilência. É o que diz nosso Blake.

Quando estava assim, olhando para os púlpitos de caça, conseguia me virar a qualquer momento para segurar delicadamente a afiada e irregular linha do horizonte da mesma forma que se segura um fio de cabelo. E olhar para além dela. Ali é a República Tcheca. É para lá que foge o sol depois de ver todos esses horrores aqui. É ali que minha donzela desce para passar a noite. Sim, Vênus dorme na República Tcheca.

Passava as noites da seguinte forma: me sentava à grande mesa da cozinha e me dedicava às minhas ocupações preferidas. Eis aqui a mesa, e sobre ela o computador que Dísio me deu, embora eu nunca tenha usado mais que um programa. Eis as Efemérides, algumas folhas para fazer anotações, e alguns livros. Muesli seco que belisco enquanto trabalho e um bule de chá preto; não bebo nenhum outro tipo.

Aliás, poderia ter feito todos os cálculos à mão, e talvez me arrependa um pouco por isso. Mas quem ainda usa uma régua de cálculo hoje em dia?

Mas, se eu precisasse fazer um mapa astral no deserto, sem computador, sem eletricidade ou quaisquer ferramentas, conseguiria fazê-lo. Tudo o que eu preciso são as minhas Efemérides. Por isso, se alguém, de repente, me perguntar (mas infelizmente ninguém fará isso) que livro eu levaria para uma ilha deserta, minha resposta seria: *As efemérides planetárias: 1920-2020*.

Tinha curiosidade de saber se era possível ver a data de morte de uma pessoa no seu horóscopo. A morte no horóscopo. E como ela aparece. Como se manifesta. Quais são os planetas que desempenham o papel das Moiras? Aqui embaixo, no mundo de Urizen, as leis são aplicadas. Do céu estrelado à consciência moral. É uma lei rígida, sem piedade ou exceções. Já que existe a ordem do nascimento, por que não existiria a ordem da morte?*

Juntei, ao longo de todos esses anos, mil e quarenta e duas datas de nascimento e novecentas e noventa e nove datas de falecimento e continuo fazendo minhas pequenas pesquisas. Um projeto sem subsídios da União Europeia. Um projeto de cozinha.

Sempre achei que a astrologia deveria ser aprendida com a prática. Constitui um conhecimento concreto, em grande medida empírico e, digamos, tão científico quanto a psicologia. É preciso observar atentamente algumas pessoas a seu redor e associar os momentos de sua vida à configuração dos planetas.

* Na mitologia de William Blake, Urizen é a personificação da razão e da lei. [N. E.]

É preciso também monitorar e analisar os mesmos acontecimentos dos quais participam diferentes pessoas. Em pouco tempo é possível notar que fórmulas astrológicas semelhantes descrevem acontecimentos semelhantes. É assim que se chega a uma iniciação — ora, a ordem existe e está ao alcance da mão. Ela é estabelecida pelos astros e planetas. Quanto ao céu, ele é o modelo que define os padrões das nossas vidas. Estudos mais demorados tornarão possível, à base de detalhes minuciosos, adivinhar aqui na Terra a configuração dos planetas no céu. Uma tempestade à tarde, uma carta que o carteiro enfiou na fenda da porta, uma lâmpada queimada no banheiro. Nada consegue escapar a essa ordem. O efeito disso sobre mim é comparável ao do álcool ou de uma dessas drogas novas que, imagino, enchem a pessoa de um puro êxtase.

É preciso manter os olhos e ouvidos abertos, associar os fatos, enxergar a semelhança lá onde outros veem uma completa discrepância, lembrar que certos acontecimentos ocorrem em vários níveis ou, em outras palavras: muitos incidentes são aspectos do mesmo acontecimento. E que o mundo é uma grande rede, é um todo único, e não existe nada que esteja isolado. Cada fragmento do mundo, até o menor deles, está interligado com os outros através de um complexo cosmos de correspondências, onde uma mente simplória dificilmente penetra. Funciona assim, como um carro japonês.

Dísio, que é propenso a digressões efusivas em torno do tema da simbologia bizarra de Blake, não compartilhava da minha paixão pela astrologia. Isso porque ele nasceu tarde demais. Sua geração tem Plutão em Libra, o que os torna menos atentos. E eles pensam que podem equilibrar o inferno. Não acho que consigam fazê-lo. Talvez saibam elaborar projetos e programar aplicativos, mas a grande maioria perdeu sua vigilância.

Cresci numa bela época, que infelizmente já passou. Havia nela uma enorme disposição para mudanças e a capacidade de criar ideias revolucionárias. Hoje em dia ninguém mais tem a coragem de inventar algo novo. Fala-se apenas sobre como as coisas já são e se continua lançando as mesmas ideias antigas. A realidade envelheceu e ficou senil; está sujeita às mesmas leis que qualquer organismo vivo — envelhece. Assim como as células do corpo, seus componentes mais elementares — os sentidos — sucumbem à apoptose. A apoptose é a morte natural, provocada pelo cansaço e pelo esgotamento da matéria. Em grego essa palavra significa "a queda das pétalas". As pétalas do mundo caíram.

Mas depois deve vir algo novo, sempre foi assim. Não é um paradoxo engraçado? Urano está em Peixes, mas quando entrar em Áries um novo ciclo vai começar e a realidade vai nascer outra vez. Na primavera, daqui a dois anos.

Estudar os horóscopos me dava prazer, mesmo quando descobria essa ordem da morte. O movimento dos planetas sempre é hipnótico, belo, não há como pará-lo ou acelerá-lo. É bom pensar que essa ordem ultrapassa muito o tempo e o espaço de Janina Dusheiko. É bom ter confiança plena em algo.

Então: para determinar a morte natural, examinamos as posições do hyleg, isto é, do corpo que suga a energia vital do cosmos para nós. Nos nascimentos diurnos esse papel pertence ao Sol, e nos noturnos, à Lua. Acontece que em certos casos o regente do ascendente vira o hyleg. A morte normalmente acontece quando o hyleg entra num aspecto radicalmente desarmonioso com o regente da oitava casa ou com o planeta presente nele.

Ao considerar o risco de morte súbita, precisava levar em conta o hyleg, sua casa e os planetas situados nessa casa. Examinava, ao mesmo tempo, quais entre os planetas nocivos — Marte, Saturno e Urano — eram mais fortes do que o hyleg e formavam um aspecto negativo com ele.

Naquele dia, me sentei para trabalhar e tirei do bolso o papel amassado em que anotei os dados de Pé Grande para verificar se a morte o tinha visitado na hora certa. Quando estava digitando sua data de nascimento, dei uma olhada no pedaço de papel e percebi que tinha anotado as informações num calendário de caça, e o título da folha era "Março". Numa tabela, havia pequenas imagens dos animais que podiam ser caçados no mês de março.

O horóscopo apareceu diante dos meus olhos sobre a tela e por uma hora capturou minha visão. Primeiro, olhei para Saturno. Num signo fixo, é ele que muitas vezes aponta para uma morte provocada por asfixia, engasgamento ou enforcamento.

Durante duas noites trabalhei no horóscopo de Pé Grande. Até que Dísio telefonou e precisei convencê-lo a não me visitar. Seu velho e valente Fiat 126p ficaria atolado na neve que estava derretendo. Que o garoto de ouro traduza Blake lá no seu canto no albergue de operários. Que, no quarto escuro de sua mente, dos negativos ingleses revele frases em polonês. Seria melhor que viesse na sexta-feira, assim lhe contaria tudo e apresentaria como prova a ordem precisa dos astros.

Preciso ter cuidado. Ouso dizer: lamentavelmente, não sou uma boa astróloga. Há uma falha no meu caráter que obscurece a imagem do posicionamento dos planetas. Olho para eles através do meu medo e apesar da aparência alegre que as pessoas, ingênua e simploriamente, me atribuem, vejo tudo como num escuro espelho, como se através de um vidro fumê. Olho para o mundo da mesma forma que os outros olham para o eclipse do Sol. É assim que eu vejo a Terra eclipsada. Vejo como nos movemos cegamente na penumbra eterna, como melolontas presas numa caixa por uma criança cruel. É fácil nos machucar e nos ferir, quebrar em pedaços nossa existência intricada e bizarra. Percebo tudo como anormal, horrível e perigoso. Vejo apenas catástrofes. Mas se a queda constitui o início, há como cair mais fundo?

De qualquer modo, conheço a data de minha própria morte e graças a isso me sinto livre.

5.
A luz na chuva

Prisões são construídas com as pedras da Lei,
Bordéis, com os tijolos da Religião.

Uma batida, um estouro distante, como se alguém no quarto vizinho tivesse estourado um saco de papel.

Sentei-me sobre a cama com um pressentimento terrível de que algo ruim estivesse acontecendo, e esse barulho pudesse ser uma sentença de morte para alguém. Outros barulhos se seguiram, então comecei a me vestir às pressas, um pouco atordoada. Parei no meio do quarto, emaranhada no suéter, repentinamente desamparada — o que devia fazer? Como sempre nesses dias, o tempo estava maravilhoso. Aparentemente, o deus do tempo favorece os caçadores. O sol ofuscava com seu brilho e projetava longas sombras sonolentas, tinha acabado de nascer e ainda estava vermelho pelo esforço. Saí para fora de casa e senti outra vez como se as meninas corressem à minha frente até a neve, contentes porque o dia havia começado, mostrando sua alegria tão abertamente e sem pudor que eu também me contagiaria. Jogaria uma bola de neve para elas, que tomariam isso como um sinal verde para todos os tipos de loucuras, se lançariam em perseguições caóticas em que a perseguidora repentinamente virava a perseguida, e a cada segundo o motivo da corrida mudaria, até que, finalmente, sua alegria se tornaria tão grande que não havia nenhum outro jeito de expressá-la além de correr desenfreadamente em volta da casa.

Mais uma vez senti lágrimas nas bochechas — talvez eu devesse consultar o dr. Ali sobre isso. Ele é dermatologista, mas sabe um pouco de tudo e tudo entende. Meus olhos devem estar muito doentes.

Enquanto caminhava até o Samurai, tirei a sacola cheia de gelo do pé de ameixas e senti o seu peso em minha mão. "*Die kalte Teufelshand*", uma lembrança remota surgiu do passado. Seria *Fausto*? O punho frio do diabo. Consegui ligar o Samurai de primeira, e ele, como se percebesse o meu estado, partiu gentilmente pela neve. As pás e o pneu reserva se chacoalharam na parte traseira. Era difícil determinar o exato local de onde vinham os tiros que ecoavam e se propagavam rebatidos pela parede da floresta. Fui na direção da passagem fronteiriça e uns dois quilômetros depois do despenhadeiro vi os carros deles — jipes de luxo e um pequeno caminhão. Junto deles havia um homem fumando um cigarro. Acelerei e passei por esse acampamento. O Samurai deve ter percebido do que se tratava, pois lançava, entusiasmado, neve molhada para todos os lados. O homem correu atrás de mim por alguns metros acenando com as mãos, provavelmente tentando me deter, mas não lhe dei atenção.

Então os avistei andando numa longa linha dispersa. Vinte ou trinta homens trajando uniformes verdes, casacos camuflados e aqueles ridículos chapéus com pena. Parei o carro e corri em sua direção. Logo reconheci alguns deles. Eles também me viram. Olhavam para mim espantados e lançavam entre si olhares cheios de graça.

— O que diabos está acontecendo aqui? — gritei.

Um deles, um ajudante, veio até mim. Era um dos dois homens bigodudos que foram até minha casa no dia em que Pé Grande morreu.

— Sra. Dusheiko, não se aproxime, é perigoso. Saia, por favor. Estamos atirando.

Abanei as mãos diante do seu rosto.

— Saiam daqui vocês. Senão vou ligar para a polícia.

Veio até nós um outro indivíduo que se separou da linha. Não o conhecia. Trajava um clássico uniforme de caçador, com o mesmo chapéu. A linha dispersa seguiu adiante, apontando suas espingardas para a frente.

— Não é necessário, senhora — respondeu, educado. — A polícia já está aqui — sorriu condescendente. De fato, avistei de longe a silhueta barriguda do comandante da polícia.

— O que há? — gritou alguém.

— Nada, nada, é aquela senhora idosa de Lufcug. Quer chamar a polícia — ele disse. Havia ironia em sua voz.

Senti ódio dele.

— Sra. Dusheiko, não faça bobagens — o Bigodudo falou amigavelmente. — Estamos mesmo atirando aqui.

— Vocês não têm direito de atirar contra seres vivos! — gritei alto. O vento arrancou as palavras da minha boca e as levou por todo o planalto.

— Está tudo bem, volte para casa. Estamos atirando em faisões — o Bigodudo me tranquilizou, como se não entendesse meu protesto. Outro falou num tom açucarado:

— Não discuta com ela, é uma maluca.

Foi então que senti uma onda de ira, genuína — para não dizer divina. Ela me inundou por dentro como uma onda quente e ardente. Essa energia me fez bem, parecia me tirar do chão, um pequeno Big Bang no universo do meu corpo. Um fogo queimava dentro de mim como uma estrela de nêutrons. Lancei-me para a frente e empurrei o homem do chapéu ridículo com tanta força que ele caiu na neve, completamente espantado. E quando o Bigodudo correu para ajudá-lo, eu o ataquei também, acertando o seu braço com toda minha força. Ele gemeu de dor. Não sou uma garota fraca.

— Eita, mulher, que maneiras são essas? — Estava com os lábios contorcidos de dor quando tentou agarrar minhas mãos.

Foi quando o homem que estava parado perto dos carros — deve ter me seguido — correu e me agarrou por trás num abraço de urso.

— Eu vou te acompanhar até o carro — disse no meu ouvido, embora não tivesse a menor intenção de fazê-lo. Puxou-me para trás com tanta força que acabei caindo.

Bigodudo tentou me ajudar a ficar em pé, mas o afastei com asco. Não tinha nenhuma chance contra eles.

— Não fique nervosa, senhora. Agimos dentro da lei.

Disse isso mesmo: "dentro da lei". Limpei a roupa, sacudindo a neve, e fui até o carro. Tremia de tão nervosa, tropeçava. Enquanto isso, a linha de caçadores desaparecia mato abaixo, por entre pequenos salgueiros num terreno pantanoso. Em pouco tempo ouvi tiros outra vez; atiravam contra os pássaros. Entrei no carro e permaneci sentada, imóvel com as mãos no volante. Deve ter passado algum tempo até que fosse capaz de me mover.

Voltei chorando de impotência. Minhas mãos tremiam e eu já sabia que aquilo terminaria mal. Com um suspiro de alívio, o Samurai parou em frente à minha casa, como se tomasse meu partido em tudo. Encostei o rosto no volante. A buzina ressoou tristemente, como um chamado. Como um grito de luto.

Minhas moléstias aparecem traiçoeiramente, nunca sei quando estão vindo. E então algo acontece no meu corpo, os ossos começam a doer. É uma dor desagradável, revoltante — essa é a palavra que eu uso. É constante, persiste por horas, às vezes dias. Não há como se esconder, nem remédio ou injeção para aliviá-la. Tem que doer, do mesmo jeito que um rio precisa fluir, e a chama queimar. Ela me lembra, cruel, que sou composta de partículas de matéria que morrem a cada segundo. Alguém consegue se acostumar com isso? Aprender a viver com isso assim como as pessoas que vivem na cidade de Oświęcim (que abrigou Auschwitz) ou Hiroshima sem pensar jamais no que aconteceu lá no passado. Elas simplesmente vivem suas vidas.

Mas depois de sentir essas dores nos ossos, o estômago, o intestino, o fígado, tudo o que temos lá dentro começa a doer.

É uma dor contínua. A glicose, que sempre levo no bolso em pequenos frascos, é capaz de amenizá-la por um tempo. Nunca sei quando um ataque vai acontecer, e quando meu estado vai piorar. Às vezes tenho a impressão de que não sou constituída de nada além de sintomas da doença — sou um fantasma feito de dor. Quando fico inquieta, imagino que tenho um zíper no ventre, do pescoço até a virilha, e o abro devagar, de cima para baixo. E depois tiro os braços dos braços, as pernas das pernas e a cabeça da cabeça. Saio de meu próprio corpo, que desliza de mim como uma roupa velha. Debaixo dela, sou mais fina, delicada, quase transparente. Tenho um corpo como o de uma medusa: branco, leitoso, fosforescente.

Só essa fantasia é capaz de me trazer alívio. Só então volto a ser livre.

No final da semana, na sexta-feira, pedi ao Dionísio para vir mais tarde do que o costume — me sentia tão mal que decidi ir ao médico.

Sentei-me na sala de espera do consultório e me lembrei de como tinha conhecido o dr. Ali.

No ano passado, o sol tinha me queimado mais uma vez. Devia estar com um aspecto lamentável, porque as enfermeiras na recepção ficaram assustadas e me levaram diretamente para a enfermaria. Pediram-me para esperar lá. Eu estava com fome, peguei alguns biscoitos polvilhados com coco ralado e os comi avidamente. O médico apareceu depois de um instante. Tinha a pele levemente bronzeada, como uma noz. Olhou para mim e disse:

— Eu também gosto de cocô ralado.

Assim ganhou minha simpatia. Descobri que tinha uma característica especial — como muitas pessoas que aprendem polonês na vida adulta, ele às vezes trocava umas palavras por outras, completamente distintas.

— Já vou geminar a senhora — disse então.

Este homem tratou diligentemente as minhas moléstias, e não só as que afetavam a pele. Seu rosto moreno estava sempre tranquilo. Relatava-me, sem pressa, algumas histórias confusas, enquanto examinava o pulso e a pressão. Ora, ele certamente excedia as obrigações de um dermatologista. Ali, que veio do Oriente Médio, tinha métodos muito tradicionais e concretos para tratar as doenças da pele — pedia que as farmacêuticas preparassem pomadas e unguentos extremamente sofisticados, trabalhosos, compostos de diversos ingredientes. Suspeitava que era por isso que os farmacêuticos locais não gostavam dele. Suas misturas tinham cores impressionantes e cheiros surpreendentes. Talvez Ali acreditasse que o tratamento para as erupções alérgicas deveria ser tão espetacular quanto as próprias erupções.

Hoje examinava com o mesmo cuidado os hematomas em meus braços.

— Como isto apareceu?

Não dei a devida importância ao assunto. Uma leve batida bastava para que andasse com uma mancha vermelha durante um mês. Examinou também minha garganta, apalpou os gânglios linfáticos, auscultou os pulmões.

— Peço que o senhor me receite algo para me anestesiar — disse. — Deve existir algum medicamento desse tipo. Gostaria de ficar assim. Para não sentir, não me preocupar, para dormir. Será que é possível?

Ele começou a passar as receitas. Pensava muito em cada uma delas, enquanto mordia a ponta da caneta. Enfim, recebi um bloco inteiro delas e cada medicamento tinha que ser feito por encomenda.

Voltei tarde para casa. Fazia muito tempo que estava escuro e o vento Foehn soprava desde o dia anterior, então a neve derretia rapidamente enquanto caía uma intensa chuva de granizo.

Por sorte, a fornalha não tinha apagado. Dísio também se atrasou. Mais uma vez não conseguia avançar por nossa estrada por causa da neve escorregadiça e fofa. Deixou seu Fiat 126p no acostamento e veio a pé, ensopado e morrendo de frio.

Dísio, oficialmente chamado Dionísio, sempre me visitava às sextas-feiras, e como vinha direto do trabalho, nesse dia eu preparava o jantar. Já que fico sozinha o resto da semana, no domingo faço uma enorme panela de sopa, que requento todos os dias e me basta até aproximadamente quarta-feira. Na quinta, como produtos secos que guardo no aparador ou peço uma pizza margherita na cidade.

Dísio tem uma alergia terrível, então não posso soltar inteiramente as rédeas da minha imaginação culinária. É preciso cozinhar para ele sem usar certos ingredientes como produtos lácteos, castanhas, pimentões, ovos e farinha de trigo, o que limita bastante nosso cardápio. Especialmente porque não comemos carne. Às vezes, quando ele era imprudente e ingeria algo inadequado, sua pele ficava coberta de erupções e as pequenas bolhas se enchiam de água. Então ele começava a se coçar sem parar, e a pele machucada se transformava em feridas purulentas. Por isso era melhor não arriscar. Nem Ali, com suas misturas, conseguia apaziguar a alergia de Dísio. Sua natureza era misteriosa e traiçoeira, e os sintomas variavam. Nunca foi possível, com nenhum exame, apanhá-la em flagrante.

Dísio tirava um bloco de anotações e um monte de canetas coloridas de uma mochila ferrada, e lhes lançava olhares inquietos enquanto comia. E em seguida, depois de ter comido tudo e enquanto tomávamos chá preto (não reconhecemos nenhum outro tipo de chá), relatava o que tinha conseguido fazer durante a semana. Dísio estava traduzindo Blake. Ou tinha traçado esse objetivo e até então conseguia cumpri-lo com zelo.

Antigamente, havia muito tempo, tinha sido meu aluno. Agora já estava na casa dos trinta, mas não era diferente daquele

Dísio que se trancara por acidente no banheiro durante o exame final de inglês na escola secundária, sendo por isso reprovado. Tinha vergonha de gritar por ajuda. Sempre foi miúdo, com ar de menino, ou mesmo afeminado, com mãos pequenas e cabelos macios.

É estranho que o destino tenha nos reunido muitos anos depois daquele exame lamentável, aqui na praça do mercado na cidade. Eu o vi um dia quando saía da agência dos correios. Ele estava ali para buscar os livros que havia encomendado pela internet. Infelizmente, devo ter mudado bastante porque não me reconheceu à primeira vista. E então ficou me encarando boquiaberto, piscando sem parar.

— É a senhora mesmo? — sussurrou depois de um instante, surpreso.

— Dionísio?

— O que a senhora está fazendo aqui?

— Moro aqui perto. E você?

— Eu também, professora.

Depois, abraçamo-nos espontaneamente. Descobri que havia trabalhado em Breslávia como técnico de informática da polícia, mas não conseguiu escapar de algum tipo de reorganização ou reestruturação. Recebeu uma proposta para trabalhar na província, inclusive com a hospedagem temporária num hotel assegurada até que achasse um apartamento adequado. Mas Dísio não achou nenhum apartamento e morava nesse hotel local para operários, enorme e feio, todo feito de concreto, no qual se hospedavam todos os grupos barulhentos que estavam a caminho da República Tcheca, e onde as empresas organizavam festas de confraternização com bebedeiras que duravam até a manhã. Ocupava lá um quarto com um vestíbulo e uma cozinha comunitária no andar de cima.

Agora traduzia o *Primeiro livro de Urizen*, que me parecia mais difícil que os anteriores, *Provérbios do inferno* e *Augúrios de inocência*, com os quais eu o tinha ajudado solicitamente. Na verdade, não achei fácil, porque não conseguia captar as imagens belas e dramáticas que Blake criava com as palavras. Será que ele realmente pensava dessa forma? O que descrevia? Onde se encontra tudo isso? Onde e quando isso acontece? Será que é uma fábula ou um mito? Eu perguntava tudo isso para Dísio.

— Acontece sempre e em toda parte — ele dizia com brilho nos olhos.

Quando terminava algum fragmento, ele lia cada verso com solenidade e esperava por minhas observações. Às vezes eu tinha a impressão de entender apenas determinadas palavras e de não captar seu sentido. Não sabia como ajudá-lo. Não gostava de poesia e todos os poemas do mundo me pareciam desnecessariamente complicados e pouco claros. Não entendia por que essas revelações não podiam ser anotadas normalmente — em prosa. Nessas horas, Dísio perdia a paciência e se irritava. Eu gostava de provocá-lo dessa forma.

Não acho que eu fosse particularmente útil para ele. Ele era muito melhor que eu, sua inteligência, mais rápida — digital, eu diria. A minha permanecia analógica. Ele era esperto e sabia olhar para as frases traduzidas de um ponto de vista completamente distinto, deixar de lado o apego desnecessário a alguma palavra, se distanciar dela e voltar com algo completamente novo e belo. Sempre lhe passava o saleiro, porque tenho a teoria de que o sal facilita os processos de transmissão dos impulsos nervosos entre as sinapses. Foi assim que Dísio aprendeu a molhar o dedo com saliva, mergulhá-lo no sal e lambê-lo em seguida. Eu já tinha esquecido quase todo o meu inglês, não adiantaria nada, nem se devorasse toda a mina de sal de Wieliczka, e, além disso, esse tipo de trabalho de formiga me entediava com facilidade. Eu ficava completamente impotente.

Como, então, traduzir versos rimados com os quais crianças pequenas poderiam iniciar uma brincadeira, em vez de recitar, repetidamente, "uni, duni, tê, salamê minguê":

Every night & every morn
Some to misery are born
Every morn & every night
Some are born to sweet delight,
Some are born to endless night.

É o poema mais famoso de Blake. Não há como traduzi-lo para o polonês sem perder o ritmo, as rimas e o laconismo infantil. Dísio tentou várias vezes, mas era como decifrar uma charada.

Acabou de comer a sopa, que o aqueceu tanto que ficou corado. Seus cabelos estavam eletrizados por causa da touca, formando uma auréola pequena e engraçada ao redor da cabeça.

Essa noite tínhamos dificuldade em nos concentrar na tradução. Eu estava cansada e muito ansiosa. Não conseguia pensar.

— O que você tem? Hoje você está distraída — ele disse.

Concordei com Dísio. As dores aliviaram, mas não passaram por completo. O tempo estava terrível, ventava e chovia. É difícil se concentrar quando sopra o vento Foehn.

— Que demônio criou esse abismo abominável? — Dísio perguntou.

Blake combinava com o clima dessa noite: sentíamos como se o céu tivesse afundado sobre a superfície da Terra, de tal forma que não deixava muito espaço ou muito ar para que os seres sobrevivessem. Ao longo do dia, nuvens escuras e baixas atravessavam o céu, e agora, tarde da noite, roçavam suas barrigas molhadas nas colinas.

Tentava convencê-lo a ficar e passar a noite em minha casa — às vezes costumava fazer isso. Então eu arrumava o sofá-cama em minha pequena sala de estar, ligava o aquecedor elétrico e deixava a porta de meu quarto aberta para que pudéssemos nos ouvir respirando. Mas hoje ele não podia. Explicou, esfregando a testa num gesto sonolento, que a delegacia estava mudando para outro sistema operacional; eu não tinha muita vontade de saber os detalhes, o mais importante é que ele tinha um monte de trabalho por causa disso. Tinha que estar no local de manhã cedo. E ainda por cima começou esse degelo, só para complicar mais as coisas.

— Como você vai chegar lá? — preocupava-me.

— O mais importante é chegar até o asfalto.

Não gostei da ideia de ele ir embora. Vesti dois casacos polares e uma touca. Tínhamos as mesmas capas de borracha amarelas que nos faziam parecer anões. Caminhei com ele até a estrada lamacenta e seguiria, de bom grado, até o carro. Debaixo da capa, Dísio usava um casaco fino que pendia dele como de um espantalho, e os sapatos, mesmo que os tivéssemos posto para secar no aquecedor, ainda estavam molhados. Mas ele não queria que eu o acompanhasse. Despedimo-nos ali e eu já estava voltando para casa quando gritou atrás de mim.

Apontava a mão na direção do desfiladeiro onde algo emitia uma luz fraca. Era estranho.

Voltei.

— O que pode ser aquilo? — perguntou.

Dei de ombros.

— Talvez alguém esteja andando por lá com uma lanterna?

— Venha, vamos ver. — Pegou minha mão e me puxou como um pequeno escoteiro seguindo as pistas de um mistério.

— Agora, à noite? Não seja bobo, está muito molhado lá — gritei, surpresa com sua insistência. — Talvez Esquisito tenha perdido a lanterna e agora ela esteja lá, acesa.

— Aquilo não é luz de lanterna — disse Dísio e começou a subir.

Tentei pará-lo. Agarrei seu braço, mas fiquei apenas com a luva na mão.

— Dionísio, por favor, não, não vamos até lá.

Era como se estivesse possuído, porque não reagia.

— Eu vou ficar — tentei chantageá-lo.

— Tudo bem, volte para casa. Eu vou por minha própria conta. Talvez tenha acontecido alguma coisa. Pode ir.

— Dísio! — gritei, zangada.

Não respondeu.

Então fui atrás dele, iluminando o caminho com a lanterna, fazendo emergir da escuridão manchas claras em que todas as cores tinham desaparecido. As nuvens estavam tão baixas que era possível enganchar-se nelas e deixar-se levar para uma terra distante, para o sul, para os países mais quentes. E lá saltar dentro de um olival, ou, ao menos, num vinhedo na Morávia, onde se produz aquele delicioso vinho verde. Entretanto, nossas pernas ficavam entaladas num lamaçal semilíquido e a chuva tentava entrar debaixo do capuz e esbofeteava nossos rostos repetidamente.

E, enfim, o vimos.

Havia um carro no desfiladeiro. Era grande, um jipe. Todas as portas estavam abertas e a luz fraca dentro dele estava acesa. Permaneci a alguns metros de distância, tinha medo de me aproximar, sentia que começaria a chorar feito criança, de medo e tensão nervosa. Dísio tirou a lanterna de mim e foi se aproximando do carro devagar. Iluminou o interior. O carro estava vazio. No banco de trás havia uma pasta preta, e também algumas sacolas de plástico, talvez cheias de compras.

— Sabe o quê? — disse Dísio em voz baixa, arrastando as sílabas. — Eu conheço este carro. É a Toyota de nosso comandante.

Ele fazia a varredura das proximidades do carro com o foco da lanterna. O automóvel estava parado no local onde a estrada virava para a esquerda. À direita havia um mato espesso; no lugar onde na época dos alemães havia uma casa e um moinho. Agora, só ruínas no meio de um matagal e uma enorme nogueira visitada no outono por todos os esquilos da área.

— Veja — disse —, veja o que há na neve!

A luz da lanterna expôs rastros estranhos — um monte de pontos redondos do tamanho de uma moeda. Estavam por toda parte, em volta do carro e na estrada. E havia pegadas de botas masculinas com as solas sulcadas. Estavam bem visíveis, pois a neve tinha derretido e a água escura enchia cada uma delas.

— São marcas de cascos — eu disse, agachada, examinando atentamente os pequenos sinais redondos. — São as marcas das corças. Você está vendo?

Mas Dísio olhava em outra direção, para o local onde a neve, que derretia, estava pisoteada, completamente espremida. A luz da lanterna deslizava na direção do matagal, e, um instante depois, ouvi seu gemido. Estava debruçado sobre a abertura de um antigo poço entre os arbustos, junto à estrada.

— Meu Deus, meu Deus, meu Deus — repetia mecanicamente, o que me tirou completamente do sério. Era óbvio que nenhum deus viria aqui para colocar as coisas em ordem.

— Meu Deus, tem alguém aqui — choramingou.

Senti uma onda de calor. Fui até ele e arranquei a lanterna da sua mão. Iluminei a abertura e vimos uma imagem macabra. No poço raso havia um corpo retorcido, posicionado com a cabeça para baixo. Por trás do ombro aparecia um fragmento do rosto, horrível, coberto de sangue, com os olhos abertos. As grandes botas de solas grossas despontavam para fora, sobre a superfície. O poço tinha sido aterrado havia anos e por isso era raso — apenas um buraco. No passado, eu mesma o havia coberto com galhos para que as ovelhas do dentista não caíssem ali.

Dísio se agachou e tocou as botas desamparado, acariciando as gáspeas.

— Não toque — sussurrei.

Meu coração batia feito louco. Sentia que a cabeça ensanguentada se viraria para nós, e que o branco dos olhos brilharia debaixo dos fios de sangue coagulado, e os lábios se moveriam para articular alguma palavra, e, depois, todo esse corpo pesado começaria a rastejar desajeitadamente para cima, para a vida, enraivecido com sua própria morte, furioso, e me agarraria pela garganta.

— Talvez ainda esteja vivo — Dísio falou com uma voz lamuriosa.

Rezei para que não estivesse.

Ficamos lá parados, morrendo de frio e de medo. Dísio tremia como se estivesse tomado por convulsões; eu me preocupei com ele. Seus dentes batiam. Nós nos abraçamos e Dísio começou a chorar.

A água jorrava do céu, aflorava da terra, parecia que a terra era uma grande esponja encharcada de água fria.

— Vamos pegar pneumonia — Dísio choramingava.

— Vamos embora. Vamos até a casa do Esquisito, ele vai saber o que fazer. Vamos logo. Não é bom ficarmos parados aqui — sugeri.

Seguimos de volta, abraçados desajeitadamente como soldados feridos. Sentia minha cabeça arder com pensamentos irrequietos e repentinos, quase podia vê-los se evaporando na chuva, se transformando numa nuvem branca e se juntando às outras negras. Enquanto caminhávamos, escorregando na terra encharcada, palavras que queria muito compartilhar com Dísio ferviam em minha boca. Queria muito poder dizê-las em voz alta, mas elas não conseguiam tomar forma. Fugiam de mim. Não sabia como começar.

— Jesus, Jesus — Dísio soluçava. — É o comandante, eu vi seu rosto. Era ele.

Sempre me importei muito com Dísio e não queria que ele me tomasse por louca. Ele não. Quando estávamos chegando à casa de Esquisito, tomei coragem e decidi lhe contar o que estava pensando.

— Dísio — disse. — Esses animais estão se vingando das pessoas.

Dísio sempre confiou em mim, mas dessa vez nem me ouvia.

— Não é tão estranho quanto parece — continuei. — Os animais são fortes e sábios. Nós não temos noção do quanto. Houve um tempo em que os animais eram postos diante do tribunal. E inclusive condenados.

— O que você está dizendo? O que você está dizendo? — balbuciava inconscientemente.

— Eu li uma vez sobre ratazanas que foram acusadas pelo tribunal porque provocaram muitos danos. O caso era adiado porque elas não compareciam às audiências. Finalmente, o tribunal lhes designou um advogado.

— Meu Deus, o que você está dizendo?

— Acho que foi na França, no século XVI — continuei. — Não sei como o caso terminou e se elas foram condenadas.

De repente, ele parou, agarrou meus braços com força e chacoalhou.

— Você está em choque. O que você está dizendo?

Eu sabia bem o que estava dizendo. Decidi checar as informações quando surgisse uma oportunidade.

Esquisito emergiu de trás da cerca com uma lanterna na cabeça. Sob essa luz seu rosto parecia cadavérico e impressionante.

— O que aconteceu? Por que vocês estão andando por aí na escuridão? — perguntou num tom de sentinela.

— O comandante está morto, ali, junto do carro — Dísio falou, batendo os dentes e apontando para trás com a mão.

Esquisito abriu a boca e moveu os lábios silenciosamente. Estava começando a achar que tinha perdido a fala, mas, depois de uma longa pausa, ele disse:

— Eu vi aquele carro enorme dele hoje. Estava fadado a terminar assim. Ele dirigia embriagado. Ligaram para a polícia?

— E precisamos fazer isso? — perguntei, pensando na angústia de Dísio.

— Vocês é que acharam o corpo. São testemunhas.

Foi até o aparelho e logo depois o ouvimos denunciando calmamente a morte de uma pessoa.

— Eu não volto lá — disse, e sabia que Dísio tampouco iria.

— Ele está caído num poço. Com as pernas para cima. E a cabeça para baixo. Ensanguentado. Em volta está cheio de rastros. Pequenos como cascos de corça — Dísio balbuciava.

— Vai ser um escândalo, porque é um policial — Esquisito afirmou secamente. — Espero que não tenham pisoteado os vestígios. Vocês devem assistir a filmes policiais, não é?

Entramos em sua cozinha quente e clara enquanto ele esperava pela polícia do lado de fora. Não conversamos mais. Permanecíamos sentados sobre as cadeiras feito figuras de cera, imóveis. Meus pensamentos corriam desenfreadamente como aquelas nuvens de chuva pesadas.

A polícia veio num jipe cerca de uma hora depois. Capa Negra foi o último a descer do carro.

— Olá, pai. Imaginei que o senhor estivesse aqui — disse com sarcasmo e o coitado do Esquisito ficou extremamente embaraçado.

Capa Negra cumprimentou-nos, todos os três, com um aperto de mão de um militar, como se fôssemos escoteiros, e ele o nosso chefe. Acabamos de cumprir uma boa ação e ele estava nos agradecendo. Apenas lançou um olhar desconfiado para Dísio:

— Parece que nos conhecemos, não é?

— Sim, mas só de vista. Trabalho na delegacia.

— É meu amigo. Ele me visita às sextas-feiras porque traduzimos Blake juntos — me apressei em explicar.

Ele olhou para mim com aversão e pediu educadamente que entrássemos com ele no carro. Quando chegamos ao desfiladeiro, os policiais haviam cercado a área em volta do poço com fita plástica e acendido os holofotes. Chovia, e na luz dos holofotes as gotas se transformavam em longos fios de prata, como cabelos de anjo numa árvore de Natal.

Passamos a manhã inteira na delegacia, todos os três, apesar de Esquisito não merecer estar lá. Ele estava assustado e eu me sentia extremamente culpada por tê-lo envolvido nisso tudo.

Fomos interrogados como se tivéssemos matado o comandante com nossas próprias mãos. Por sorte, eles tinham lá uma extraordinária máquina de café que também preparava chocolate quente e conseguiu me reavivar imediatamente. Gostei muito, embora devesse tomar mais cuidado por causa das minhas moléstias.

Quando nos levaram para casa, já era bem tarde. O fogo no fogão a lenha havia apagado, então tive que fazer o esforço de acendê-lo outra vez.

Dormi sentada no sofá. Nem tirei a roupa. Tampouco escovei os dentes. Dormi como se estivesse morta e, um pouco antes de amanhecer, quando a escuridão lá fora ainda era completa, de repente ouvi algo estranho. Parecia que a caldeira do aquecimento central tinha deixado de funcionar, e que seu suave zumbido silenciara. Agasalhei-me e desci. Abri a porta da sala das caldeiras.

Minha mãe estava lá, usando um vestido florido de verão, com uma bolsa pendurada no ombro. Estava preocupada e desorientada.

— Pelo amor de Deus, o que você está fazendo aqui, mãe? — gritei espantada.

Ela abriu a boca como se quisesse me responder e moveu os lábios silenciosamente por um tempo. Depois desistiu. Seus olhos vagueavam inquietos pelas paredes e pelo teto da sala das caldeiras. Não sabia onde estava. Outra vez tentou dizer algo e outra vez desistiu.

— Mãe — sussurrei, querendo atrair seu olhar desnorteado.

Estava zangada com ela, pois ela tinha morrido havia muito tempo, e mães que já se foram não deveriam se comportar dessa forma.

— Como você veio aparecer aqui? Não é lugar para você — comecei a repreendê-la, mas fiquei com muita pena. Ela me fitou com um olhar apavorado e começou a olhar para as paredes, completamente confusa.

Entendi que eu a havia tirado de algum lugar, involuntariamente. E que a culpa era minha.

— Vá embora daqui, mãe — disse gentilmente.

Mas ela não me escutava, talvez nem conseguisse me ouvir. Não queria fixar seu olhar em mim. Irritada, fechei a porta da sala das caldeiras e permaneci do outro lado, escutando. Ouvia apenas um ruído, como se fosse o arranhar de um rato ou uma larva de besouro comendo a madeira.

Retornei para o sofá. Assim que acordei, pela manhã, voltei a lembrar de tudo.

6.
Trivialidades e banalidades

Este cervo que vaga
Tem a alma enlutada.

Esquisito foi feito para uma vida de solidão, exatamente como eu, mas não havia forma de juntar nossas solidões. Depois desses acontecimentos dramáticos tudo voltou aos antigos trilhos. A primavera se aproximava, então Esquisito se animou a fazer faxina e, no sossego de sua oficina, com certeza deixava várias ferramentas prontas — a serra elétrica, o triturador de galhos e, o aparelho que eu mais odiava, o cortador de grama. No verão perturbaria minha vida com elas.

Às vezes, durante minhas rondas cotidianas e ritualísticas, via sua silhueta esbelta e encurvada. Porém, sempre de longe. Uma vez até acenei do topo da colina, mas ele não respondeu. É possível que não tenha me visto.

No início de março tive mais um ataque agudo, e pensei em ligar para Esquisito ou ir até sua casa e bater à porta. A fornalha apagou e nem tive forças para descer e reacendê-la. Ir até a sala das caldeiras nunca foi um prazer. Prometi a mim mesma que, quando meus clientes viessem para suas casas no verão, eu lhes informaria que, infelizmente, não poderia me encarregar do trabalho no ano seguinte. E talvez fosse o meu último ano aqui. Talvez, antes do próximo inverno, tenha que voltar para meu pequeno apartamento na rua Więzienna em Breslávia, bem ao lado da universidade, e de onde se pode passar horas olhando o rio Oder bombear, hipnótica e insistentemente, suas águas para o norte. Por sorte, Dísio veio me visitar e acendeu a velha fornalha. Foi até o depósito de madeira, pegou um carrinho de mão cheio de lenha saturada com a umidade de março que, ao queimar, produziu muita fumaça e pouco calor. Com um vidro de picles e os restos de legumes preparou uma sopa deliciosa.

Fiquei deitada durante alguns dias, subjugada pelas rebeliões do meu corpo. Aguentava pacientemente os ataques de dormência nas pernas e aquela sensação insuportável de ardência. Minha urina era vermelha e posso assegurar a qualquer pessoa que o vaso sanitário cheio de um líquido vermelho é uma visão terrível. Fechava as cortinas porque não conseguia aguentar a luz ofuscante de março refletida pela neve. A dor lacerava meu cérebro.

Tenho uma teoria. Uma coisa muito ruim aconteceu: o cerebelo não foi adequadamente conectado ao nosso cérebro. Talvez tenha sido o maior erro da nossa programação. Alguém nos criou equivocadamente. É por isso que nosso modelo precisa ser substituído por outro. Se o cerebelo estivesse conectado com o cérebro, possuiríamos o conhecimento pleno da nossa anatomia, do que acontece dentro do nosso corpo. Ora, diríamos a nós mesmos: baixou o nível de potássio no meu sangue. A terceira vértebra cervical está com algum tipo de tensão. A pressão arterial está baixa, preciso me movimentar, e a maionese de ovos de ontem elevou muito o nível de colesterol, preciso observar o que vou comer hoje.

Temos este corpo, esta bagagem que só causa problemas, e, de fato, não sabemos nada sobre ele. Precisamos de diversas ferramentas para nos informar sobre os processos mais simples. Não é ridículo que, da última vez que o médico quis verificar o que estava acontecendo com meu estômago, me mandou fazer uma endoscopia? Tive que engolir um tubo grosso e foi necessária a ajuda de uma câmera para que o interior de meu estômago se revelasse. A única ferramenta primitiva e grosseira que nos foi dada como consolação é a dor. Os anjos, caso existam, morrem de rir de nós. É nisso que dá ganhar um corpo e não saber nada sobre ele. Nem sequer ter um manual de uso.

Infelizmente, o erro havia sido cometido logo no início, assim como vários outros erros.

Por sorte, meu ciclo de sono estava mudando outra vez. Adormecia de madrugada e acordava à tarde. Talvez fosse uma defesa natural contra a luz do dia, contra o próprio dia e tudo o que faz parte dele. Acordava, ou talvez isso tudo se passasse enquanto sonhava, e ouvia os passos das meninas nas escadas, como se tudo o que tinha acontecido ultimamente fosse apenas uma alucinação extenuante causada pela febre. Eram belos esses momentos.

Em meio aos sonhos, pensava também na República Tcheca. A fronteira surgia em minha mente e, além dela, aquele país bonito e gentil. Tudo lá é iluminado pelo sol, dourado pela luz. Os campos respiram aos pés das montanhas Stołowe, certamente criadas com o propósito de serem lindas. As estradas são retas, os riachos limpos, gamos e muflões pastam nos currais próximos às casas; pequenas lebres correm por entre as plantações de grãos, e sinos são amarrados às colheitadeiras para espantá-las delicadamente para uma distância segura. As pessoas não vivem apressadas, não rivalizam com os outros por qualquer motivo. Não correm atrás das ilusões. Vivem contentes com aquilo que são e gostam daquilo que têm.

No outro dia Dísio me contou que achara uma boa edição de Blake numa pequena livraria na cidade tcheca de Náchod. Imaginamos, então, que essas pessoas de boa índole que vivem do outro lado da fronteira, e se comunicam numa língua suave e infantil, à noite, depois do trabalho, acendem a lareira e leem Blake. E talvez o próprio Blake, se estivesse vivo, diria, ao ver tudo isso, que ainda havia lugares no universo não tomados pela decadência, o mundo não virou do avesso e o Éden ainda existe. Ali o ser humano não age de acordo com as regras da razão, estúpidas e rígidas, mas segundo o coração e a intuição. As pessoas não matam o tempo se pavoneando com aquilo que sabem, mas criam coisas extraordinárias fazendo uso de sua imaginação. Assim, o Estado não exerce o papel de um grilhão, não constitui o fastio do cotidiano, mas ajuda as pessoas a realizarem seus sonhos e suas esperanças. E o ser humano não é apenas uma engrenagem no sistema desempenhando um papel predeterminado, mas um ser livre. Era isso que passava pela minha mente, fazendo do meu tempo em repouso quase um prazer.

Às vezes eu acho que apenas os doentes são de fato sãos.

No primeiro dia em que me senti melhor, me vesti de qualquer jeito e, perseguida pelo senso de responsabilidade, fui fazer minha ronda. Estava fraca feito um broto de batata que cresceu na escuridão do porão.

Descobri que a neve havia arrancado a calha da casa da escritora durante o degelo e agora a água vertia diretamente sobre a parede de madeira. Mofo garantido. Liguei para ela, mas, como de costume, não estava em casa e talvez nem estivesse no país. Isso significava que precisava resolver o problema da calha sozinha.

É um grande mistério como os desafios despertam em nós forças verdadeiramente vivificantes. Senti-me muito melhor, a dor se concentrava apenas na perna esquerda, feito uma corrente elétrica, então andava com ela esticada e rígida, como se fosse uma prótese. Depois, quando tive que transferir a escada, deixei de me preocupar por completo com as moléstias. Esqueci-me da dor.

Fiquei nessa escada durante aproximadamente uma hora com os braços erguidos, tentando, sem êxito, colocar a calha de volta nos suportes semicirculares. Além disso, um deles se desprendeu e deve ter caído no meio da neve amontoada ao pé da casa. Poderia esperar por Dísio que viria à noite com um novo quarteto e com as compras. No entanto, ele é delicado, tem pequenas mãos de garota e, além disso, é um pouco abobado. Digo isso com todo o amor que tenho por ele. Não é nenhuma falha sua. Há traços e características mais do que suficientes no mundo para que cada um de nós seja abundantemente dotado, pensei.

Da escada, vi as mudanças que o degelo havia trazido ao planalto. Em algumas partes, especialmente nas encostas localizadas no sul e no leste, surgiram manchas escuras — lá o inverno retirava sua tropa, mas ainda se mantinha forte nas divisas entre os campos e ao pé da floresta. Todo o desfiladeiro estava branco. Por que será que a terra lavrada guarda melhor o calor que a terra coberta de grama? Por que a neve se derrete mais rápido na floresta? Por que aparecem anéis na neve ao redor dos troncos das árvores? Será que as árvores são quentes?

Fiz essas perguntas a Esquisito quando fui até ele pedir ajuda com a calha da escritora. Ele olhou para mim, impotentemente, mas não disse nada. Enquanto esperava por ele, examinava seu diploma de reconhecimento por haver participado da competição de catar cogumelos, organizada todos os anos pela Associação dos Catadores de Cogumelos Boleto.

— Não sabia que você era tão bom em catar cogumelos.

Sorriu melancolicamente, mas não respondeu, como sempre.

Fomos até sua oficina, que lembrava uma clínica cirúrgica — Esquisito tinha lá um monte de gavetas e prateleiras, e em cada uma delas havia alguma ferramenta especial, projetada para alguma tarefa específica. Demorou procurando algo na caixa até que, finalmente, tirou de lá um pedaço de barbante de alumínio achatado, torcido num círculo entreaberto.

— Abraçadeira — disse.

Palavra após palavra, devagar, como se lutasse contra uma paralisia progressiva da língua, confessou que não havia falado com ninguém nessas últimas semanas e que sua capacidade de articular a fala diminuíra. E, por fim, pigarreou e disse que Pé Grande tinha morrido engasgado com um osso. A autópsia provou que fora um acidente infeliz. Sabia disso pelo filho.

Caí na gargalhada.

— Pensei que a polícia fosse capaz de fazer descobertas mais reveladoras. Era evidente, à primeira vista, que ele tinha se engasgado...

— Nada é evidente à primeira vista — retrucou com um ímpeto que não lhe era característico, de modo que aquela observação ficou em minha mente.

— Você sabe o que eu penso sobre isso, não é?

— O quê?

— Você se lembra daquelas corças que estavam perto da casa quando passávamos por lá? Foram elas que o assassinaram.

Ficou em silêncio, examinando atentamente a abraçadeira.

— Como?

— Como, como... Não sei exatamente como. Talvez elas simplesmente o tenham assustado enquanto ele, feito um bárbaro, devorava a irmã delas.

— Você está querendo dizer que foi uma vendeta? Uma conspiração das corças?

Fiquei em silêncio por um longo tempo. Parecia que ele precisava de muito tempo para reunir os pensamentos e depois digeri-los. Deveria consumir mais sal. Como já disse, o sal ajuda a agilizar o pensamento. Ele também foi lento ao vestir a samarra e calçar as botas para a neve.

Quando atravessávamos a neve molhada, eu disse:

— E o comandante no poço?

— O que você quer saber? Qual era a causa de sua morte? Não sei. Ele não me disse nada.

Logicamente, se referia a Capa Negra.

— Não, não. Eu sei qual foi a causa de sua morte no poço.

— Qual? — perguntou, como se não estivesse interessado.

Foi por isso que não respondi na hora. Esperei até atravessar a ponte que levava à casa da escritora.

— A mesma.

— Quer dizer que se engasgou com um osso?

— Não seja maldoso. Foi assassinado pelas corças.

— Segure a escada — ele respondeu.

Subiu os degraus e ajeitou a calha enquanto eu desenvolvi minha teoria. Eu tinha uma testemunha — Dísio. Eu e Dísio estávamos mais bem informados porque fomos os primeiros a chegar ao local do ocorrido e vimos aquilo que a polícia já não conseguiu ver depois. Quando a polícia chegou, estava escuro e molhado. A neve derretia rapidamente, ocultando o essencial — aqueles estranhos vestígios em volta do poço, um monte deles, centenas, ou até mais. Eram rastros miúdos, pontuais, como se um bando de corças tivesse cercado um homem.

Esquisito ouvia, mas não respondia, dessa vez porque segurava parafusos com a boca. Continuei dizendo, então, que talvez, a princípio, ele estivesse andando de carro e tenha parado por algum motivo. Talvez uma corça, uma das assassinas, tenha simulado, fingido estar doente, e ele tenha ficado contente ao encontrar uma caça selvagem. E pode ser que então, depois de ele descer do carro, as corças o tenham cercado e empurrado em direção ao poço...

— Sua cabeça estava ensanguentada — Esquisito afirmou lá de cima, depois de fixar o último parafuso.

— Sim, é porque bateu a cabeça ao cair no poço.

— Pronto — falou depois de um longo momento de silêncio e começou a descer.

De fato, a calha estava segura apoiada na abraçadeira de alumínio. A antiga certamente aparecerá dentro de um mês, depois que a neve derreter.

— Procure não divulgar essa teoria. É muito improvável e pode lhe prejudicar — disse Esquisito e foi direto para casa, sem olhar para mim.

Pensei que ele, assim como os outros, me considerasse uma louca e fiquei triste.

Que pena. É como diz Blake: "Oposição é verdadeira amizade".

O carteiro trouxe uma carta registrada solicitando que eu me apresentasse novamente para um interrogatório. Teve que subir o caminho que leva do vilarejo até o planalto, por isso estava aborrecido comigo e não hesitou em demonstrar seu descontentamento.

— Deveria ser proibido morar tão longe — disse logo na entrada. — O que é que vocês ganham se escondendo do mundo? O mundo vai apanhá-los de qualquer jeito — havia uma satisfação maldosa em sua voz. — Assine aqui, por favor. É correspondência da Promotoria Geral.

Esse homem definitivamente não estava entre os melhores amigos das minhas meninas. Sempre lhe demonstravam claramente a sua aversão.

— E aí, como é viver numa torre de marfim, acima das cabeças dos meros mortais, com o nariz nas estrelas? — perguntou.

Não suporto isso nas pessoas — essa ironia fria. É uma postura muito covarde; tudo pode ser ridicularizado, desrespeitado, não é preciso se envolver em nada ou estabelecer qualquer laço. Como um homem impotente que não consegue sentir prazer, mas fará de tudo para estragar o prazer dos outros. A ironia fria é a arma básica de Urizen. O armamento da impotência. Os irônicos sempre têm uma visão de mundo da qual se gabam triunfalmente. Entretanto, se alguém começar a insistir e os questionar sobre os pormenores, descobre-se que ela é composta de trivialidades e banalidades. Nunca me atreveria a simplesmente chamar alguém de estúpido e não queria condenar o carteiro antecipadamente. Pedi que se sentasse e o convidei para um café — do jeito que os carteiros gostam: forte, com o pó de café fervido em água e servido num copo. Também lhe ofereci pão de mel que fiz ainda antes das festas natalinas. Esperava que não estivesse passado e que o carteiro não quebrasse os dentes ao mordê-lo.

Tirou o casaco e sentou-se à mesa.

— Ultimamente tenho distribuído muitos convites desse tipo, devem ter a ver com a morte do comandante — disse ele.

Estava curiosa para saber quem mais a Promotoria havia convocado, mas não deixei transparecer meu interesse. O carteiro esperava por minha pergunta, que não veio. Agitava-se na cadeira, sorvia o café. No entanto, eu sabia como administrar o silêncio.

— Por exemplo, levei esse convite a todos os amigos dele — contou, enfim.

— Ah, sim — disse com indiferença.

— Todos eles lavam o mesmo dinheiro — começou devagar, hesitante, mas era visível que estava se animando e seria difícil parar. — Conseguiram chegar ao poder. Como eles arranjaram aqueles carros e aquelas casas? Por exemplo, aquele tal de Víscero? A senhora acredita que ele enriqueceu com o negócio do açougue? — Puxou, enfaticamente, a pálpebra inferior para baixo e mostrou-me a membrana mucosa. — Ou com as raposas? Tudo isso é um disfarce, sra. Dusheiko.

Ficamos em silêncio por um momento.

— Dizem por aí que faziam parte da mesma panelinha. Alguém o ajudou a cair nesse poço, pode crer — o carteiro acrescentou com satisfação.

Sua necessidade de falar mal dos próximos era tão grande que nem sequer era preciso inquiri-lo.

— Todos sabem que jogavam pôquer, apostavam grandes quantias de dinheiro. E aquele novo restaurante dele, Casablanca, é um bordel e centro de tráfico humano.

Pensei que ele estava exagerando.

— Dizem por aí que contrabandeavam carros de luxo importados. Roubados. Alguém me contou — não vou dizer quem —

que de manhãzinha viu uma linda BMW andando pelas estradas de terra batida. Estaria vindo de onde? — perguntou retoricamente, esperando, decerto, que depois dessas revelações eu ficasse impressionada.

Certamente muito daquilo que contava era pura invenção.

— Aceitavam enormes propinas, pois onde arrumariam o dinheiro para ter carros como aquele do comandante? Teriam comprado com o salário de policial? Você vai dizer que o poder sobe facilmente à cabeça e estará certa. As pessoas perdem, por completo, qualquer senso de decência. Estavam vendendo nossa Polônia por uma mixaria. Eu conhecia o comandante há anos. Antigamente, era um simples agente da ordem. Entrou na milícia para não ter que trabalhar na fábrica de vidro, como os outros. Há vinte anos, eu jogava bola com ele. E agora nem me reconhecia. Eis como o destino afasta as pessoas, que acabam tomando outros rumos... Eu, um simples carteiro, e ele, um poderoso comandante. Eu, andando numa Cinquecento, ele, num Jeep Cherokee.

— Numa Toyota — corrigi. — Toyota Land Cruiser.

O carteiro respirou pesadamente e, de repente, senti pena dele porque um dia também deve ter sido inocente. Mas agora uma enorme quantidade de amargura afogava seu coração. Sua vida deve ter sido dura, de fato. E é provável que a raiva seja provocada por toda essa amargura.

— Deus criou o ser humano para ser feliz e rico. Mas a astúcia fez com que os inocentes virassem pobres — parafraseei, livremente, as palavras de Blake. Aliás, é o que eu penso mesmo. Apenas coloco a palavra "Deus" entre aspas.

Quando Dísio chegou à tarde, estava resfriado. Traduzíamos agora o "Mental Traveller" e já no início surgiu entre nós uma divergência a propósito da palavra "mental" — se deveria ser traduzida como "mental" ou talvez como "espiritual". Dísio lia, espirrando:

I travel 'd thro' a Land of Men
A Land of Men & Women too,
And heard & saw such dreadful things
As cold Earth wanderers never knew

Primeiro, cada um de nós anotava sua versão, depois as comparávamos e começávamos a juntar nossas ideias. Isso lembrava um pouco um jogo de lógica, um tipo complexo de palavras cruzadas.

Viajei por uma Terra de Homens
Território de Homens e Mulheres
E ouvi e vi coisas terríveis
Como jamais concebidas na Terra.

Ou:

Percorri uma Terra de Homens
Um País de Homens e Mulheres também
Vi e ouvi coisas tão terríveis
Como jamais vistas por ninguém.

Ou:

Viajei por toda a Terra
Percorrendo a Terra de Homens e Mulheres
Vendo e ouvindo coisas assustadoras
Ignotas a todos os saberes.

— Por que insistimos tanto em manter "mulheres" no final? — perguntei. — E se fizermos assim: "Uma Terra de Mulheres e Homens", assim precisaríamos de uma palavra que rimasse com "Homens". Por exemplo, "imagens" ou "paisagens".

Dísio permanecia em silêncio, roía as unhas e, enfim, propôs triunfalmente:

Vaguei por Terras de Homens
Espaços de Homens e Mulheres
Coisas terríveis lá vi,
Ignotas a todos os seres

Não gostei desse "espaços", mas logo conseguimos avançar e até as dez horas da noite todo o poema estava pronto. Depois, comemos salsas assadas com azeite de oliva. E arroz com maçãs e canela.

Depois desse jantar maravilhoso, em vez de cinzelar as nuances do poema, acabamos voltando, involuntariamente, ao assunto do comandante. Dísio estava muito bem informado sobre o que a polícia sabia — tinha acesso a toda a sua rede. Claro que não sabia tudo, pois a investigação era conduzida por uma instância superior. Além disso, Dísio era obrigado a manter um absoluto sigilo profissional, mas claro que não em relação a mim. O que eu poderia fazer com um segredo, mesmo da mais alta importância? Nem sei fofocar. Por isso ele costumava me contar muitas coisas.

Já se sabia, por exemplo, que o comandante morrera em consequência de uma pancada de algo duro na cabeça, provavelmente quando caía com força dentro do poço semiaterrado. Descobriram, também, que estava alcoolizado, o que deveria ter amortecido a queda, pois as pessoas embriagadas são mais flexíveis. Ao mesmo tempo, essa pancada na cabeça parecia demasiado forte para ser uma simples queda num poço. Precisaria ter caído da altura de mais de dez metros. No entanto, não havia nenhuma outra explicação viável. Sofreu uma pancada na têmpora. Não havia uma suposta arma. Nem sequer rastros. Foi recolhida uma certa quantidade de lixo — papéis de bala, sacolas de plástico, latas velhas, um preservativo usado. O tempo estava horrível, e a equipe especial chegou tarde ao local. Ventava muito, chovia e a neve derretia rapidamente. Nós dois nos lembrávamos muito bem daquela noite. Foram tiradas fotos dos estranhos rastros no solo — cascos de corça, eu continuava insistindo. Mas a polícia nem sequer tinha certeza se esses rastros estavam lá, e, caso estivessem, qual seria sua ligação com a morte. Nessas condições não havia como determiná-la. Além disso, as pegadas dos sapatos eram indistintas.

Também se descobriu que, surpreendentemente, o comandante tinha vinte mil zlotys num envelope cinza enfiado sob o cinto. O dinheiro estava distribuído em dois maços iguais amarrados com elásticos. Foi o que deixou os investigadores mais intrigados. Por que o eventual assassino não os levou? Não sabia que o dinheiro estava lá? E se o assassino fosse quem lhe deu o dinheiro? E, caso fosse, em troca de quê? Quando não se sabe o que está em jogo, deve ser dinheiro. É o que se diz, mas eu considero isso uma tremenda simplificação.

Havia, também, uma versão envolvendo um acidente infeliz, bastante inverossímil. Nesse caso, embriagado, ele teria procurado um esconderijo para guardar a grana, e foi então que caiu dentro do poço e acabou morto.

No entanto, Dísio insistia em afirmar que era um assassinato.

— Toda a minha intuição me diz isso, fomos os primeiros a chegar lá. Você se lembra da sensação de crime que pairava no ar?

Tive exatamente a mesma impressão.

7. Discurso para um poodle

Um cavalo maltratado no caminho
Clama ao céu pedindo sangue humano.

A polícia continuou nos perturbando inúmeras vezes. Íamos obedientemente aos interrogatórios e aproveitávamos a oportunidade para resolver vários assuntos na cidade — a compra de sementes, os subsídios da União Europeia, uma vez fomos também ao cinema. Sempre íamos juntos, mesmo que apenas um de nós fosse interrogado. Esquisito confessou à polícia que havia escutado o carro do comandante passar, grunhindo e ofegando, próximo de nossas casas naquela tarde. Disse que, depois de beber, o comandante andava sempre pelas ruas laterais, por isso não ficou particularmente surpreso. Os policiais presentes no interrogatório devem ter se sentido envergonhados.

Embora eu quisesse muito, infelizmente não podia confirmar o que Esquisito declarara no interrogatório.

— Estava em casa e não ouvi nenhum carro, tampouco vi o comandante. Provavelmente, naquela hora colocava lenha na fornalha na sala das caldeiras. Os barulhos da estrada não chegam lá.

E logo deixei de me ocupar com isso, embora toda a vizinhança só falasse nisso nas últimas semanas, inventando hipóteses cada vez mais elaboradas. Procurava simplesmente afastar meus pensamentos desse assunto — não basta toda a morte em volta para se preocupar obsessivamente com essa única?

Voltei a me dedicar a uma das minhas investigações. Dessa vez, analisei atentamente a programação de televisão em todos os canais possíveis, e investiguei as correlações entre o teor dos filmes transmitidos e a configuração dos planetas num determinado dia. As ligações mútuas eram muito claras, pareciam óbvias. Muitas vezes me perguntei se as pessoas que preparavam a programação não estavam tentando demonstrar seu vasto conhecimento astrológico. Ou será que a preparavam inconscientemente, sem serem afetadas por essa vasta sabedoria? É possível, também, que as correlações existam fora de nós, e que nós as captemos de uma forma completamente inconsciente. Por enquanto, minha pesquisa tem uma escala restrita, me dediquei a investigar apenas alguns títulos. Notei, por exemplo, que um filme intitulado *Médium*, muito comovente e estranho, aparecia na televisão quando o Sol transitava por algum aspecto de Plutão ou por planetas em Escorpião. O filme era sobre o desejo de imortalidade e como se apoderar da vontade humana. Falava-se sobre as experiências de quase morte, possessão sexual e outros assuntos plutonianos.

Consegui observar uma conformidade semelhante no caso da série de filmes *Alien*, aquele da nave espacial. Aqui entravam em cena sutis correlações entre Plutão, Netuno e Marte. Quando apenas Marte aspectava esses dois planetas vagarosos, repetiam na televisão uma das partes de *Alien*. Não é fascinante?

Coincidências desse tipo são impressionantes. Eu tenho material empírico suficiente para escrever um livro sobre isso. Mas, por enquanto, me satisfiz com um pequeno ensaio, que mandei para algumas revistas. Duvido que alguém o publique, mas talvez alguém reflita sobre isso.

Na metade de março, quando me senti completamente bem-disposta, fui fazer uma ronda maior. Isto é: não me limitei a examinar apenas as casas das quais cuido, mas decidi cobrir um perímetro maior, chegar até a floresta, depois pelos prados até a estrada, passando pelo despenhadeiro.

Nessa época do ano, o mundo se apresenta em sua forma mais detestável. Restam ainda grandes extensões de neve — dura e compacta — nas quais não se pode reconhecer aqueles belos e inocentes flocos que caem na véspera de Natal para nos alegrar. A neve agora, com sua superfície metálica, parece o gume de uma faca. É difícil atravessá-la, as pernas ficam presas. Se não fosse pelas botas de cano alto, machucaria as canelas. O céu é baixo, cinzento e, ao subir até um ponto mais elevado, parece estar ao alcance da mão.

Enquanto andava, pensava. Cheguei à conclusão de que não poderia viver aqui para sempre, em minha casa no planalto, tomando conta de outras casas. Um dia o Samurai vai quebrar e não vou ter como ir à cidade. As escadas de madeira apodrecerão, a neve arrancará as calhas, a fornalha quebrará, os canos arrebentarão num daqueles dias frios de fevereiro. Eu também estou enfraquecendo. Minhas moléstias estão acabando com meu corpo, devagar, impiedosamente. Sinto dores nos joelhos, a cada ano com mais intensidade, e ao que parece meu fígado tampouco presta para alguma coisa. Já estou viva há muito tempo. Fiquei pensando nisso, lamentando um pouco. Mas um dia teria que começar a pensar nisso seriamente.

Foi então que vi uma revoada rápida e ágil de tordos. São pássaros que costumo ver voando apenas em bandos. Movimentam-se diligentemente, feito um enorme rendado aéreo. Li em algum lugar que os tordos se defenderiam caso fossem atacados por um predador, como um daqueles falcões taciturnos que pairam no céu como espíritos santos. O bando sabe lutar e se vingar de uma forma bastante específica e pérfida — eles alçam voo rapidamente e, como se por um comando, defecam sobre o perseguidor. Assim, dezenas de cocôs brancos de pássaros caem sobre as lindas asas do falcão, fazendo com que fiquem sujas e coladas, cobrindo suas penas com ácido corrosivo. Numa situação assim, o predador precisa se conter, desistir da perseguição e, cheio de desgosto, pousar sobre a grama. É capaz de morrer de asco, tão imundas ficam suas penas. O falcão passa um dia inteiro as limpando, e continua no dia seguinte. Não dorme, pois não consegue dormir com as asas tão sujas. Sente-se doente com o próprio fedor. É como um rato, uma rã, ou uma carniça. Não consegue remover as fezes endurecidas com o bico, está com frio, e a água da chuva penetra com facilidade suas penas grudadas, alcançando sua delicada pele de pássaro. Os representantes de sua própria espécie — outros falcões — também o evitam como se fosse leproso, contagiado com alguma doença abjeta. Sua majestade fora ferida. Para um falcão, tudo isso é insuportável, e muitas vezes o pássaro acaba morrendo.

Nesse mesmo instante os tordos, conscientes de sua força em grupo, faziam travessuras diante de mim, traçando no ar figuras complicadíssimas.

Também observei duas pegas e estranhei terem conseguido chegar até o planalto. Mas sei que esses pássaros se alastram com mais rapidez do que os outros, e em pouco tempo estarão por toda parte, como acontece com os pombos. Uma pega traz azar, duas — sorte. Assim se dizia quando eu era pequena, mas naquela época havia menos pegas. Atualmente, é possível avistar mais do que duas. No ano passado, no outono, depois da época de reprodução, vi centenas delas se empoleirarem. Seria interessante saber se isso era sinal de múltipla sorte.

Eu observava as pegas enquanto tomavam banho numa poça formada pelo degelo. Elas me olhavam de soslaio, mas provavelmente não estavam com medo, pois corajosamente continuavam chapinhando e mergulhando a cabeça na água. Assistindo a essa alegre agitação de suas asas, não havia como duvidar de que o banho lhes propiciava um enorme prazer.

Dizem que as pegas não conseguem viver sem banhos frequentes. Além disso, são inteligentes e insolentes. Todos sabem que roubam dos ninhos de outros pássaros o material para construir seus próprios ninhos e depois levam para lá objetos reluzentes. Ouvi, também, que às vezes erram e levam para os ninhos tições acesos e assim acabam incendiando o edifício sobre o qual haviam construído seu ninho. A pega, tão familiar a todos nós, possui um belo nome em latim: *Pica pica*.

Que grande e cheio de vida é o mundo.

De longe, avistei também uma raposa que conheço bem e costumo chamar de Cônsul por ser elegante e bem-educada. Anda sempre pelas mesmas trilhas, e o inverno revela suas rotas — retas como uma régua, decididas. É um macho idoso, vem da República Tcheca, mas sempre volta para lá. Deve manter aqui algum tipo de negócio transfronteiriço. Eu o observava com o binóculo: descia com agilidade, correndo levemente sobre as pegadas que havia deixado anteriormente — talvez para que os eventuais rastreadores achassem que havia passado por lá apenas uma única vez. Eu olhava para ele como se fosse um velho conhecido. De repente, notei que, dessa vez, Cônsul desviou da rota fixa e, antes que eu percebesse, desapareceu no mato que cobria a divisa entre os campos. Havia lá um púlpito de caça, e à distância de uma centena de metros, mais um. Já tinha lidado com eles no passado. A raposa sumiu do meu campo de visão, e por não ter nada mais para fazer, a segui pela beira da floresta.

Havia ali um enorme campo que fora arado no outono e ainda estava coberto de neve. Debaixo dos pés, os torrões da terra semicongelada formavam uma superfície difícil de atravessar. Estava começando a me arrepender da decisão de seguir o Cônsul, quando, de súbito, assim que consegui subir um pouco, vi aquilo que o atraíra — uma enorme silhueta negra na neve cercada de manchas de sangue coagulado. Perto dali, um pouco acima, estava Cônsul. Olhou para mim demoradamente, com calma, sem medo, como se estivesse dizendo: Está vendo? Está vendo? Eu te trouxe até aqui, mas agora você precisa lidar com isso. E fugiu.

Aproximei-me e o vi — era um javali. Ainda não havia chegado à idade adulta. Estava deitado numa poça de sangue de cor castanha. A neve em volta estava raspada até o solo, como se o animal tivesse se sacudido em convulsões. Eu podia ver outros rastros em volta — das raposas e dos pássaros. E dos cascos das corças. Uma multidão de animais esteve ali. Vieram ver o assassinato com seus próprios olhos e manifestar o luto pelo jovem. Preferia examinar as pegadas a olhar para o corpo do javali. Quantas vezes é possível olhar corpos mortos? Será que isso nunca vai acabar? Meus pulmões se contraíram dolorosamente, senti dificuldade para respirar. Sentei-me sobre a neve e meus olhos começaram a lacrimejar. Senti o peso de meu próprio corpo — enorme, insuportável. Por que não fui em outra direção, ignorando os caminhos obscuros do Cônsul em vez de segui-lo? Por que acabo sendo testemunha de todos os assassinatos? Nesse dia tudo poderia ter transcorrido de uma maneira completamente diferente, e talvez nos outros também. Vi onde as balas o tinham atingido — no peito e na barriga. Vi para onde havia corrido — na direção da fronteira, para a República Tcheca, para longe dos novos púlpitos localizados daquele lado da floresta. Certamente atiraram de lá, portanto o javali ferido deve ter percorrido um longo caminho. Tentava fugir para a República Tcheca.

Tristeza, senti uma grande tristeza, e um luto interminável por cada animal morto. Termina um luto e logo começa outro, então estou em constante luto. É meu estado natural. Me ajoelhei sobre a neve ensanguentada e acariciei a pelagem áspera, fria e rija do javali.

— A senhora sente mais pena dos animais do que das pessoas.

— Não é verdade. Sinto pena de ambos, de modo igual. Contudo, ninguém atira contra pessoas indefesas — disse ao funcionário da Guarda Municipal naquela mesma noite. — Ao menos nos dias de hoje — acrescentei.

— Sim, é verdade. Somos um estado de direito — o guarda confirmou. Pareceu-me bondoso e pouco sagaz.

— Os animais mostram a verdade sobre um país — eu disse. — A atitude em relação aos animais. Se as pessoas tratarem os animais com crueldade, não adiantará de nada a democracia ou qualquer outra coisa.

Consegui fazer apenas uma denúncia na polícia. E fui dispensada por eles. Deram-me uma folha de papel e lá escrevi o que era necessário. Pensei que a Guarda Municipal também era um órgão de segurança pública, por isso vim aqui. Prometi a mim mesma que se isso não adiantasse, iria até a Promotoria. No dia seguinte. Para falar com Capa Negra. E denunciar um assassinato.

O homem jovem e vistoso, um pouco parecido com Paul Newman, tirou da gaveta um maço de papéis enquanto procurava uma caneta. Uma mulher fardada veio de outra sala e colocou, diante dele, uma caneca cheia.

— Aceita um café? — me perguntou.

Acenei com a cabeça num gesto de gratidão. Estava com frio e minhas pernas voltaram a doer.

— O que os senhores acham, por que eles não tiraram o corpo? — perguntei, mas sem nenhuma esperança de que respondessem. Ambos pareciam surpresos com minha visita e não sabiam bem como se comportar. Aceitei o café da moça simpática e respondi a mim mesma:

— Porque não sabiam que o haviam matado. Atiram contra tudo, ilegalmente. Eles o acertaram também e se esqueceram dele. Pensavam que se morresse, cairia em algum lugar no meio do mato, e ninguém saberia que mataram um javali fora da época permitida. — Tirei um impresso da bolsa e enfiei na cara do homem. — Verifiquei tudo. Estamos em março. Confira, por favor. Já não se pode atirar contra os javalis — concluí com satisfação e com a impressão de que meu modo de pensar era infalível, embora do ponto de vista lógico fosse difícil me convencer de que era possível matar alguém no dia 28 de fevereiro e, um dia depois, já não.

— Minha senhora — Paul Newman respondeu. — Isso, de verdade, não é de nossa competência. Por favor, denuncie o assunto do javali ao veterinário. Ele vai saber proceder no caso. Talvez o javali estivesse com raiva?

Bati a caneca contra o tampo da mesa.

— Não, era o assassino que tinha raiva! — gritei, pois conheço bem esse argumento; muitos dos assassinatos dos animais são justificados dessa forma, alegando que podiam estar contagiados. — Os pulmões foram atravessados por uma bala, o javali deve ter sofrido antes de morrer; eles o acertaram e pensaram que conseguiu fugir vivo. Além disso, o veterinário também está em conluio com eles, também é caçador.

O homem lançou um olhar impotente para sua colega.

— O que a senhora espera de nós?

— Que comecem os procedimentos legais. E que punam os responsáveis. E que mudem a lei.

— É demais. A senhora não pode exigir tanto — disse.

— Posso! Eu mesma determino minhas exigências — gritei enfurecida.

Ele ficou acanhado, a situação saía de seu controle.

— Tudo bem. Nós vamos reportar isso formalmente.

— Para quem?

— Primeiro pediremos esclarecimentos da parte da Associação de Caça. Solicitaremos que se pronunciem a respeito.

— Mas este não é o primeiro caso. Do outro lado do planalto achei o crânio de uma lebre furado por uma bala. Sabem onde? Perto da fronteira. Por isso chamei esse bosque de o Local do Crânio.

— É possível que tenham perdido essa lebre.

— Perdido! — gritei. — Meu senhor, eles atiram contra tudo que se move. — Fiquei em silêncio por um momento porque me senti como se um enorme punho me atingisse com toda a força no peito. — Mesmo contra os cães.

— Às vezes os cães matam animais no vilarejo. A senhora também tem cães. Aliás, lembro que no ano passado havia queixas contra a senhora...

Fiquei paralisada. O golpe foi muito doloroso.

— Eu não tenho mais cães.

O café era ruim, solúvel. Provocou uma câibra em meu estômago.

Eu me dobrei para a frente.

— O que a senhora tem? O que houve? — perguntou a mulher.

— Nada, nada — respondi —, sofro de certas moléstias. Não deveria tomar café solúvel e aconselho que tampouco vocês o tomem. Faz mal ao estômago.

Coloquei a caneca de lado.

— E então? O senhor vai registrar o boletim de ocorrência? — perguntei, ao que me parecia, muito incisivamente.

Outra vez trocaram olhares e o homem pegou o formulário com hesitação.

— Tudo bem — eu disse e quase ouvi seus pensamentos: *Escreverei de qualquer jeito e nem vou mostrar isso a ninguém*, por isso acrescentei: — E peço uma cópia para mim com a data carimbada e com sua assinatura.

Enquanto ele escrevia, procurava alguma forma de acalmar meus pensamentos, mas parecia que eles já tinham ultrapassado a velocidade permitida, corriam freneticamente em minha cabeça, e de algum modo conseguiam invadir meu corpo e minha corrente sanguínea. No entanto, paradoxalmente, aos poucos me enchia de uma calma que vinha dos pés, desde o chão. Era um estado que eu já conhecia — o estado de clareza, a terrível e incessante ira divina. Sentia as pernas coçando. Um fogo penetrava meu sangue que fluía rapidamente e levava essa chama ao cérebro, que agora resplandecia. As pontas dos dedos e o rosto se enchiam de fogo, e parecia que uma aura luminosa envolvia todo o corpo, me levantando levemente para cima, me descolando do chão.

— Vejam só como funcionam esses púlpitos. É diabólico, precisamos chamar as coisas pelo nome. É um mal pérfido e sofisticado construir cochos, colocar lá maçãs frescas e trigo para atrair os animais e, depois que se acostumam e ficam mansos, atirar na cabeça deles de um esconderijo, de um "púlpito" — comecei a falar em voz baixa, com o olhar fixo no chão. Eu podia sentir que eles me olhavam inquietos enquanto se dedicavam a seus afazeres. — Queria conhecer a escrita dos animais — continuei —, os sinais com os quais pudesse escrever avisos para eles: "Não se aproximem deste lugar", "Este alimento é letal", "Fiquem longe dos púlpitos, de lá vocês não ouvirão ninguém pregar o Evangelho, tampouco virá uma boa palavra, não lhes prometerão salvação depois da morte, não se compadecerão de sua pobre alma, pois eles dizem que vocês não possuem alma. Não verão em vocês um próximo, não lhes abençoarão. O pior dos criminosos possui uma alma, mas não você, bela corça, nem você, javali, nem sequer você, ganso selvagem, tampouco você, porco, ou você, cão". O ato de matar se tornou impune. E por ser impune, ninguém o percebe mais. E já que ninguém percebe, não existe. Quando passam pelas vitrines dos açougues onde grandes pedaços vermelhos de corpos esquartejados estão pendurados em exposição, acham que aquilo é o quê? Não refletem sobre isso, não é? Ou quando pedem um espetinho ou um bife, o que recebem, então? Nada disso assusta mais. O assassinato passou a ser considerado algo normal, virou uma atividade banal. Todos o cometem. Assim seria o mundo se os campos de concentração se tornassem algo normal. Ninguém veria nada de errado neles.

Falava assim enquanto ele escrevia. A mulher saiu da sala e eu podia ouvi-la falar ao telefone. Ninguém me escutava, mas eu continuei meu discurso. Não era capaz de interrompê-lo, pois as palavras vinham de algum lugar por conta própria — eu simplesmente precisava articulá-las. Sentia alívio depois de pronunciar cada frase. E o fato de algum peticionário entrar acompanhado de um pequeno poodle me animou ainda mais. Visivelmente comovido pelo tom de minha voz, ele fechou a porta silenciosamente e começou a falar sussurrando com Newman. Seu poodle se sentou tranquilo, inclinou a cabeça e ficou me olhando. Então eu continuei:

— O ser humano tem uma grande responsabilidade com os animais selvagens — ajudá-los a sobreviver —, e, quanto aos domesticados, retribuir seu amor e carinho, pois eles nos dão muito mais do que recebem. É preciso que eles vivam sua vida dignamente, acertem suas contas e registrem seu semestre no histórico cármico — fui um animal, vivi e me alimentei; pastei em campos verdejantes, pari a cria, a aqueci com meu próprio corpo; construí ninhos, cumpri meu papel. Quando você os mata, e eles morrem sentindo medo e terror — como esse javali cujo corpo jazia diante de mim ontem, e que permanece lá, humilhado, enlameado e coberto de sangue, transformado em carniça —, você os condena ao inferno e o mundo todo se transforma num inferno. Será que as pessoas não enxergam isso? Suas mentes não são capazes de ir além dos prazeres pequenos e egoístas? A responsabilidade do ser humano com os animais é guiá-los — nas sucessivas vidas — à libertação. Estamos todos viajando na mesma direção, da dependência à liberdade, do ritual ao livre arbítrio.

Falava assim, usando palavras sábias.

Da sala dos fundos, surgiu um faxineiro com um balde de plástico e me examinou com curiosidade. O guarda, ainda com um rosto impassível, preenchia o formulário.

— Você vai dizer que é apenas um javali — continuei. — E essa enxurrada de carne vinda dos açougues que inunda as cidades todos os dias como uma incessante chuva apocalíptica? Essa chuva prenuncia massacres, doenças, uma loucura coletiva, o ofuscamento e a contaminação da mente. Nenhum coração humano é capaz de aguentar tanta dor. Toda a complicada psique humana foi criada para não permitir que o ser humano entenda aquilo que vê de verdade. Para que não descubra a verdade, envolto em ilusão e conversa fiada. O mundo é uma prisão cheia de sofrimento, construída de tal forma que, para sobreviver, é preciso causar dor aos outros. Vocês ouviram? — me dirigi a eles, mas agora até o faxineiro tinha voltado a trabalhar, desapontado com meu discurso, então estava falando apenas com o poodle:

— Que mundo é esse? O corpo de um ser transformado em sapatos, almôndegas, salsichas, num tapete junto à cama, num caldo preparado à base dos ossos de um outro ser... Sapatos, sofás, uma bolsa feita da barriga de um ser, aquecer-se com a pele alheia, alimentar-se com o corpo de outro, cortá-lo em pedaços e fritar em óleo... Será que é possível que esses procedimentos macabros aconteçam de verdade? Essa grande matança cruel, insensível, mecânica, sem nenhum remorso, sem nenhuma pausa para pensar, embora muito pensamento esteja implicado a filosofias e teologias engenhosas. Que mundo é esse onde matar e causar dor é tido como algo normal? O que diabo acontece com a gente?

Um silêncio pairou no ar. Sentia tonturas e, de repente, comecei a tossir. Foi então que o homem com o poodle pigarreou.

— A senhora tem razão. Tem muita razão — afirmou.

Fiquei confusa. A princípio, olhei para ele com raiva, mas vi que estava comovido. Era um senhor de idade, esbelto, bem-vestido. Trajava um terno com colete, posso apostar que veio diretamente da loja de Boas Novas. Seu poodle estava limpo e bem cuidado — diria até galante. Contudo, meu discurso não causou nenhuma impressão no guarda. Era um desses ironistas que não gostam de páthos, então fecham a boca para não se contagiar com ele. Temem o páthos mais do que o inferno.

— A senhora está exagerando — foi a única coisa que ele disse depois de um momento, enquanto arrumava calmamente os papéis sobre a mesa. — De fato, fico pensando por que as mulheres mais velhas... as mulheres de sua idade se preocupam tanto com os animais. Não há mais pessoas para cuidarem? É porque seus filhos cresceram e já não têm ninguém com quem se preocupar? Talvez os instintos as levem a agir dessa forma, pois as mulheres têm esse instinto de proteção, não é? — olhou para sua colega, mas ela não confirmou essa hipótese com nenhum gesto. — Por exemplo, minha avó — continuava — tem sete gatos em casa e ainda alimenta todos os outros gatos do seu bairro. Leia isto, por favor — passou-me uma folha de papel com um curto texto impresso. — A senhora trata as coisas de uma forma demasiadamente emocional. Fica mais preocupada com o destino dos animais do que com o destino das pessoas — repetiu, concluindo.

Perdi a vontade de falar. Meti a mão no bolso e tirei de lá um tufo de pelos ensanguentados do javali e o larguei diante deles sobre a mesa. A primeira reação foi quererem ver o que era, mas logo recuaram com asco.

— Jesus, o que é isto? Pft — gritou o guarda Newman. — Tire isto daqui, diabos!

Acomodei-me na cadeira e disse, com satisfação:

— Eis os restos. Costumo recolher e guardá-los. Tenho caixas em casa, devidamente etiquetadas, para guardá-los. O pelo e os ossos. Um dia será possível clonar todos esses animais mortos. Talvez seja algum tipo de reparação.

— Que maluquice — a guarda balbuciou ao telefone, debruçando-se sobre o pelo com os lábios contorcidos de nojo. — A senhora está maluca.

O sangue coagulado e a lama sujaram os documentos. O guarda levantou-se às pressas, afastando-se da mesa.

— O senhor tem nojo de sangue? — perguntei maldosamente. — Mas deve gostar de chouriço.

— Acalme-se, por favor. Já chega desse espetáculo. Estamos tentando ajudá-la.

Assinei todas as cópias dos documentos, e foi então que a guarda segurou meu braço delicadamente e me acompanhou até a porta. Como se fosse louca. Não me opus. Enquanto isso, ela continuava falando ao telefone.

Outra vez tive o mesmo sonho. Outra vez minha mãe estava na sala das caldeiras. E outra vez estava zangada com ela por ter vindo.

Eu a encarava, mas ela desviava o olhar, não conseguia me mirar nos olhos. Fazia rodeios, como se soubesse de um segredo vergonhoso. Sorria, e depois, de repente, ficava séria, a expressão em seu rosto mudava, a imagem ondulava. Disse-lhe que não queria que viesse para cá. Este lugar é para os vivos, e não para os mortos. Foi então que ela virou e vi que minha avó estava lá também — uma jovem mulher corpulenta trajando um vestido cinzento. Segurava uma bolsa na mão. Ambas pareciam estar a caminho da igreja. Guardei essa bolsa na memória — era engraçada, da época de antes da guerra. O que se pode ter numa bolsa quando se vem do além para fazer uma visita? Um punhado de pó? Cinzas? Uma pedra? Um lenço apodrecido para um nariz inexistente? Ambas estavam agora diante de mim, tão próximas que tive, aliás, a impressão de sentir seu cheiro — perfume antigo e lençóis arrumados cuidadosamente no armário de madeira.

— Vão embora, voltem para casa — as espantei com as mãos do mesmo jeito que tinha feito com as corças.

Mas não se moveram. Então, fui a primeira a me virar e saí de lá, trancando a porta.

O velho método para lidar com pesadelos consiste em dizê-los em voz alta sobre o vaso sanitário e depois dar descarga.

8.
Urano em Leão

Tudo em que se pode crer
é uma imagem da verdade.

Naturalmente, o primeiro mapa astral que uma pessoa faz é para si mesma, e também foi assim no meu caso. Eis que me apareceu uma certa construção que se apoiava num círculo. Olhava para ela com espanto — isso sou eu? Ali estava, diante de mim, o projeto da pessoa que eu sou, meu próprio eu esboçado num diagrama básico, ao mesmo tempo o mais simples e o mais complicado possível. Como um espelho que transforma uma imagem sensorial do rosto num simples diagrama geométrico. Desapareceu aquilo que me parecia familiar e óbvio em minha própria cara; ficaram apenas os pontos, característicos e espalhados, que simbolizam os planetas na abóbada celeste. Nada envelhece, nada muda, os pontos no firmamento são únicos e fixos. A hora do nascimento divide o espaço dentro do círculo em casas e, desta maneira, o diagrama se torna praticamente único, como nossas impressões digitais.

Penso que cada um de nós, ao olhar para seu mapa astral, sente uma forte ambivalência. Por um lado, orgulho porque o céu deixa uma marca em sua vida individual, como o carimbo postal com uma data sobre uma carta — essa marca faz com que seja distinta, única. Mas, ao mesmo tempo, é também uma forma de aprisionamento no espaço, como um número de prisão tatuado. E não há como fugir disso. Não posso ser outra pessoa, senão eu mesma. É algo que me assusta. Preferiríamos pensar que somos livres e que a qualquer momento podemos nos reinventar. E que nossa vida depende totalmente de nós mesmos. Essa ligação com algo tão enorme e monumental como o céu nos incomoda. Preferiríamos ser pequenos, e então nossos pequenos pecados seriam perdoáveis.

Estou convencida de que precisamos conhecer profundamente essa prisão.

Já mencionei que minha profissão era de engenheira especializada em projetos de pontes? Construí pontes na Síria e na Líbia, e também na Polônia, perto de Elbląg, e duas em Podláquia. Aquela ponte na Síria era estranha — ligava as margens de um rio que aparecia apenas sazonalmente —, a água fluía no leito por dois ou três meses, depois a terra quente a absorvia e o leito se transformava em algo como uma pista de bobsled por onde corriam cães selvagens do deserto.

O que me dava mais prazer era transformar uma ideia em números — deles surgia uma imagem concreta, depois um esboço, e então um projeto. Os números juntavam-se em minha folha de papel e lá se ajeitavam de uma forma compreensível. Gostava muito daquilo. Meu talento em álgebra foi útil na época em que era preciso fazer todas as contas com uma régua de cálculo para elaborar um mapa astral. Hoje em dia é desnecessário; há programas de computador só para isso. Quem ainda se lembraria da régua quando o remédio para qualquer sede de conhecimento está a apenas um clique? Mas foi exatamente naquela época, a melhor época de minha vida, que começaram minhas moléstias e tive que voltar para a Polônia. Fiquei muito tempo no hospital, porém a verdadeira causa da enfermidade continuava desconhecida.

No passado tive um relacionamento íntimo com um protestante, que, por sua vez, fazia projetos de autoestradas. Ele me dizia, supostamente citando Lutero, que aquele que sofre, vê as costas de Deus. Ficava pensando se eram os ombros, ou as nádegas, e como seriam essas costas divinas, posto que nem sequer conseguimos imaginar a frente. Parece, então, que aquele que sofre tem um acesso especial a Deus, pela porta de serviço, é abençoado, concebe algum tipo de verdade difícil de se entender sem o sofrimento. Desse modo, mesmo que pareça estranho, apenas aqueles que sofrem são sadios. Acho que assim estaria de acordo.

Não pude andar durante um ano, e quando as moléstias começaram a diminuir um pouco, já sabia que nunca mais seria capaz de construir pontes sobre rios do deserto, nem poderia me afastar muito da geladeira onde guardava a glicose. Por isso mudei de profissão e virei professora de inglês. Trabalhava numa escola e ensinava muitas coisas úteis às crianças: inglês, trabalhos manuais e geografia. Sempre tentei capturar toda a sua atenção e fazer com que guardassem na memória assuntos importantes não por causa do medo de serem reprovados, mas por sentirem uma verdadeira paixão.

Isso me dava muito prazer. As crianças sempre me atraíram mais do que os adultos, pois eu também sou um pouco infantil. Não há nada de errado com isso. O importante é que estou ciente. As crianças são flexíveis e maleáveis, abertas e despretensiosas. E não se ocupam das conversas fiadas com as quais qualquer adulto consegue complicar sua vida. Infelizmente, com o passar do tempo, elas se entregam cada vez mais ao domínio da razão, virando, segundo as palavras de Blake, cidadãos de Ulro. Assim, torna-se cada vez mais difícil orientá-las para o caminho certo de uma forma tão natural. Por isso, me agradavam apenas as crianças pequenas. As mais velhas, digamos, acima dos dez anos de idade, eram ainda mais vis que os adultos. Nessa idade as crianças perdiam sua individualidade. Eu as via endurecendo ao entrarem na adolescência e se sujeitarem a serem iguais aos outros. Poucos indivíduos ainda travavam lutas internas, se debatiam contra esse novo estado das coisas, mas, enfim, quase todos sucumbiam. Procurava não manter contato com elas nessa altura, porque seria obrigada a testemunhar a queda, mais uma vez. Normalmente ensinava as crianças até essa fase, no máximo até o quinto ano.

Finalmente, tive que me aposentar. Cedo demais, na minha opinião. É difícil entender isso porque era boa, tinha uma vasta experiência, não tinha quaisquer problemas, além das minhas moléstias, mas elas apareciam apenas de vez em quando. Fui até o Conselho de Educação e lá entreguei as declarações necessárias, os certificados e requerimentos para conseguir a permissão para continuar trabalhando. Infelizmente, não deu certo. Foi uma época complicada de reformas, ajustes no sistema, mudanças de programas e de um desemprego crescente.

Depois, ainda procurei emprego em duas outras escolas, em tempo parcial — metade ou um quarto do regime de trabalho, ou inclusive por horas —, teria aceitado até minutos, caso me contratassem, mas, aonde quer que eu fosse, podia sentir uma multidão de professores mais jovens parada atrás de mim. Ouvia-os arfando na minha nuca, batendo os pés, impacientes, mesmo que fosse uma profissão ingrata e mal remunerada.

Só consegui arrumar um emprego por aqui mesmo. Comprei esta casa depois de ter saído da cidade e comecei a trabalhar vigiando as propriedades dos vizinhos. Foi então que uma jovem e ofegante diretora de escola atravessou as colinas para me ver. "Eu sei que você é professora", ela disse — usou o tempo presente, o que me agradou muito na época, porque minha profissão é uma questão do estado da mente, e não de ações isoladas. Ela me ofereceu algumas horas de aulas de inglês para crianças pequenas em sua escola, do jeito que gosto. Então aceitei, e uma vez por semana comecei a ensinar inglês para crianças de sete ou oito anos de idade, que são muito entusiasmadas na hora de aprender, mas ficam entediadas de uma maneira igualmente rápida e brusca. A diretora também queria que eu ensinasse música — provavelmente nos ouvira cantar "Amazing Grace" —, mas já seria demais para mim. Basta ter que andar todas as quartas até o vilarejo lá embaixo, ter que vestir roupas limpas, me pentear e maquiar um pouco — pinto as pálpebras de verde e uso pó no rosto. Isso tudo me custa muito tempo e muita paciência. Poderia ainda dar aulas de educação física, sou alta e forte. No passado, praticava esportes. Minhas medalhas ainda permanecem guardadas em algum lugar na cidade. Mas não tinha nenhuma chance de ensinar educação física por causa de minha idade.

No entanto, confesso que agora no inverno não é fácil chegar lá. Nos dias de aula, preciso me levantar mais cedo, quando ainda está escuro, colocar a lenha na fornalha, tirar a neve do Samurai, e, às vezes, quando está estacionado um pouco mais longe, junto à estrada, atravessar a neve para chegar até ele, o que não é nada prazeroso. As manhãs invernais são feitas de aço, têm um gosto metálico e as bordas afiadas. Às sete da manhã de uma quarta-feira, em janeiro, torna-se nítido que o mundo não foi feito para o ser humano, e, com certeza, nem para seu conforto ou prazer.

Infelizmente, nem Dísio, nem meus amigos compartilham minha paixão pela astrologia, então procuro não a ostentar. De qualquer modo, me consideram uma excêntrica. Só deixo escapar quando preciso conseguir a data e o lugar de nascimento de alguém, assim como foi no caso do comandante. Com este objetivo, inquiri todas as pessoas no planalto e a metade do vilarejo. Ao me informarem sua data de nascimento, as pessoas me revelam, essencialmente, seu verdadeiro nome, me mostram seu carimbo postal celeste, abrindo, diante de mim, seu passado e seu futuro. Infelizmente, nunca terei a oportunidade de pedir essas informações a algumas pessoas.

É relativamente fácil conseguir a data de nascimento. Basta apenas a carteira de identidade, ou qualquer outro documento.

Às vezes, em certas ocasiões, é possível encontrá-la na internet. Dísio tem acesso a diversos tipos de censos e tabelas, mas não vou me aprofundar no assunto aqui. E quanto à hora de nascimento, ela é importantíssima! Não se costuma anotá-la nos documentos, mas é ela que constitui a verdadeira chave para entender o homem. Um mapa astral sem a hora exata não vale quase nada — sabemos o QUE, mas não sabemos COMO e ONDE.

Sempre expliquei ao cético Dísio que, antigamente, a astrologia era o que hoje é a sociobiologia. Nessas horas, parecia um pouco mais interessado. Não há por que se revoltar com essas comparações. Um astrólogo acredita que os corpos celestes exercem uma influência sobre a vida das pessoas, e um sociobiólogo crê que são as misteriosas emanações dos corpos moleculares que nos afetam. A diferença está na escala. Nenhum dos dois sabe em que consiste essa influência e como é transmitida. Essencialmente, falam sobre a mesma coisa, só que usam duas escalas diferentes. Às vezes, eu própria me surpreendo com essa semelhança e com o fato de amar tanto a astrologia e não ter nenhuma consideração pela sociobiologia.

No mapa astral personalizado, a data de nascimento designa também a data da morte. É óbvio — aquele que nasce tem que morrer. Muitos dos pontos no mapa astral nos indicam a hora e o tipo de morte, mas é preciso saber notar e relacioná-los, verificar, por exemplo, os aspectos transitórios de Saturno em relação ao hyleg, e aquilo que acontece na oitava casa. E examinar o posicionamento das luzes, ou seja, do Sol e da Lua, perante isso.

É algo bastante complicado e pode entediar as pessoas que não se orientam bem no assunto. Mas, se prestar atenção — dizia a Dísio —, se ligar os diferentes fatos, descobrirá que a correlação dos acontecimentos ocorridos aqui embaixo com a posição dos planetas lá em cima é muito clara. Isso sempre me coloca num estado de profunda comoção. No entanto, essa comoção é o resultado do entendimento. Por isso Dísio não sucumbe a ela.

Em minha defesa da astrologia, preciso usar com frequência argumentos estatísticos, que detesto, mas sempre conseguem convencer as mentes jovens — que confiam cega e fervorosamente nas estatísticas. Basta apenas lhes dar alguma informação em forma de porcentagem ou probabilidade, e já o levam a sério. Assim, recorria a Gauquelin e ao "efeito Marte" — um fenômeno que pode parecer esquisito, mas é sustentado pela estatística. Gauquelin demonstrou que Marte, o planeta da força muscular, rivalidade etc., estatisticamente falando, ocupa determinada posição com mais frequência nos mapas astrais dos esportistas do que nos dos não esportistas. É claro que Dísio banalizava essa prova, assim como todas as outras que não lhe eram cômodas. Mesmo quando lhe apresentava inúmeros exemplos das profecias que se cumpriram. Por exemplo, aquela sobre Hitler, quando o astrólogo pessoal de Himmler, Wilhelm Wolf, previu "*eine grosse Gefahr für Hitler am 20.07.44*", isto é, um enorme perigo para Hitler naquele dia. E como sabemos, essa foi a data exata do atentado na Toca do Lobo. E depois, ainda, o mesmo sombrio astrólogo previu friamente: "*dass Hitler noch vor dem 7.05.45 eines geheimnissvollen Todes sterben werde*". Isto é, que Hitler morreria misteriosamente antes de 7 de maio.

— Incrível — dizia Dísio. — Como é possível? — perguntava a si mesmo, mas logo em seguida se esquecia de tudo e sua incredulidade se alargava de novo.

Tentava convencê-lo de outras maneiras, mostrando como aquilo que está embaixo interage com aquilo que está em cima:

— Por exemplo, veja, veja bem: o verão de 1980, a conjunção de Júpiter com Saturno em Libra. Uma poderosa conjunção. Júpiter representa o poder, Saturno, os operários. E, além disso, Wałęsa tem o Sol em Libra. Está vendo?

Dísio meneava a cabeça pouco convencido.

— E a polícia? O que representa a polícia no céu? — perguntou.

— Plutão. Assim como os serviços secretos e a máfia.

— Pois é, pois é... — repetia, pouco convencido, mas eu percebia que tinha muita boa vontade e se esforçava.

— Veja mais — dizia e lhe mostrava as posições dos planetas. — Saturno estava em Escorpião em 1953, o ano da morte de Stálin e do degelo; 1952-1956, autoritarismo, Guerra da Coreia, a invenção da bomba de hidrogênio. O ano de 1953 foi o mais difícil em termos econômicos na Polônia. Veja só, foi exatamente nessa época que Saturno ascendia em Escorpião. Não é incrível?

Dísio agitava-se na cadeira.

— Tudo bem, olhe aqui, então: Netuno em Libra — caos; Urano em Câncer — o povo se revolta, o colonialismo começa a definhar. Quando Urano entrava em Leão, estourou a Revolução Francesa, ocorreu o levante de janeiro e nasceu Lênin. Lembre-se que Urano em Leão sempre representa o poder revolucionário.

Eu notava que isso o cansava.

Não, era impossível convencer Dísio a acreditar em astrologia. Deixa pra lá.

Quando ficava sozinha e expunha na cozinha minhas ferramentas de pesquisa, me alegrava com a possibilidade de poder seguir esses incríveis padrões. Primeiro, desvendei o mapa astral de Pé Grande, e logo depois, do comandante.

Geralmente, o ascendente, seu regente e os planetas que se encontram no ascendente demonstram se um homem possui propensão aos acidentes. O regente da oitava casa indica uma morte natural. Caso ele se posicione na primeira casa, indicará uma morte por culpa própria. Esse seria, por exemplo, o caso de um homem distraído. Se o significador estiver relacionado com a terceira casa, então o homem terá a consciência da causa de sua morte. E caso não esteja relacionado, então o indivíduo nem saberá onde cometeu a derradeira falha. Na segunda casa a morte ocorrerá por causa dos bens e do dinheiro. Numa configuração desse tipo existe a possibilidade de sofrer um assalto e morrer em consequência dele. A terceira casa é típica dos acidentes rodoviários ou de trânsito. Na quarta, a morte ocorre em função de propriedade de terra ou por causa da família, particularmente o pai. Na quinta, por causa dos filhos, de excesso de prazer ou de um esporte. Na sexta casa, nós mesmos criamos as condições causadoras de nossa morte através do descuido ou do excesso de trabalho. Quando o regente da oitava casa se encontrar na sétima casa, o cônjuge se torna a causa da morte; pode haver um duelo, desespero causado pela traição. E assim por diante.

No mapa astral do comandante, na oitava casa (risco de morte, é a casa da morte) está o Sol, o corpo que simboliza a própria vida, mas também a posição de autoridade. Está numa quadratura — um aspecto muito difícil — com Marte (violência, agressão) na décima segunda casa (homicídio, atentado, assassinato) em Escorpião (morte, assassínio, crime). Plutão é o regente de Escorpião, portanto o poder pode ser relacionado com tais estruturas como a polícia, assim como... a máfia. Plutão encontra-se numa conjunção com o Sol em Leão. A meu ver, isso tudo indica que o comandante era uma pessoa muito ambígua e misteriosa, envolvida em muitos assuntos obscuros. E que conseguia ser cruel e impiedoso e se aproveitava de sua posição. Há uma grande possibilidade de que junto com o poder oficial, na polícia, tivesse muito poder também em outras organizações, secretas e sinistras.

Além disso, o regente do ascendente está em Áries, que rege a cabeça, portanto a violência (Marte) refere-se à sua cabeça; e essa foi a causa de sua morte — uma pancada na cabeça. Lembrei também que Saturno num signo correspondente a um animal — Áries, Touro, Leão, Sagitário e Capricórnio — prevê risco de morte causada por um animal agressivo ou selvagem.

— No *Inferno* de Dante, Virgílio diz que os astrólogos haviam sido castigados: tiveram a cabeça terrivelmente torcida para trás — disse Dísio, encerrando minha exposição.

— Força, irmão, não me decepcione — disse para o Samurai, que rosnava para mim, mas pegou logo em seguida. É prova de uma certa lealdade. Quando se convive há tanto tempo e quando há uma dependência mútua, nasce uma espécie de amizade. Sei que ele já tem certa idade, e que a cada ano fica mais difícil arrancar. Exatamente como eu. Sei também que o andei negligenciando e que esse inverno foi duro para ele. Exatamente como foi para mim. Nesse carro, levo tudo o que preciso no caso de uma catástrofe: pá e cabos, serra elétrica, tanque de gasolina, água mineral e um pacote de cream crackers já amolecidos pela umidade, pois os carrego desde o outono. Há também uma lanterna (enfim a achei!), um kit de primeiros socorros, um pneu reserva e uma geladeira de viagem cor de laranja. Tenho aqui também outra lata de spray de pimenta, caso seja assaltada por alguém na estrada, embora seja altamente improvável.

Atravessávamos o planalto na direção do vilarejo, pelos prados e maravilhosos pousios. O verde começava a aparecer timidamente. Os brotos das urtigas soltaram as pequenas pontas, ainda frágeis. Era difícil imaginar que em dois meses se ergueriam rijas, altivas e ferozes, com vagens macias, verdes e cheias de sementes. Junto do solo, próximo do caminho, vi os rostinhos em miniatura das margaridas — nunca pude deixar de sentir que elas examinavam, silenciosamente, todos aqueles que passavam por esse caminho, lançando seu duro julgamento sobre nós. Como um exército de homenzinhos-flores.

Estacionei o carro junto à escola e logo em seguida os alunos das minhas turmas correram até mim. Sempre admiravam a cabeça de lobo colada na porta lateral do Samurai. Depois iam comigo até a sala, tagarelando, falando pelos cotovelos e puxando as mangas de meu suéter.

— *Good morning* — eu disse.

— *Good morning* — responderam as crianças.

E como era uma quarta-feira, começamos nossos rituais de quarta. Infelizmente, a metade da turma não estava presente outra vez — faltavam os meninos, que foram dispensados por causa de algum tipo de ensaio relacionado com a primeira comunhão. Então tivemos que revisar as aulas anteriores. Para outra turma, ensinei o vocabulário relacionado com a natureza, o que implicava fazer um pouco de bagunça, e me rendeu uma bronca da faxineira.

— A senhora sempre deixa a sala parecendo um chiqueiro. Isto aqui é uma escola. Não é um jardim de infância. Para que precisam dessas pedras sujas e das algas?

Nessa escola a faxineira era a única pessoa de quem eu tinha medo, e o tom estridente e ressentido da sua voz me deixava louca. As aulas me cansavam, inclusive fisicamente. Fui me arrastando, relutante, às compras e aos correios. Comprei pão, batatas e outros legumes, tudo em grandes quantidades. Gastei dinheiro com um pouco de cambozola para me animar, mesmo que apenas com um pedaço de queijo. Às vezes compro diversas revistas e jornais, mas normalmente fico com um sentimento de culpa indefinido ao lê-los: ou porque deixei de fazer algo, ou porque me esqueci de alguma coisa, ou porque não estou à altura de alguma tarefa, ou por ficar atrás dos outros em algum assunto importante. Os jornais devem ter razão. Mas, se prestarmos atenção no movimento das ruas, podemos chegar à conclusão de que muitas pessoas têm o mesmo problema e tampouco fizeram algo útil com suas vidas.

Os primeiros indícios da primavera ainda não tinham chegado à cidade. Ela deve ter se acomodado nos arredores, nas hortas das chácaras, nos vales dos riachos, como as tropas inimigas antigamente. Sobre os paralelepípedos, o inverno deixou um monte de areia usada para cobrir as calçadas escorregadias, e agora, ao sol, empoeirava tudo e sujava os sapatos primaveris recém-tirados do armário. Os canteiros municipais estavam debilitados e os gramados sujos de fezes de cães. Nas ruas, passavam pessoas com um aspecto acinzentado e olhos semicerrados. Pareciam grogues. Formavam filas em frente aos caixas eletrônicos, para tirar de lá um valor de vinte zlotys, exatamente o valor necessário para se alimentar durante um dia. Estavam com pressa para chegar ao posto de saúde, pois tinham uma consulta marcada para as 13h35, ou estavam a caminho do cemitério para trocar as flores de plástico do inverno pelos narcisos naturais da primavera.

Sentia-me profundamente comovida com essa agitação humana. De vez em quando fico comovida assim e acho que isso tem a ver com minhas moléstias; minha imunidade enfraquece. Parei na praça inclinada do mercado e aos poucos fui sendo envolvida por um poderoso sentimento de comunhão com os transeuntes. Todos eram irmãos e irmãs. Éramos muito parecidos — frágeis, efêmeros, vulneráveis. Andávamos, confiantes, de um lado para outro, debaixo de um céu que não nos reservava nada de bom.

A primavera é apenas um curto interlúdio, seguido por um poderoso exército de morte que já está cercando os muros das cidades. Vivemos cercados. Se examinássemos de perto cada fragmento de um instante, nos engasgaríamos aterrorizados. Nosso corpo passa por um incessante processo de desintegração, em breve adoeceremos e morreremos. Nossos entes queridos nos deixarão, a recordação deles se dissipará na agitação; não sobrará nada. Apenas algumas roupas no armário e alguém numa foto, já irreconhecível. As lembranças mais preciosas se desvanecerão. Tudo tombará na escuridão e desaparecerá.

Vi uma moça grávida num banco lendo um jornal e pensei, de repente, que toda inconsciência é um estado abençoado. Como seria possível ter consciência de tudo isso e não sofrer um aborto espontâneo?

Meus olhos começaram a lacrimejar novamente. Isso já se tornava verdadeiramente vergonhoso e problemático. Não conseguia prender as lágrimas. Tomara que Ali possa fazer alguma coisa.

A loja de Boas Novas ficava numa rua lateral junto à praça do mercado. Entrava-se nela diretamente do estacionamento, o que não era o melhor incentivo para potenciais clientes de um brechó.

Entrei ali pela primeira vez no fim do outono do ano anterior. Estava faminta e morrendo de frio. A úmida escuridão de novembro pairava sobre a cidade e as pessoas sentiam-se atraídas por tudo que fosse claro e caloroso.

Desde a entrada havia tapetes limpos e coloridos que guiavam para dentro da loja. Depois, se espalhavam para diversos lados, orientando os clientes por entre os cabideiros, onde havia roupas separadas conforme as cores e seus matizes. Cheirava a incenso e fazia calor, muito calor, graças aos enormes aquecedores industriais localizados debaixo das janelas. Antigamente, o local era a sede da Cooperativa das Costureiras Portadoras de Deficiência, conforme assegurava a inscrição ainda visível na parede. Havia uma grande planta no canto, uma enorme trepadeira-castanha, cujos caules fortes cobriam as paredes, subindo em direção às vitrines. Deve ter crescido muito, atingindo dimensões que ultrapassavam o tamanho do apartamento de seu antigo proprietário. A coisa toda era a mistura de um café da época do socialismo, uma lavanderia a seco e uma loja de fantasias de carnaval. E no meio de tudo isso estava ela — Boas Novas.

Apelidei-a exatamente assim. O nome da moça surgiu sozinho, automática e irresistivelmente. Irresistivelmente é uma palavra bela e poderosa; ao usá-la, não precisamos explicar mais nada.

— Preciso de um casaco quente — disse com timidez. A moça olhou para mim espertamente e seus olhos negros brilharam. Acenou com a cabeça, incentivando-me a falar.

Assim, após um instante continuei:

— Que me aqueça e proteja da chuva. E que não seja cinzento ou preto, do tipo que pode ser facilmente confundido num cabideiro. Que tenha bolsos, muitos bolsos para guardar as chaves, biscoitos para os cachorros, celular e os documentos. Assim, não precisaria usar bolsas que apenas prendem as mãos.

Disse isso com a consciência de que, ao fazer esse pedido, me entregava em suas mãos.

— Talvez tenha algo para a senhora — respondeu Boas Novas e me guiou para dentro do cômodo longo e estreito.

Bem no fundo dele havia um cabideiro circular com casacos. Estendeu a mão instintivamente e tirou de lá um lindo casaco de penas carmesim.

— O que a senhora acha disto? — As enormes superfícies das janelas luminosas se refletiram em seus olhos e brilharam com uma luz bela e límpida.

Sim, o casaco era perfeito. Senti-me como se fosse um animal que recebeu de volta a sua pele roubada. No bolso, achei uma pequena concha que considerei como uma lembrancinha da proprietária anterior, uma espécie de voto: que o casaco me servisse bem.

Nessa loja comprei ainda dois pares de luvas. Depois queria escarafunchar o cesto com toucas e foi então que vi um enorme gato negro. E ao lado, por entre os cachecóis, mais um gato, igual ao outro, só que um pouco maior. Em meus pensamentos os chamei de Touca e Cachecol, embora depois sempre tivesse muita dificuldade em distingui-los. Os gatos negros de Boas Novas.

Essa pequena e simpática atendente de uma beleza manchuriana (usava, aliás, um gorro de pele sintética) me ofereceu chá e aproximou o banco do aquecedor para que eu me aquecesse.

Foi assim que começou nossa amizade.

Quando se olha para certas pessoas, a garganta fica apertada e os olhos se enchem de lágrimas de emoção. É como se elas guardassem uma forte memória da nossa antiga inocência, como se fossem uma anomalia da natureza, não totalmente atingidas pela queda. Talvez sejam mensageiros, como aqueles súditos que encontram o príncipe perdido, inconsciente de sua origem, e lhe mostram a vestimenta que usava em seu país, lembrando-lhe como voltar para casa.

Ela também sofria de sua própria moléstia — muito rara e esquisita. Não tinha cabelos. Nem sobrancelhas, nem sequer cílios. Nunca teve nenhum, havia nascido assim. Genes ou astrologia. Eu, obviamente, aposto na astrologia. Aliás, verifiquei isso posteriormente em seu mapa astral: um Marte prejudicado nas proximidades do ascendente, do lado da décima segunda casa e em oposição a Saturno na sexta (esse tipo de Marte provoca, também, ações e motivações obscuras).

Por isso pintava os belos arcos das sobrancelhas com um lápis, e pequenos riscos que pareciam cílios nas pálpebras; a ilusão era perfeita. Na cabeça, sempre usava turbantes, toucas, às vezes até perucas, ou amarrava lenços. No verão, eu olhava, espantada, para seus antebraços, completamente desprovidos daqueles pelinhos, mais claros ou mais escuros, que todos nós temos.

Muitas vezes fico pensando por que gostamos particularmente de algumas pessoas. E tenho uma teoria a respeito disso. Existe uma forma perfeitamente harmoniosa, à qual nossos corpos almejam de modo instintivo. Escolhemos nos outros as qualidades que podem completar esse ideal. O objetivo da evolução é meramente estético, não se trata de nenhum tipo de adaptação. A evolução visa a beleza, alcançar a forma mais perfeita de cada feitio.

Só depois de observar essa moça é que percebi a feiura dos pelos que cobrem nosso corpo — essas sobrancelhas no meio da testa, os cílios, os fios na cabeça, nas axilas e na virilha. Para que precisamos desse estigma esquisito? Acho que no paraíso todos teríamos que ser depilados. Ficar nus e lisos.

Ela me disse que nasceu num vilarejo perto de Kłodzko, numa família muito grande. Seu pai bebia e morreu cedo. A mãe sofria de uma doença séria. Tinha depressão e foi internada num hospital, entorpecida pelos medicamentos. Boas Novas se virava do jeito que sabia. Passou nos exames finais da escola secundária com louvor, mas não entrou na faculdade porque não tinha dinheiro e, além disso, cuidava dos irmãos. Decidiu trabalhar para ganhar dinheiro para os estudos, mas não conseguia achar um emprego. Enfim, foi contratada pela dona da rede de brechós, mas a remuneração era tão baixa que a moça mal conseguia se sustentar e, ano após ano, a oportunidade de estudar se tornava cada vez mais distante. Quando não havia ninguém na loja, ela lia. Eu conhecia os seus livros, porque ela os guardava numa prateleira, e os emprestava para os clientes do brechó. Eram livros de terror, romances góticos com as capas amassadas e estampadas com o desenho de um morcego. Um monge pervertido, uma mão lacerada e separada do corpo que mata pessoas, caixões desenterrados do cemitério pela enchente. Evidentemente, a leitura desse tipo de coisa confirmava sua convicção de que não vivemos no pior dos mundos, e lhe transmitia algum otimismo.

Quando ouvi o relato de Boas Novas sobre sua vida, comecei a formular perguntas que começam com "Por que você não...", seguidas pela descrição do que, em nossa opinião, se deveria fazer naquele tipo de situação. Meus lábios estavam a ponto de articular um desses insolentes "por que você não", mas mordi a língua.

Quem faz isso são as revistas, e, por um momento, eu queria ser como elas: apontam para aquilo que não foi feito, para as falhas e o que foi negligenciado; por fim, nos colocam diante de nós mesmos nos enchendo de autodesprezo.

Então não disse nada. As histórias da vida de alguém não são um assunto para ser discutido. Deve-se ouvi-las e retribuir na mesma moeda. Por isso eu também falei sobre a minha vida para Boas Novas e a convidei para ir à minha casa e conhecer as meninas. E foi exatamente o que aconteceu.

Num esforço para ajudá-la, fui várias vezes à prefeitura, mas descobri que não havia nenhum tipo de assistência nem bolsas de estudos para pessoas como Boas Novas. A funcionária me aconselhou a pedir um empréstimo no banco, um desses que você paga depois que termina a faculdade e começa a trabalhar. Havia também cursos gratuitos de capacitação em informática, costura e floricultura. Infelizmente, só para os desempregados. Então ela teria que sair do emprego para poder participar.

Fui também ao banco, onde recebi uma pilha de documentos para preencher. Mas era fundamental que Boas Novas ingressasse numa faculdade primeiro. E eu estava certa de que ela conseguiria.

É bom ficar na loja de Boas Novas. É o lugar mais aconchegante do mundo. Vêm aqui mães com filhos, e senhoras de idade a caminho do almoço na cantina dos aposentados. Também passam o vigia do estacionamento e vendedoras da feira de legumes cheias de frio. Todos recebem algo quente para beber. Pode-se dizer que Boas Novas mantém um café.

Hoje esperaria até que ela fechasse a loja, e depois iríamos para a República Tcheca com Dísio para visitar a livraria que vende as obras de Blake. Boas Novas arrumava lenços. Falava pouco e, quando abria a boca, falava em voz baixa, portanto era preciso ouvi-la atentamente. Os últimos clientes ainda procuravam boas oportunidades por entre os cabides. Espreguicei-me sobre a cadeira e fechei os olhos com serenidade.

— A senhora soube que apareceram raposas nas florestas do planalto, lá na sua vizinhança? Raposas brancas e peludas.

Fiquei pasma. Na minha vizinhança? Abri os olhos e vi o senhor com o poodle.

— Dizem que aquele homem rico com o sobrenome engraçado teria soltado uma parte das raposas de sua fazenda — disse ele, parado na minha frente, com alguns pares de calças pendurados no braço. Seu poodle me olhava com um sorriso canino. Certamente me reconheceu.

— Víscero? — perguntei.

— Esse mesmo — confirmou o homem, e depois se dirigiu a Boas Novas: — Por favor, você poderia me ajudar a achar calças de cintura oitenta?

— Não conseguem achar esse Víscero. Desapareceu. Sumiu sem deixar rastros. Uma agulha no palheiro — continuava o homem idoso. — Provavelmente fugiu com a amante para algum país quente. E como é rico, vai conseguir se esconder bem. Dizem que estava envolvido em algum esquema.

Um jovem com a cabeça raspada, que havia perguntado por um conjunto de moletom da Nike ou Puma, e agora estava remexendo as coisas penduradas nos cabides, falou quase sem abrir a boca:

— Não é um esquema. É máfia. Importavam casacos de pele ilegalmente da Rússia e usavam a fazenda para esconder o procedimento. Ele não pagou à máfia russa, então se apavorou e fugiu.

Esse assunto me deixou inquieta. Comecei a ficar com medo.

— Seu poodle é um cachorro ou uma cadela? — perguntei educadamente ao senhor idoso, tentando, desesperadamente, desviar a conversa para um rumo menos sombrio.

— Ah, meu Maxizinho? É um cachorro, claro. Aliás, ainda continua solteiro — riu.

Mas, pelo visto, as fofocas locais despertavam mais o seu interesse porque virou para o careca e continuou:

— Tinha uma enorme fortuna: um hotel à beira da estrada que leva a Kłodzko, uma delicatéssen, uma fazenda de peles de raposa, um açougue e uma fábrica de frios, um haras. E um monte de outras propriedades no nome da esposa!

— Aqui está a calça tamanho oitenta — entreguei-lhe uma calça cinzenta bastante boa.

Examinou-a cuidadosamente e pôs os óculos para verificar as instruções de lavagem.

— Ótimo, gostei dela, vou comprar. Sabe, gosto de roupas justas, apertadas. Enfatizam a silhueta.

— Pois é, veja só como as pessoas podem ser diferentes. Eu sempre compro as roupas num tamanho maior. Isso me dá uma sensação de liberdade — eu disse.

Dísio apareceu com novidades. O periódico local, *Folha de Kłodzko*, se ofereceu para publicar suas traduções de Blake na coluna “Poesia”. Estava excitado e envergonhado ao mesmo tempo. Percorríamos a estrada quase vazia na direção da fronteira.

— Primeiro, gostaria de traduzir as “Cartas” e só depois voltar à poesia. Mas já que estão pedindo a poesia... Meu Deus, o que posso mandar? O que devemos dar a eles primeiro?

Para dizer a verdade, já não conseguia me concentrar mais em Blake. Vi que estávamos passando pelas miseráveis instalações na passagem fronteiriça e entrávamos na República Tcheca. A estrada aqui era melhor e o carro de Dísio deixou de fazer barulho.

— Dísio, é verdade aquilo sobre as raposas? — Boas Novas lhe perguntou do banco de trás. — Que fugiram da fazenda e estão andando pelas florestas?

Dísio confirmou.

— Isso aconteceu há alguns dias. Primeiro a polícia achou que ele tinha vendido todos os animais a alguém antes de sumir. Mas parece que os soltou. Estranho, não é?

— Estão à procura dele? — perguntei.

Dísio respondeu que ninguém havia registrado seu desaparecimento, portanto não há motivo para procurá-lo. Nem a esposa, nem os filhos registraram nada. Talvez esteja de férias. A esposa afirmou que isso já havia acontecido antes. Desaparecia por uma semana e depois ligava da República Dominicana. Enquanto os bancos não procuram por ele, não há motivos para se preocupar.

— As pessoas são livres e podem fazer o que querem com sua vida enquanto não caírem em desgraça com os bancos — Dísio discursava com uma convicção persuasiva. Acho que seria um ótimo porta-voz da polícia.

Dísio disse também que a polícia suspeitava de onde vinha esse dinheiro que o comandante carregava atrás do cinto da calça. Era uma propina. Até agora, sabem que ele estava voltando de um encontro com Víscero. A polícia precisa de muito tempo para determinar aquilo que parece óbvio.

— E mais uma coisa — disse, enfim. — Na arma usada para matar o comandante foram encontrados vestígios de sangue de um animal.

Entramos correndo na livraria no último momento antes de fechar. Quando Honza, de cabelo branquíssimo, entregou a Dísio os dois livros que ele tinha encomendado, vi suas bochechas ficarem coradas. Olhou radiante para Boas Novas e para mim, e depois ergueu os braços como se quisesse abraçar

Honza. Eram edições antigas dos anos 70, comentadas detalhadamente. Impossíveis de achar. Voltávamos todos num estado de êxtase e ninguém falou mais sobre os acontecimentos sombrios.

Dísio me emprestou *Cartas selecionadas* por alguns dias. Logo que voltei para casa, coloquei lenha na fornalha, preparei um chá forte e comecei a ler.

Gostei particularmente de um fragmento que traduzi rapidamente anotando-o sobre uma sacola de papel.

"Acredito que meu organismo está em boa forma", escrevia Blake, "embora esteja comprometido por muitas enfermidades, das quais, além de mim mesmo, ninguém tem conhecimento. Quando era jovem, muitos lugares me deixavam sempre doente — no dia seguinte, às vezes dois ou três dias depois, provocavam exatamente as mesmas moléstias, a mesma dor no estômago. Sir Francis Bacon costumava falar sobre a necessidade de disciplina, à qual é preciso se submeter nas regiões montanhosas. Sir Francis Bacon é um mentiroso. Nenhum tipo de exercício tem a capacidade de transformar um homem, nem sequer em pequeno grau, e costumo chamar esse tipo de disciplina de presunção e estupidez."

Fiquei muito impressionada com isso. Lia e não conseguia parar. Parece que tudo se passou do jeito que o autor teria desejado — aquilo que li permeou meus sonhos e a noite inteira tive visões.

9.
Grandeza na pequenez

Uma cotovia ferida na asa
E um querubim seu canto cala.

A primavera começa em maio e quem a anuncia fortuitamente é o dentista, que coloca diante de sua casa uma antiga broca e uma cadeira odontológica igualmente velha. Limpa-a passando um pano algumas vezes, agilmente, e livra-a das teias de aranha e do feno. Os equipamentos passaram o inverno no estábulo e eram tirados de lá só de tempos em tempos, quando surgia uma necessidade repentina. No inverno, o dentista não costuma trabalhar; no inverno não há como fazer nada aqui, as pessoas perdem o interesse por sua saúde, além disso, é escuro, e ele não enxerga bem. Precisa de uma luz clara, de maio ou de junho, que ilumine bem a boca de seus pacientes, a maior parte deles operários florestais e bigodudos que passam os dias na ponte do vilarejo. Por isso mesmo as pessoas costumam dizer que eles trabalham na União de Construções de Aço e Maquinaria Industrial "Brigada das Pontes".

Quando o lamaçal de abril secou, comecei a me aventurar cada vez com mais ousadia pela vizinhança, sob o pretexto de fazer minha ronda. Nessa época do ano, gostava de passar por Achthozja, um pequeno povoado junto à pedreira onde morava o dentista. E como todos os anos, topava com uma visão impressionante — sobre uma grama intensamente verde, debaixo de um manto de céu azul, havia uma cadeira odontológica branca toda arranhada, e sobre ela uma pessoa semideitada com a boca aberta virada para o sol. Debruçado sobre ela estava o dentista com a broca na mão. Seu pé executava um movimento monótono, apertando firmemente o pedal da broca. E, a alguns metros dali, duas ou três pessoas examinavam a cena concentradas, em silêncio, bebendo cerveja.

A atividade principal do dentista era extrair os dentes doloridos. Às vezes, com menos frequência, fazia tratamentos. E próteses dentárias. Antes de saber sobre sua existência, inúmeras vezes ficava me perguntando que raça era aquela que havia se instalado nesse lugar. Muitas pessoas tinham dentes característicos, como se todos pertencessem à mesma família e tivessem o mesmo gene ou a mesma configuração no mapa astral. Particularmente os mais velhos: seus dentes eram alongados, estreitos e de uma coloração roxa. Eram dentes estranhos. Também criei uma hipótese alternativa, pois ouvira falar que havia profundos minérios de urânio sob o planalto e, como se sabe, esses minérios têm influência sobre diversas anomalias.

Mas agora sei que eram próteses dentárias do dentista, sua marca registrada e patente. Era único, como qualquer artista.

Acho que deveria virar uma atração turística do vale Kłodzko, se aquilo que fazia fosse legal. Infelizmente, havia alguns anos fora proibido de exercer sua profissão por problemas com álcool. É estranho que não se proíba de exercer a profissão por causa de problemas de visão. Essa moléstia pode ser muito mais perigosa para um paciente. Além disso, o dentista usava óculos de um grau muito alto, com uma das lentes coladas com fita adesiva.

Nesse dia, perfurava o dente de algum homem. Era difícil reconhecer as feições do rosto, contorcido de dor e levemente torpe por causa do álcool que o dentista usava para anestesiar seus pacientes. O barulho horrível da broca penetrava o cérebro e evocava as mais terríveis recordações de infância.

— Como vai a vida? — o cumprimentei.

— Dá para aguentar — respondeu com um largo sorriso que lembrava a existência de um antigo ditado: "Médico, cura-te a ti mesmo". — Faz muito tempo que a senhora não vem aqui. A última vez que nos vimos foi quando a senhora procurava aqui suas...

— Sim, sim — o interrompi. — No inverno não dava para andar tão longe. Antes que conseguisse me desenterrar da neve, já estava escuro.

Voltou a perfurar o dente, e eu me juntei aos outros curiosos que observavam atentamente a broca em ação na boca do homem.

— A senhora viu as raposas brancas? — me perguntou um dos homens. Tinha um belo rosto. Se sua vida tivesse sido diferente, tenho certeza que seria um galã de cinema. No entanto, sua beleza desaparecia agora sob uma rede de rugas e sulcos.

— Víscero as teria soltado antes de sua fuga — disse outro.

— Talvez estivesse arrependido — concluí. — Talvez as raposas o tenham comido.

O dentista olhou para mim com curiosidade. Acenou com a cabeça e mergulhou a broca no dente. O coitado do paciente deu um pulo na cadeira.

— Será que não é possível obturar o dente sem perfurá-lo? — perguntei.

Contudo, ninguém parecia preocupado com o doente.

— Primeiro Pé Grande, depois o comandante, agora Víscero... — suspirou o belo homem. — Você fica com medo de sair de casa. Depois do anoitecer, mando minha mulher resolver tudo fora de casa.

— O senhor encontrou uma solução inteligente — afirmei, e depois acrescentei lentamente: — Os animais estão se vingando deles por causa das caçadas.

— Que é isso... Pé Grande não caçava — o belo disse, desconfiado.

— Mas era um capanga — acrescentou outra pessoa. — A sra. Dusheiko tem razão. Quem era o maior caçador ilegal daqui? Não era ele?

O dentista espalhou num pratinho um pouco da massa branca, e colocava-a, em seguida, com uma espátula no dente perfurado.

— Sim, é possível — murmurava em voz baixa. — Realmente, é possível, deve haver algum tipo de justiça. Sim, com certeza. Os animais.

O paciente gemeu lastimosamente.

— A senhora acredita na divina providência? — o dentista de repente me perguntou, retesando-se, debruçado sobre o paciente; sua voz parecia provocativa.

Os homens deram risada, como se tivessem ouvido algo inconveniente. Precisei refletir.

— Eu acredito — disse ele, sem esperar minha resposta. Deu um tapinha amigável nas costas do paciente, que se ergueu, feliz, da cadeira. — Seguinte — disse. Um indivíduo saiu do grupo dos curiosos e sentou-se relutantemente na cadeira.

— Qual é o problema? — perguntou o dentista.

Em resposta, o indivíduo abriu a boca e o dentista olhou para dentro dela. Imediatamente recuou, dizendo: "Caralho!", o que, decerto, era a avaliação mais resumida do estado da dentição do paciente. Por alguns instantes, checou com os dedos a fixação do dente, em seguida, estendeu a mão para trás e pegou a garrafa de vodca.

— Tome aqui. Vamos arrancar.

O homem balbuciou algo, completamente deprimido com essa sentença inesperada. Aceitou das mãos do dentista um copo de vodca quase cheio e tomou de uma golada só. Eu estava certa de que não sentiria dor depois de uma anestesia dessa.

Enquanto esperávamos pelo efeito do álcool, os homens começaram a contar, excitados, sobre a pedreira que supostamente seria reaberta. Engolirá o planalto ano após ano, até que o devore de vez. Precisaremos sair daqui. Se realmente a reabrirem, a aldeia do dentista será a primeira que vão despovoar.

— Aliás, não acredito na providência divina — eu disse. — Formem uma comissão de greve — aconselhei. — Organizem um protesto.

— *Après nous le déluge* — disse o dentista e enfiou os dedos na boca do paciente, que mal conseguia manter a consciência. Depois, facilmente e sem esforço, extraiu de lá um dente enegrecido. Ouvimos apenas um ligeiro estalo. Quase desfaleci.

— Deveriam se vingar por tudo — afirmou o dentista. — Os animais deveriam botar tudo isso para foder.

— Isso mesmo. Foder tudo de vez, e transformar em pó — dei continuidade, e os homens olharam para mim com espanto e respeito.

Retornando para casa, já passado do meio-dia, fui pelo caminho mais longo. Foi então que vi duas raposas brancas nos confins da floresta. Andavam devagar, uma atrás da outra. Sua brancura sobre o fundo do prado verde não era deste mundo. Pareciam representantes do serviço diplomático do Reino Animal que vieram aqui para investigar um assunto.

No início de maio, os dentes-de-leão brotavam. Nos bons anos, já estavam em flor no início do mês, quando os proprietários vinham visitar suas casas pela primeira vez depois do inverno. Nos anos piores — cobriam os prados salpicando-os com seus pontinhos amarelos só no Dia da Vitória. Muitas vezes admirei essa maravilha na companhia de Dísio.

Infelizmente, para Dísio era um prenúncio de tempos difíceis; duas semanas depois, era pego por suas alergias — os olhos lacrimejavam, ele se engasgava e arquejava. No vilarejo, aquilo ainda era suportável, mas, quando vinha me visitar às sextas-feiras, tinha que fechar hermeticamente todas as janelas e portas para que os alérgenos invisíveis não invadissem seu nariz. Em junho, época em que floresciam as gramas, precisamos transferir nossas sessões de tradução para a casa dele.

Depois de um longo, cansativo e árido inverno, o sol tinha um impacto particularmente negativo sobre mim. Não conseguia dormir de manhã, me levantava de madrugada e me sentia continuamente inquieta. Durante todo o inverno era preciso se proteger do vento incessante que soprava no planalto. Agora abria as janelas e portas, escancarando-as para que o ar penetrasse nos aposentos e tirasse de lá minhas ansiedades mofadas e todas as moléstias possíveis.

Tudo começava a ferver. Eu podia sentir uma vibração febril debaixo da grama, sob a camada de terra, como se vastos nervos subterrâneos, inchados pelo esforço, fossem estourar num instante. Era difícil me livrar da impressão de que, por trás disso, se escondia uma vontade poderosa e insensata, repulsiva como a força que fazia os sapos subirem um em cima do outro para copular na lagoa de Esquisito.

Quando o sol se aproximava do horizonte, a família dos morcegos surgia regularmente. Vinham voando silenciosa e delicadamente, e seu voo parecia sempre úmido. Certa vez, quando voavam, dando voltas em torno de cada uma das casas, contei doze deles. Tenho muita vontade de saber como os morcegos veem o mundo; queria, ao menos uma vez, sobrevoar o planalto em seu corpo. Como todos parecemos aqui embaixo quando somos vistos por seus sentidos? Como sombras? Ou um feixe de vibrações, fontes de ruído?

À noitinha me sentava diante de casa e esperava até que aparecessem, voando um por um desde a casa dos professores, visitando-nos em seguida. Acenava delicadamente, cumprimentando-os. Essencialmente, tinha muito em comum com eles — eu também enxergava o mundo em outras frequências, às avessas. Eu também preferia o crepúsculo. Não prestava para viver ao sol.

Minha pele reagia mal aos raios cruéis e fortes, ainda não abrandados pelas folhas ou pelas nuvens macias. Ela ficava vermelha e irritada. Assim como todos os anos, durante os primeiros dias de verão, começaram a aparecer aquelas pequenas bolhas que coçavam. Tratava-as com leite coalhado e uma pomada contra queimaduras que ganhei de Dísio. Era preciso tirar do armário os chapéus com abas largas do ano anterior, que eu amarrava debaixo do queixo com fitas para que o vento não os arrancasse.

Certa quarta-feira eu voltava da escola com um chapéu desses na cabeça, quando optei pelo caminho mais longo para... eu mesma não sei para quê. Existem lugares que a gente não visita com muita vontade e, no entanto, há algo que nos atrai até eles. Talvez seja o terror. Talvez seja por isso que, como Boas Novas, eu goste de filmes de terror.

De uma forma inexplicável, naquela quarta-feira eu me encontrei nas proximidades da fazenda de peles de raposa. Dirigia o Samurai para casa quando, de repente, na encruzilhada, virei simplesmente na direção contrária àquela de sempre. Depois de um instante, o asfalto terminou e senti o terrível fedor que espanta todos os eventuais passeantes para longe desse local. Esse cheiro asqueroso ainda estava lá embora a fazenda tivesse sido fechada havia duas semanas.

Samurai comportou-se como se também tivesse olfato — parou. Permaneci sentada no carro, atingida pelo fedor, e via diante de mim, a uma distância de cem metros, as edificações rodeadas com uma cerca alta — galpões alinhados um atrás do outro. No topo da cerca havia um triplo arame farpado. O sol ofuscava. Cada colmo projetava uma forte sombra, cada galho parecia um espeto. Pairava um silêncio absoluto. Agucei os ouvidos como se esperasse escutar sons aterrorizantes detrás desse muro, os ecos daquilo que havia acontecido lá. Mas era nítido que já não havia vivalma — humana ou animal. Durante o verão, as bardanas e as urtigas cobrirão tudo. Em um ou dois anos, a fazenda desaparecerá no meio do verde e virará, no máximo, um lugar mal-assombrado. Pensei que se poderia fazer um museu ali. Como uma advertência.

Depois de um instante, liguei o carro e voltei à estrada.

Sim, eu sabia que aspecto tinha o proprietário desaparecido. Pouco depois que se mudou para cá, topei com ele na nossa pequena ponte. Foi um encontro estranho. Naquela época, ainda não sabia quem ele era.

Uma tarde, voltava em meu Samurai depois de fazer compras na cidade. Antes da ponte sobre nosso riacho, vi um quatro por quatro; o dono tinha parado no acostamento como se, repentinamente, quisesse dar uma esticada: todas as portas estavam abertas. Diminuí a velocidade. Não gosto desses carros altos e potentes, criados principalmente pensando na guerra e não em fazer passeios no refúgio da natureza. Seus enormes pneus esmagam os sulcos das estradas de terra batida e acabam com as trilhas. Os motores potentes são barulhentos e produzem poluição. Tenho certeza de que seus proprietários têm pintos pequenos e recompensam essa deficiência com o tamanho do carro. Todos os anos dirijo meus protestos ao representante da aldeia e mando petições contra os ralis desses automóveis horríveis. Recebo uma resposta convencional afirmando que o representante irá considerar minhas observações no devido tempo. Depois disso, silêncio. E, naquele instante, ali estava um deles, à beira do riacho, na entrada do vale, quase na soleira de nossas casas. Dirigindo bem devagar, examinei cuidadosamente esse visitante indesejado.

No banco da frente, havia uma bela jovem fumando um cigarro. Tinha cabelos loiro-claros — tingidos e até o ombro — e uma maquiagem feita cuidadosamente, cuja característica particular eram os lábios contornados com um lápis escuro. Estava tão bronzeada que parecia recém-retirada de uma grelha. Suas pernas pendiam para fora do carro, a sandália tinha escorregado de um dos pés — as unhas eram vermelhas — e caído na grama. Parei e pus a cabeça para fora da janela.

— Posso ajudar com alguma coisa? — perguntei amigavelmente.

Ela acenou com a cabeça num gesto de negação, depois ergueu os olhos para o céu e apontou para algum lugar atrás dela, sorrindo enfaticamente. Pareceu-me bastante simpática, embora eu não tivesse entendido seu gesto. Por isso desci do carro. O fato de ela responder com um gesto, sem articular palavras, fez com que eu começasse a agir silenciosamente; fui até ela quase na ponta dos pés. Levantei as sobrancelhas num gesto interrogativo. Gostei desse ar de mistério.

— Não se preocupe — disse em voz baixa. — Estou à espera de... meu marido.

Marido? Aqui? Eu simplesmente não conseguia entender a cena da qual eu, por acaso, fazia parte. Olhei ao redor desconfiada e foi então que o vi. O marido. Estava saindo do mato. Tinha um aspecto esquisito e engraçado. Usava uma espécie de uniforme camuflado em tons de verde e marrom. Da cabeça aos pés, em toda parte, havia enfiado galhos de abeto. Seu capacete também estava revestido com o mesmo tecido que o uniforme. O rosto estava camuflado com tinta escura e um bigode branco bem cuidado se destacava ali. Não conseguia ver os olhos, pois estavam cobertos com um extraordinário aparelho óptico parecido com o que os oftalmologistas usam para fazer exame de vista, cheio de parafusos e juntas. O peito largo e a barriga ampla estavam envoltos em cantis, porta-mapas, estojos e um cinto de munição. Segurava uma escopeta com mira que lembrava as armas de *Guerra nas estrelas*.

— Minha nossa — sussurrei involuntariamente.

Por um instante não conseguia articular nenhum som humano, olhava para esse homem esquisito, espantada e assustada, até que a mulher jogou a bituca do cigarro na estrada e falou, com bastante ironia:

— E aqui está ele.

O homem se aproximou e tirou o capacete.

Acho que nunca tinha visto um homem com um aspecto tão saturnino. Era de estatura mediana, tinha uma testa larga e sobrancelhas cerradas. Curvava-se ligeiramente e mantinha os pés virados para dentro. Não pude resistir à impressão de que estava acostumado a viver em luxúria e que um único objetivo o guiava na vida — realizar, consistentemente, seus desejos, a qualquer preço. Esse era o homem mais rico na vizinhança.

Percebi que ficou contente ao ser visto por alguém além da esposa. Estava orgulhoso de si próprio. Cumprimentou-me com um aceno de mão, mas logo ignorou minha presença. Colocou outra vez o capacete e os óculos esquisitos e ficou olhando na direção da fronteira. Num instante entendi tudo e tive um ataque de ira.

— Vamos embora — sua mulher disse com impaciência, como se estivesse falando com uma criança. Talvez tenha sentido as ondas de raiva que eu emitia.

Por um momento ele fingiu não ouvir, mas logo foi até o carro, tirou da cabeça todo aquele equipamento e pôs a escopeta de lado.

— O que o senhor está fazendo aqui? — perguntei, pois não me veio nenhuma outra ideia à cabeça.

— E a senhora? — soltou, sem olhar para mim.

Sua mulher calçava a sandália e acomodava-se no banco do motorista.

— Eu moro aqui — respondi com frieza.

— Ah, então a senhora é a dona daqueles dois cachorros... Já lhe falamos para mantê-los perto de casa.

— Estão numa propriedade particular... — comecei, mas ele me interrompeu. O branco de seus olhos brilhou de forma sinistra no rosto camuflado.

— Senhora, para nós não existem propriedades particulares.

Isso aconteceu há dois anos, quando tudo ainda me parecia mais fácil. Já tinha esquecido aquele encontro com Víscero.

Não me importava com ele. No entanto, mais adiante, um planeta acelerado atravessou um ponto invisível e provocou uma mudança, uma dessas das quais nós aqui embaixo nem sequer temos consciência. Talvez pequenos sinais nos revelem esse tipo de acontecimento cósmico. Mas também não os notamos. Alguém pisou num galho que estava no meio da trilha, a cerveja que alguém se esqueceu de tirar na hora certa estourou no congelador, dois frutos vermelhos caíram de um pé de rosa-silvestre. Como deveríamos entender tudo isso?

Está claro que o grande está contido no pequeno. Não há dúvidas quanto a isso. Enquanto escrevo, existe uma configuração planetária sobre a mesa, o universo inteiro, se você preferir. Um termômetro, uma moeda, uma colher de alumínio e uma xícara de porcelana. Uma chave, um celular, caneta e papel. E meu cabelo branco, cujos átomos preservam a memória dos primórdios da vida, da catástrofe cósmica que deu início ao mundo.

10.
Cucujus haematodes

Não mates a Mariposa nem a Borboleta
Pois o Juízo Final se aproxima.

No início de junho, quando as casas eram habitadas pelo menos durante os fins de semana, eu continuava a tratar das minhas obrigações com a maior seriedade. Por exemplo, subia a colina pelo menos uma vez por semana e observava o terreno com o binóculo. A princípio, claro, monitorava as casas. Elas são, de certa forma, seres vivos que convivem com o ser humano numa simbiose exemplar. Meu coração se alegrava pois era visível que seus simbiontes haviam regressado enchendo os cômodos vazios com a agitação, o calor de seus corpos e seus pensamentos. Depois do inverno, suas mãos delicadas consertavam todos os tipos de feridas e avarias, secavam as paredes úmidas, limpavam as janelas e reparavam os mecanismos de descarga dos vasos sanitários. E as casas pareciam ter acordado do sono pesado em que a matéria cai quando ninguém a perturba. As mesas e cadeiras de plástico já tinham sido levadas para fora e dispostas no quintal. As venezianas de madeira foram abertas para que o sol enfim pudesse entrar. Aos fins de semana, a fumaça subia das chaminés. O professor e sua esposa apareciam cada vez com mais frequência, sempre na companhia de amigos. Passeavam pela estrada de terra batida, mas nunca chegavam até as divisas nos campos. Diariamente, depois do almoço, faziam um passeio até a capelinha e voltavam, parando no caminho para travarem discussões animadas. Às vezes, o vento que soprava de onde estavam trazia até mim algumas palavras soltas: canaletto, chiaroscuro, tenebrismo.

Os poceiros também começaram a vir a cada sexta-feira. Dedicaram-se a arrancar as plantas que até então cresciam em volta de sua casa, e a plantar outras, compradas numa loja. Era difícil adivinhar a lógica que os guiava: por que não gostavam do sabugueiro e preferiam plantar a glicínia em seu lugar? Uma vez lhes disse, subindo na ponta dos pés para observá-los de cima de sua enorme cerca, que provavelmente a glicínia não aguentaria as típicas geadas de fevereiro. Acenaram com a cabeça, sorridentes, e continuaram fazendo a mesma coisa. Cortaram uma linda mosqueta e tiraram as touceiras de tomilho. Arrumaram pedras na frente da casa formando uma pilha fantasiosa e plantaram coníferas ali, segundo eles próprios: tuias, pinheiros-anões, cedros-brancos e abetos. A meu ver, nada daquilo fazia sentido.

Acinzentada também vinha para passar mais tempo e eu a via caminhando pelas divisas dos campos num passo lento, rija feito um pau. Uma noite fui até sua casa com as chaves e as contas. Ofereceu-me chá de ervas. Tomei por educação. Quando terminamos de acertar as contas, tomei coragem e perguntei:

— Se eu quisesse escrever minhas memórias, como poderia fazer isso? — falei, bastante constrangida.

— É preciso se sentar à mesa e se forçar a escrever. A escrita virá sozinha. Não se pode censurar. É preciso escrever tudo o que vier à cabeça.

Foi um conselho estranho. Não queria escrever "tudo". Queria apenas escrever aquilo que me parecia bom e útil. Pensei que ela fosse falar mais alguma coisa, mas permaneceu calada. Fiquei decepcionada.

— Desapontada? — perguntou, então, como se estivesse lendo meus pensamentos.

— Sim.

— Quando não se pode falar, é preciso escrever — disse. — Isso ajuda muito — acrescentou e se calou. O vento começou a soprar com mais força e víamos, pela janela, as árvores balançarem ritmicamente à cadência de uma música inaudível, como o público durante um concerto em um anfiteatro. A corrente de ar fez uma porta se fechar em algum lugar no andar de cima. Como se alguém houvesse disparado uma arma. Acinzentada estremeceu.

— Esses barulhos me deixam inquieta, como se tudo aqui estivesse vivo!

— O vento sempre faz esses barulhos. Eu já me acostumei — disse.

Perguntei-lhe que tipo de livros escrevia e ela respondeu que eram livros de terror. Fiquei feliz com isso. Tenho que apresentá-la a Boas Novas, certamente terão muitos assuntos em comum. Elas são os elos de uma mesma corrente. Uma pessoa que sabe escrever sobre esse tipo de coisa deve ser corajosa.

— E o mal sempre tem que ser punido no final? — perguntei.

— Não me importo com isso. Não me importo com a punição. Simplesmente gosto de escrever sobre coisas assustadoras. Provavelmente porque eu mesma sou medrosa. Isso me faz bem.

— O que a senhora tem? — perguntei, animada pelo crepúsculo, apontando com o dedo para o colar cervical em seu pescoço.

— Degeneração das vértebras cervicais — disse num tom de voz que parecia me informar sobre um aparelho doméstico quebrado. — Devo ter uma cabeça pesada demais. Acho que é isso mesmo. Uma cabeça demasiadamente pesada. As vértebras não aguentam esse peso e, *trec trec*, se degeneram.

Sorriu e me serviu mais daquele chá horrível.

— A senhora não se sente sozinha aqui? — ela me perguntou.

— Às vezes.

— Eu a admiro. Queria ser que nem a senhora. Corajosa.

— Ah, não, não sou nem um pouco corajosa. O bom é que tenho, ao menos, algo para fazer aqui.

— Eu também me sinto estranha sem Ágata. O mundo aqui é tão grande, tão impossível de absorver — disse e me encarou por alguns segundos, me testando. — Ágata é minha mulher.

Pestanejei. Nunca tinha ouvido uma mulher se referir a outra como "minha mulher". Mas gostei.

— A senhora acha isso esquisito, não é?

Por um instante permaneci absorta em meus pensamentos.

— Aliás, eu também poderia ter uma mulher — eu disse com convicção. — É melhor viver com alguém do que sozinho. É mais fácil caminhar acompanhado do que sozinho.

Ela não respondeu. Não era fácil conversar com ela. Enfim, pedi que me emprestasse um de seus livros. O mais assustador. Prometeu pedir para Ágata trazê-lo. Anoitecia e ela não ligara as luzes. Quando ambas mergulhamos na escuridão, me despedi e voltei para casa.

Agora, confiante de que as casas voltaram para a guarda de seus proprietários, podia caminhar para cada vez mais longe. Continuava chamando essas escapadas de rondas. Alarguei meu domínio como uma loba solitária. Ficava aliviada ao deixar para trás a visão das casas e da estrada. Adentrava a floresta e podia vaguear, sem parar, no meio dela. Imersa em silêncio, a floresta tornava-se um enorme e aconchegante abismo no qual podia me esconder. Acalmava meus pensamentos. Nessas horas não precisava esconder a mais problemática de minhas moléstias — o choro. Lá, as lágrimas podiam fluir, limpando os olhos e melhorando a vista. Talvez esse fosse o motivo pelo qual eu enxergava mais que as pessoas com olhos secos.

Primeiro, notei a ausência das corças. Pareciam ter desaparecido. Ou seriam as gramas — estariam tão altas que escondiam seus perfeitos dorsos ruivos? Era, na verdade, um sinal de que as corças tinham começado a parir.

Naquele mesmo dia, ao topar pela primeira vez com uma donzela acompanhada de um lindo e jovem filhote malhado, vi um homem na floresta. De uma distância relativamente pequena. Mesmo assim, ele não percebeu minha presença. Tinha uma mochila verde com uma moldura externa, do mesmo tipo que se fabricava nos anos 70. Pensei então que esse homem devia ter a mesma idade que eu. Para dizer a verdade, parecia mesmo velho. Era calvo, seu rosto estava coberto de uma barba branca, bastante aparada, provavelmente com um daqueles aparadores chineses baratos vendidos nas feiras verdes. Suas calças jeans desbotadas e demasiadamente grandes estavam deformadas nas nádegas.

Esse homem andava pelo caminho que beirava a floresta, cuidadosamente, olhando para o chão. Provavelmente por isso deixou que eu me aproximasse. Depois de chegar à encruzilhada onde estavam armazenados os troncos cortados das píceas, tirou a mochila, encostou-a numa árvore e entrou na floresta. O binóculo me mostrou apenas uma imagem trêmula, pouco nítida, portanto, apenas podia supor o que fazia lá. Abaixava-se até o chão e remexia a serapilheira. Poderia presumir que era um catador de cogumelos, mas era cedo demais para catar cogumelos. Eu o observei durante aproximadamente uma hora. Sentou-se sobre a grama, comeu sanduíches e escreveu algo num caderno. Ficou deitado de costas durante cerca de meia hora com os braços embaixo da cabeça, fitando o céu. Depois pegou a mochila e desapareceu no meio do mato.

Liguei para Dísio da escola dando a notícia — que tinha visto um estranho andando pela floresta. Também contei o que as pessoas disseram na loja de Boas Novas. Diziam, aliás, que o comandante estava envolvido no tráfico clandestino de terroristas através da fronteira verde. Alguns indivíduos suspeitos haviam sido apanhados perto daqui. Mas Dísio mantinha um certo ceticismo diante dessas revelações. E não ficou convencido com a ideia de que esse indivíduo pudesse ser alguém que rondava a floresta para apagar eventuais evidências. Haveria alguma arma escondida lá?

— Não quero preocupar você, mas a investigação provavelmente vai ser suspensa, porque não foi encontrado nada que pudesse lançar uma nova luz sobre os fatos.

— Como assim? E os rastros dos animais em volta? Foram as corças que o empurraram para dentro do poço.

Pairou o silêncio, e depois Dísio me perguntou:

— Por que você anda contando para todos sobre esses animais? Ninguém acredita no que você diz e as pessoas te tomam por um pouco... um pouco... — ele vacilou.

— Louca, é isso? — o ajudei.

— Pois é. Para que você vive falando nisso? Você mesma sabe que é impossível — disse Dísio, e pensei que realmente seria necessário esclarecer tudo isso às pessoas.

Fiquei irritada. Mas, depois, quando a sirene tocou sinalizando o início da aula, soltei rapidamente:

— É preciso falar às pessoas o que elas devem pensar. Não tenho outra saída. Do contrário, uma outra pessoa fará isso.

Foi uma noite desagradável, de um sono inquieto e a consciência de que algum estranho poderia estar andando perto de casa. As notícias sobre uma eventual suspensão do caso também despertavam uma desagradável e extenuante inquietação. Como era possível "suspendê-la"? Simplesmente assim? Sem verificar todas as possibilidades? E aqueles rastros? Será que a polícia os levou em conta? Afinal, um homem foi morto. Diabos, como é possível simplesmente "suspender"?

Pela primeira vez desde que eu me mudei para cá, fechei a porta e as janelas. A casa ficou imediatamente abafada. Não consegui dormir. Era o início de junho, as noites já eram quentes e perfumadas. Sentia-me como se alguém me trancasse viva numa sala de caldeiras. Escutava os passos ao redor da casa, analisava os sussurros, dava um pulo a qualquer estalo de galhos. A noite aumentava os sons mais delicados, transformava-os em pigarros, gemidos, vozes. Devia estar aterrorizada. Pela primeira vez desde que eu me mudei para cá.

No dia seguinte de manhã vi o mesmo homem com a mochila em frente à minha casa. Primeiro, fiquei paralisada de medo e já começara a estender a mão na direção do esconderijo com o gás de pimenta.

— Bom dia. Peço desculpas por incomodá-la — falou num grave barítono que fez o ar vibrar. — Gostaria de comprar um pouco de leite fresco.

— Fresco? — espantei-me. — Não tenho leite fresco, apenas de supermercado, pode ser?

Ele ficou decepcionado.

Agora, de dia, me parecia até simpático. Não precisei usar meu gás de pimenta. Tinha uma camisa branca com colarinho mandarim, do tipo que se usavam nos bons e velhos tempos. De perto, descobri também que não era calvo. Ainda tinha um pouco de cabelo na parte de trás da cabeça, que ele amarrava num rabo de cavalo pequeno e fino que lembrava um cadarço sujo.

— E o pão, a senhora assa sozinha?

— Não — respondi, surpreendida —, também o compro no supermercado no vilarejo.

— Uhm. Bom, tudo certo.

Já estava indo para a cozinha, mas me virei para informá-lo:

— Eu o vi ontem. O senhor dormiu na floresta?

— Sim, dormi na floresta. Posso me sentar aqui? Meus ossos estão doendo um pouco.

Parecia distraído. A parte de trás de sua camisa estava verde por causa da grama. Deve ter caído para fora do saco de dormir. Ri em voz baixa.

— Gostaria de tomar um café?

Abanou a mão com ímpeto.

— Não tomo café.

Não parecia inteligente. Se fosse esperto, saberia que eu não estava interessada nos seus gostos ou desgostos culinários.

— Então, talvez aceite um bolo? — apontei para a mesa que eu e Dísio levamos para fora de casa há alguns dias. Havia lá um bolo com ruibarbo que fiz dois dias antes e acabei comendo quase todo.

— Será que eu poderia usar o banheiro? — perguntou num tom como se estivesse barganhando comigo.

— Claro — deixei que entrasse primeiro na casa.

Tomava o café e comia o bolo. Seu nome era Boris Schneider, mas ele o pronunciava de uma maneira engraçada, arrastando as sílabas — "Booroos". Por isso, para mim, ficou assim. Tinha um sotaque cantado do leste, e nas frases a seguir descobri o porquê. Era de Białystok.

— Sou entomologista — disse com a boca cheia de bolo. — Ocupo-me de certo besouro, um relicto, raro e belo. A senhora sabe que vive no lugar mais ao sul da Europa habitado pelo *Cucujus haematodes*?

Não tinha ideia disso. Para ser sincera, fiquei feliz, foi como se tivéssemos ganhado um novo membro na família.

— E como ele é? — perguntei.

Boros enfiou a mão num desgastado porta-pão de tecido e tirou de lá, cuidadosamente, um recipiente de plástico. Colocou-o diante de meus olhos:

— Exatamente assim.

Dentro do recipiente transparente havia um besouro morto. Eu o chamaria assim, de Besouro. Era pequeno, marrom, nada especial. Às vezes via besouros muito lindos. Esse não tinha nada de excepcional.

— Por que está morto? — perguntei.

— Por favor, não pense que sou um daqueles amadores que matam os insetos e os transformam em espécimes. Quando o achei, já estava morto.

Examinei Boros detalhadamente com o olhar, tentando adivinhar que doenças portava.

Revirava os troncos mortos, aqueles que se deterioravam naturalmente, e os cortados, à procura das larvas do *Cucujus*. Contava-as. Fazia um inventário delas e anotava os resultados num caderno intitulado: "A distribuição nas florestas do condado de Kłodzko de espécies escolhidas de coleópteros saproxílicos que se encontram nas listas dos anexos II e IV da Diretiva Habitats da União Europeia e as propostas de proteção delas. Um projeto". Li o título cuidadosamente, o que me desobrigou a dar uma olhada no conteúdo.

Pediu que eu imaginasse que a Direção das Florestas Estatais não tinha nenhuma consciência de que o artigo 12 da Diretiva obrigava um país-membro a constituir um sistema de rigorosa proteção dos habitats de reprodução e da prevenção de sua destruição. A Direção permite extrair das florestas a madeira em que os insetos põem ovos, dos quais posteriormente saem as larvas. Em seguida, as larvas são levadas até as serrarias e fábricas de processamento de madeira. Não deixam nenhum rastro. Desaparecem e ninguém nota esse fato. Portanto, é como se ninguém fosse responsável por isso.

— Aqui, nesta floresta, todos os troncos estão cheios de larvas do *Cucujus* — disse. — Durante o desmatamento da floresta uma parte dos galhos acaba sendo queimada. Jogam no fogo galhos cheios de larvas.

Pensei, então, que toda a morte provocada injustamente merece algum tipo de difusão pública. Até mesmo a morte de um inseto. Uma morte despercebida torna-se duplamente escandalosa. E gostei daquilo que Boros fazia. Ora, convenceu-me, tinha o meu apoio total.

Como eu tinha que fazer minha ronda de sempre, decidi unir o útil ao agradável e acompanhei Boros até a floresta. Graças a ele os troncos desvendavam seus segredos diante de meus olhos. Descobri que simples troncos de árvores eram reinados complexos de criaturas que faziam túneis, câmaras, passagens e punham lá seus valiosos ovos. As larvas talvez não fossem muito bonitas, mas fiquei comovida com sua confiança — entregavam sua vida às árvores, sem suspeitar que essas criaturas enormes e imóveis são, essencialmente, muito frágeis e, além disso, totalmente dependentes da vontade humana. Era difícil imaginar que as larvas pereciam nas chamas. Boros levantava a serapilheira e me mostrava diversas espécies mais ou menos raras: o *Osmoderma eremita*, o "Deathwatch" (quem diria que estava escondido debaixo da casca desprendida da árvore), o *Carabus auronitens* (ah, então é assim que se chama; já o vi tantas vezes e sempre foi um anônimo ser cintilante). O *Margarinotus brunneus*, belo como uma gota de mercúrio. O *Dorcus parallelipipedus*. Um nome interessante. As crianças deveriam ser batizadas com nomes de insetos. E de pássaros, e de outros animais. *Aesalus scarabaeoides*. Aesalus Kowalski. Drosófila Nowak. Corvus Dusheiko. São apenas alguns seres, cujos nomes consegui memorizar. As mãos de Boros faziam magia, esboçavam misteriosos sinais e eis que surgia algum inseto, alguma larva, ovos reunidos em cachos. Perguntei quais deles eram benéficos e essa pergunta deixou Boros muito revoltado.

— Do ponto de vista da natureza não há seres benéficos ou maléficos. É apenas uma distinção pouco sensata usada pelo ser humano.

Boros veio à noite, depois do crepúsculo — o convidei para ficar em minha casa porque não tinha onde dormir... Fiz sua cama na sala de estar, mas ainda ficamos conversando um pouco. Peguei a garrafa de aguardente, até a metade, que sobrou da visita de Esquisito. Primeiro Boros me contou sobre todas as sacanagens e atos cruéis da Direção das Florestas Estatais, mas depois relaxou um tanto. Pessoalmente, foi difícil entender como alguém podia ter uma atitude tão emocional diante de algo chamado Direção das Florestas Estatais. A única pessoa que eu associava com essa instituição era o guarda-florestal Olho de Lobo. Foi a alcunha que eu lhe dei porque parecia ter pupilas alongadas. Fora isso, era um homem decente.

Então, foi assim que Boros se hospedou em minha casa durante alguns dias. Todas as noites anunciava que no dia seguinte seus alunos ou voluntários da Ação Contra a Direção das Florestas Estatais viriam buscá-lo, mas o carro sempre acabava quebrando, ou precisavam ir a outro lugar por causa de um assunto importante, e eram obrigados a ficar em Varsóvia, no meio do caminho. Certa vez até perderam a bolsa com os documentos. E assim por diante. Comecei a temer que Boros permanecesse em minha casa como a larva do *Cucujus* num tronco de uma pícea e só a Direção das Florestas Estatais seria capaz de tirá-lo de lá. Contudo, notei que procurava não causar problemas, pelo contrário, tentava ajudar. Por exemplo, limpava o banheiro de cima a baixo com muito cuidado.

Carregava um pequeno laboratório em sua mochila: uma caixa com frascos e garrafas pequenas que, aparentemente, continham certas substâncias químicas sintéticas, que imitavam quase com perfeição os feromônios naturais emitidos pelos insetos. Ele e seus alunos faziam experiências com essas fortes substâncias químicas para poder, em caso de necessidade, instigar os insetos a se reproduzirem em outro lugar.

— Se você passar isto em algum fragmento de uma árvore, as fêmeas dos besouros insistirão em pôr os ovos lá. Chegarão a esse tronco vindas das redondezas, sentirão esse cheiro a alguns quilômetros de distância. Bastam apenas algumas gotas.

— Por que as pessoas não têm um cheiro assim? — perguntei.

— E quem lhe disse isso?

— Não sinto nada.

— Talvez você não saiba que sente, minha querida. Por isso, em sua presunção humana ainda acredita em livre-arbítrio.

A presença de Boros me lembrou como era morar com alguém. E como isso pode ser constrangedor. E o quanto nos desvia dos nossos próprios pensamentos e nos distrai. Como a outra pessoa começa a nos irritar não por fazer algo irritante, mas pelo simples fato de estar ali. E quando ele saía de manhã para a floresta, abençoava minha bela solitude. Como é possível, pensei, que as pessoas convivam durante décadas compartilhando um pequeno espaço? E dormem juntas na mesma cama, bafejando e esbarrando uma na outra sem querer durante o sono. Não digo que nunca tenha passado por essa experiência. Durante algum tempo dormia com um certo católico na mesma cama e o resultado daquilo não foi nada positivo.

11.
O canto dos morcegos

Um ser vivo engaiolado
Deixa o Céu inteiro irado.

À polícia,

Sinto-me obrigada a escrever esta carta porque me preocupa a falta de progresso da polícia local na investigação relacionada com a morte de meu vizinho em janeiro deste ano e a morte do comandante um mês e meio depois.

Ambos os tristes acontecimentos ocorreram nas proximidades de minha casa, portanto é natural que eu fique pessoalmente comovida e preocupada com eles.

Acredito que são muitas as provas que apontam para a eventualidade de ambos terem sido assassinados.

Nunca me atreveria a formular afirmações tão graves se não fosse pelo fato (pois entendo que, para a polícia, os fatos constituem o que os tijolos são para uma casa, ou as células para um organismo — constroem todo o sistema) de que, junto com meus amigos, testemunhei não a própria morte em si, mas as circunstâncias que a seguiram antes da chegada da honorável polícia. Na primeira ocasião, meu vizinho Świerszczyński, e na segunda, meu antigo aluno Dionísio, também foram testemunhas do ocorrido.

Minha convicção de que os falecidos foram vítimas de um assassinato se baseia em dois tipos de observação.

Primeiro: em ambos os casos no local do homicídio havia a presença de animais. No primeiro caso, eu e a testemunha Świerszczyński vimos um grupo de corças (enquanto sua companheira já havia sido esquartejada na cozinha da vítima) perto da casa de Pé Grande. No que se refere ao caso do comandante, as testemunhas, entre elas a abaixo assinada, viram uma quantidade indeterminada de rastros de corças sobre a neve em volta do poço onde seu corpo fora encontrado. Infelizmente, o tempo pouco favorável para a honorável polícia causou uma destruição rápida dessas provas importantes e significativas que nos levam diretamente para os autores de ambos os crimes.

Segundo: decidi examinar certas informações muito características que podem ser obtidas nos mapas astrais (conhecidos vulgarmente como horóscopos) das vítimas, e, em ambos os casos, parece ser óbvio que podem ter sido fatalmente atacadas por animais. Essa é uma configuração muito rara de planetas, por isso a submeto com minha maior convicção à atenção da honorável polícia. Permito-me anexar ambos os mapas astrais na esperança de que sejam consultados pelo astrólogo da polícia, que poderá corroborar minha hipótese.

Atenciosamente,

Dusheiko

Boros já estava comigo havia três ou quatro dias quando Esquisito veio me visitar, o que poderia ser considerado um milagre porque quase nunca me fazia visitas. Tive a impressão de que estava um pouco apreensivo por causa da presença de um homem desconhecido em minha casa e veio investigar. Andava encurvado com uma mão apoiada no sacro e uma expressão de dor no rosto. Sentou-se e suspirou.

— Lombalgia — disse ao me cumprimentar.

Descobri que ele preparava concreto em baldes para construir um acesso novo e seco entre sua casa e o quintal, e estava prestes a despejá-lo, mas quando se abaixou para levantar um dos baldes a sua coluna estalou. Permaneceu, então, nessa posição incômoda com a mão estendida na direção do balde, já que a dor não permitia que se endireitasse nem por um milímetro. Agora que a dor tinha diminuído um pouco, veio me pedir ajuda, pois sabia que eu era perita em todo tipo de construção, e ele próprio me vira no ano anterior fazendo um pavimento de concreto muito parecido. Lançou um olhar crítico para Boros com cara de poucos amigos, especialmente ao notar seu rabo de cavalo, que deve ter lhe parecido uma simples extravagância.

Eu os apresentei um ao outro. Esquisito estendeu a mão, visivelmente hesitante.

— É perigoso perambular assim pelas redondezas. Têm acontecido coisas estranhas por aqui — disse num tom ameaçador, mas Boros ignorou a advertência.

Fomos, então, salvar o concreto antes que endurecesse de todo nos baldes. Trabalhávamos eu e Boros. Esquisito sentou-se numa cadeira. Dava-nos ordens disfarçadas de conselhos, começando cada uma delas com a palavra: "Aconselharia...".

— Aconselharia que distribuíssem o concreto aos poucos, um pouco aqui, um pouco ali, e fossem acrescentando só depois da camada se nivelar. Aconselharia que vocês esperassem um momento até que o concreto endurecesse um pouco. Aconselharia que vocês se afastassem um do outro para não se atrapalharem, ou vai haver confusão.

Era muito irritante. Mas assim que o trabalho acabou, nos sentamos numa mancha quente de sol em frente à sua casa, onde as peônias começavam a florir aos poucos, e todo mundo parecia coberto de uma finíssima camada de ouro.

— Que profissões vocês exerceram na vida? — Boros perguntou de repente.

Essa pergunta foi tão inesperada que instantaneamente me deixei levar pelas recordações. Começaram a passar diante de meus olhos. E assim como acontece com as lembranças, tudo nelas parecia melhor, mais belo e mais feliz do que na realidade. Ficamos em silêncio, por mais estranho que isso fosse.

Para as pessoas de minha idade, os lugares que realmente amamos e aos quais um dia pertencemos já não estão mais lá. Os espaços da nossa infância e juventude não existem mais, vilarejos para onde íamos nas férias, parques com bancos incômodos onde nasceram e brotaram os primeiros amores, cidades antigas, cafés, casas. Mesmo que mantenham sua forma externa, é algo doloroso, pois ela lembra uma casca oca por dentro. Eu não tenho para onde voltar. É como um estado de aprisionamento. As paredes da cela são o horizonte do que posso ver. Atrás delas, existe um mundo que me é estranho e não me pertence. Por isso, para as pessoas como eu, o aqui e agora é a única possibilidade, qualquer depois é duvidoso, qualquer futuro é meramente esboçado e incerto, lembra uma miragem que pode ser destruída pelo mínimo movimento do ar. Fiquei refletindo assim enquanto permanecíamos em silêncio. Era melhor do que uma conversa. Não tenho a mínima ideia do que pensavam os dois homens. Talvez na mesma coisa.

Mas concordamos em nos encontrar à noite, e bebemos um pouco de vinho juntos. Conseguimos, inclusive, cantar juntos. Começamos com "Hoje não posso ir te ver",* timidamente e em voz baixa, como se as enormes orelhas da noite escutassem atrás das janelas abertas que davam para o pomar, prontas para ouvir todos os nossos pensamentos, todas as nossas palavras, mesmo as da canção, para então submetê-las ao julgamento da suprema corte.

Só Boros não se preocupava, o que era compreensível — não estava em sua casa. As apresentações de convidados especiais são sempre as mais loucas. Ele inclinou a cadeira para trás, e fingindo tocar guitarra começou a cantar com os olhos fechados:

— Der iiiis é raaaus in Niuuuu Orliiiin, dei coool de Raaaizin Saaan...

E nós, como se estivéssemos sob a influência de um encanto, pegamos a melodia e a letra e trocando olhares, surpresos com essa estranha consonância, continuávamos cantando.

* Versos de uma canção patriótica polonesa. [N. E.]

Descobrimos que todos conhecíamos mais ou menos a letra até o trecho: "*Oh mother, tell your children*", o que dizia muito sobre nossa memória. Foi então que começamos a murmurar, fingindo que sabíamos o que cantávamos. Mas não sabíamos. Caímos numa gargalhada. Isso, sim, era belo, comovente. Depois ficamos em silêncio tentando lembrar as letras de outras canções. Não sei como é o caso dos outros cantores, mas meu cancioneiro evaporou de minha cabeça. Foi então que Boros se dirigiu para o quarto e trouxe um pequeno saco de plástico de onde tirou uma pitada de ervas secas e começou a enrolar um cigarro.

— Ó céus, não fumo há vinte anos — Esquisito falou, de repente, e seus olhos brilharam de verdade; eu olhei para ele, surpresa.

Foi uma noite muito clara. A lua cheia de junho chama-se lua de morango, pois assume uma linda coloração rosada. De acordo com minhas Efemérides, essa noite dura apenas cinco horas.

Estávamos sentados no pomar debaixo de uma antiga macieira onde já havia pequenos frutos. O pomar ciciava ao vento e exalava um cheiro agradável. Perdi a noção do tempo e todas as pausas entre as frases que articulava pareciam infinitamente longas. Abriu-se uma vasta brecha temporal. Nossas conversas duravam uma eternidade, voltávamos a falar sobre os mesmos assuntos, repetíamos a mesma coisa que era dita, alternadamente, por diferentes bocas, e nenhum de nós se lembrava se o argumento que contestava agora era o mesmo que havia defendido antes. Na verdade, não discutíamos; mantínhamos um diálogo, *triálogo*, três faunos, uma espécie humana distinta, metade humanos, metade animais. E percebi que havia muitos de nós no jardim e na floresta, com os rostos cobertos de pelo. Seres estranhos. Nossos morcegos se empoleiraram na árvore, cantando. Suas vozes finíssimas, vibrantes, faziam partículas microscópicas de neblina tremerem. Assim, a noite a nossa volta começou a tinir baixinho, chamando todos os seres para assistir a uma missa noturna.

Boros desapareceu dentro da casa por uma eternidade enquanto eu e Esquisito ficamos em silêncio. Tinha os olhos bem abertos e me encarava com tanta intensidade que precisei fugir dessa mirada para a sombra da árvore. E lá me escondi.

— Me desculpe — ele disse apenas, e minha mente se moveu como uma enorme locomotiva tentando entendê-lo. Por que diabos eu teria que perdoá-lo? Lembrei que algumas vezes ele não me cumprimentou de volta. Ou de quando lhe levei algumas cartas, e ele me recebeu à porta mas não me deixou entrar em sua casa, e em sua linda e limpíssima cozinha. E mais uma coisa: nunca se interessava em como eu estava quando caía de cama, tomada pelas minhas moléstias.

Mas não são assuntos que precisavam ser perdoados. Talvez estivesse pensando em seu filho frio e irônico de capa negra. Infelizmente, não respondemos por nossos filhos.

Enfim, Boros apareceu na porta com meu laptop, que ele já tinha usado antes, e conectou seu pingente em forma de presa de lobo. Pairou um longo silêncio enquanto esperávamos por algum sinal. Finalmente, ouvimos uma tempestade, que não nos assustou nem surpreendeu. Apenas abafou o tinir da neblina. Nenhuma outra música poderia ser mais adequada — deve ter sido composta especialmente para essa noite.

Riders on the storm — as palavras ressoaram de lugar nenhum.
Riders on the storm

Into this house we're born
Into this world we're thrown
Like a dog without a bone
An actor out on loan

Riders on the storm...

Boros cantarolava e se balançava na cadeira enquanto a letra da canção se repetia sem parar, a mesma o tempo todo. Ela não mudava.

— Por que certas pessoas são más e perniciosas? — Boros perguntou retoricamente.

— Saturno — eu disse. — A antiga astrologia tradicional de Ptolomeu diz que é Saturno. E que em seus aspectos desarmoniosos é ele que tem o poder de criar pessoas mal-intencionadas, vis, solitárias e chorosas. São maliciosas, covardes, sem-vergonha, soturnas, tramam eternas tramoias e têm uma língua maldizente, não cuidam de seu corpo. Sempre querem mais do que têm e não gostam de nada. É desse tipo de pessoa que você está falando?

— Pode ser o resultado dos erros de criação — Esquisito acrescentou, articulando cada palavra devagar e com cuidado, como se temesse que sua língua fosse enganá-lo e dissesse algo completamente diferente. Quando conseguiu articular essa única frase, atreveu-se a articular mais uma: — Ou da luta das classes.

— Ou de um desfralde malsucedido — Boros acrescentou, e eu disse:

— Uma mãe tóxica.

— Um pai autoritário.

— Abuso sexual na infância.

— Não ser amamentado.

— Televisão.

— Falta de lítio e magnésio na dieta.

— Bolsa de valores — Esquisito gritou, incrivelmente entusiasmado, mas, a meu ver, exagerado.

— Não, não seja bobo — eu disse. — De que jeito?

Então se corrigiu:

— Choque pós-traumático.

— Constituição psicofísica.

Ficamos trocando essas ideias até o momento em que faltou inspiração, o que provocou muita risada.

— Então é Saturno — eu disse, morrendo de rir.

Acompanhamos Esquisito até sua casa, tentando ao máximo nos mantermos quietos para não acordar a escritora. Mas não conseguíamos e a todo instante caíamos na gargalhada.

Quando íamos dormir, embalados pelo vinho, eu e Boros nos abraçamos de gratidão por essa noite. Depois eu ainda o vi na cozinha tomando seus remédios e bebendo água da torneira.

Pensei que era um homem muito bom, esse Boros. E era bom que ele tivesse suas próprias moléstias. A saúde é um estado incerto e não pressagia nada de bom. É melhor viver tranquilamente doente, assim pelo menos sabemos qual será a causa de nossa morte.

Veio ao meu quarto no meio da noite e ficou de cócoras junto da cama. Eu estava acordada.

— Está dormindo? — perguntou.

— Você é religioso? — tive que lhe fazer essa pergunta.

— Sim — respondeu com orgulho. — Sou ateu.

Pareceu-me interessante.

Ergui o cobertor e o convidei para deitar comigo, mas, como não sou emotiva nem sentimental, não vou me alongar além disso.

O dia seguinte era sábado e Dísio veio logo de manhãzinha.

Trabalhava em meu pequeno jardim testando uma teoria minha. Aparentemente, contrariando as descobertas da genética moderna, acho que posso encontrar provas que confirmam que nós herdamos fenótipos. Observei que certas qualidades adquiridas aparecem irregularmente em gerações sucessivas. Por isso, há três anos repeti a experiência de Mendel com a ervilha-de-cheiro; estou exatamente na metade dela agora. Arrancava as pontas das flores, por cinco gerações consecutivas (duas por ano), e verificava se aquelas sementes produziriam flores com as pétalas alteradas. Tenho que admitir que os resultados dessa experiência pareciam muito motivadores.

O carro ferrado de Dísio surgiu de trás da curva com tanta pressa que era possível dizer que estava ofegante e excitado. Dísio desceu dele igualmente agitado.

— Acharam o corpo de Víscero. Completamente morto. Há semanas.

Quase desfaleci. Precisei me sentar. Não estava preparada para isso.

— Então não fugiu com a amante — disse Boros ao sair da cozinha com uma caneca de chá. Não escondia seu desapontamento.

Dísio olhou para ele e depois para mim, inseguro, e ficou em silêncio, surpreso. Precisei fazer uma rápida apresentação. Apertaram as mãos.

— Isso aí eles já sabiam há muito tempo — disse Dísio, já menos agitado. — Deixou os cartões de crédito e as contas cheias. Mas é verdade que não conseguiram achar o passaporte.

Sentamos em frente à casa. Dísio disse que Víscero fora achado pelos ladrões de lenha. Disseram o seguinte: na tarde do dia anterior, tinham ido de carroça à floresta, pelos lados da fazenda de peles de raposa, e lá, já perto do crepúsculo, toparam com o cadáver. Estava numa cova onde antigamente se extraía argila, no meio de samambaias. E era um cadáver bastante macabro, retorcido e deformado. Só depois de um momento conseguiram perceber que era um corpo humano. Primeiro, estavam tão assustados que fugiram, mas ficaram com a consciência pesada. Obviamente, estavam com medo de denunciar tudo à polícia por um motivo muito simples — sua ladroagem seria descoberta. Claro, eles poderiam alegar que estavam lá apenas de passagem... Tarde da noite ligaram para a polícia, e de madrugada uma patrulha foi até lá. Pelos restos da roupa foi possível identificar inicialmente que era Víscero, pois usava um casaco de couro característico. Mas tudo seria revelado na segunda-feira.

Mais tarde, o filho de Esquisito descreveu nosso comportamento como "infantil", mas para mim parecia perfeitamente lúcido — entramos todos no Samurai e fomos para a floresta localizada atrás da fazenda de peles de raposa, para o local onde o corpo fora achado. E não fomos os únicos que se comportaram dessa maneira infantil — havia lá por volta de vinte pessoas, homens e mulheres da Transilvânia, assim como os operários florestais. Os bigodudos também lá estavam. Uma fita de plástico cor de laranja havia sido estendida entre as árvores e era difícil distinguir qualquer coisa da distância prevista para os curiosos.

Uma mulher de meia-idade se aproximou de mim e disse:

— Dizem que está aí há muitos meses e que as raposas já roeram bastante o seu corpo.

Acenei com a cabeça. Eu a reconheci. Nós nos encontrávamos com frequência na loja de Boas Novas. Seu nome era Innocenta, o que me impressionava muito. Fora isso, não a invejava nem um pouco — tinha uns filhos vagabundos, que não tinham nenhuma utilidade.

— Os rapazes disseram que estava todo branco de mofo. Que estava todo mofado.

— Seria possível? — perguntei, apavorada.

— Sim, senhora — disse, muito confiante. — E que tinha uma espécie de arame envolto na perna. Estava tão apertado que parecia estar encravado no corpo.

— Uma armadilha — constatei —, deve ter caído numa armadilha. Eles sempre as colocavam aqui.

Passávamos ao longo da fita tentando avistar algo especial. O local de homicídio sempre desperta pavor, por isso os curiosos quase não conversavam, e quando o faziam, falavam em voz baixa, como se estivessem num cemitério. Innocenta ia atrás de nós, falando por todos, que permaneciam em silêncio, apavorados:

— Mas ninguém morre numa armadilha. O dentista vive repetindo que é uma vingança dos animais. A senhora sabia que eles caçavam? Ele e o comandante.

— Sim, eu sei — respondi, surpresa que as notícias se espalhassem tão rápido. — Também acho isso.

— Sério? A senhora acha que é possível que os animais...?

Dei de ombros.

— Tenho certeza. Acho que se vingaram. Há algumas coisas que não somos capazes de entender, mas podemos senti-las muito bem.

Ela ficou pensando por um instante e me deu razão. Rodeamos a fita e paramos num lugar onde dava para ver bem as viaturas da polícia e os homens de luvas de borracha agachados sobre a serapilheira. Evidentemente, a polícia queria recolher todos os possíveis vestígios para não cometer os mesmos erros do caso do comandante. Eram, de fato, erros graves. Não conseguimos chegar mais perto porque dois homens fardados nos tocavam de volta para a estrada como se fôssemos um bando de pintinhos. No entanto, era visível que se esforçavam para procurar vestígios, e alguns funcionários andavam pela floresta prestando atenção nos mínimos detalhes. Dísio ficou com medo deles. Preferia não ser identificado nessas circunstâncias; afinal, trabalhava na polícia.

O tempo estava lindíssimo, por isso fizemos um lanche do lado de fora. Dísio divagava:

— Isso significa que minha hipótese foi por água abaixo. Admito que estava certo de que o Víscero havia ajudado o comandante a cair no poço. Eles tinham negócios em comum, discutiram, ou talvez o comandante estivesse chantageando o outro. Pensei que poderiam ter se encontrado lá, junto do poço, e começado a brigar. E nessa hora Víscero teria empurrado o comandante. E pronto.

— E agora descobrimos que as coisas estão piores do que todos imaginavam. E o assassino está à solta — disse Esquisito.

— É possível que esteja andando por aí — Dísio falou e foi traçar a sobremesa de morangos.

Eu achei os morangos completamente sem gosto. Fiquei pensando se o motivo disso eram os agrotóxicos usados para adubá-los ou porque nossas papilas gustativas envelheceram igual a nós. E nunca mais sentiremos aqueles antigos sabores. Outra coisa que não voltará mais.

Na hora do chá, Boros nos deu uma descrição profissional de como os insetos contribuem para a decomposição da carne. Também me deixei convencer a voltar à floresta depois do anoitecer, assim que a polícia fosse embora, para que Boros pudesse conduzir suas próprias experiências. Dísio e Esquisito acharam isso uma extravagância macabra e, enojados, ficaram no terraço.

A fita laranja fosforescente brilhava em meio a escuridão suave da floresta. Primeiro, não queria me aproximar, mas Boros agia com segurança e me arrastou, sem cerimônias, atrás dele. Fiquei em pé enquanto ele iluminava a serapilheira, no meio das samambaias, com uma lanterna na cabeça, procurando com um dedo os vestígios dos insetos. Estranhamente, a noite aniquila todas as cores, como se fizesse pouco caso dessa extravagância do mundo. Boros murmurava algo em voz baixa, e eu, com o coração apertado, me deixei levar por uma visão:

Quando chegava à fazenda e olhava pela janela, geralmente Víscero via a floresta, a parede da floresta cheia de samambaias, mas naquele dia viu raposas selvagens, lindas, macias e ruivas. Não pareciam sentir nenhum medo; estavam ali sentadas como cachorros e o observavam com um olhar desafiador. Talvez tivesse nascido alguma esperança em seu coração pequeno e avarento — de ganhar um dinheiro fácil, visto que raposas tão lindas e mansas podiam ser atraídas. E por que seriam tão confiantes e mansas?, pensou. Talvez sejam um cruzamento com as raposas que vivem engaioladas e, durante toda a sua curta vida, giram em torno de si mesmas num espaço tão pequeno que tocam suas preciosas caudas com o nariz. Não, não pode ser. Contudo, essas raposas eram grandes e belas. Então, naquela noite, quando as viu novamente, pensou em segui-las e ver com os próprios olhos que tipo de demônio o estava tentando. Vestiu o casaco de couro e saiu. Foi então que as viu esperando por ele — esses animais lindos e dignos com rostos inteligentes. "Aqui, garoto, aqui" — ele as chamava como se fossem filhotes de cachorros, mas, quanto mais se aproximava, mais elas recuavam para dentro da floresta, ainda nua e molhada nessa época do ano. Parecia-lhe que não seria difícil apanhar uma delas, já que quase roçavam nas suas pernas. Também pensou na possibilidade de terem raiva, mas isso, essencialmente, já não tinha nenhuma importância. Além disso, ele já havia sido vacinado contra a raiva, quando um cão contra quem tinha atirado o mordeu. Teve que acabar com ele com o cabo do rifle. Então, já não fazia nenhuma diferença. As raposas mantinham um jogo estranho: desapareciam de sua vista e surgiam de novo, duas, três, e depois ele tinha a impressão de estar vendo filhotes de raposas lindos e macios. E finalmente, quando um deles, o maior e mais belo macho, se sentou tranquilamente à sua frente, Anselmo Víscero se agachou, impressionado, e prosseguiu devagarzinho com as pernas dobradas, inclinado para a frente com a mão estendida e os dedos fingindo segurar um petisco que a raposa talvez apanhasse, e assim se transformaria numa bela estola. De repente, percebeu que estava enganchado em algo, suas pernas ficaram presas e não conseguia seguir atrás da raposa. A barra das calças subiu e ele sentiu algo frio e metálico prender seu tornozelo. Sacudiu a perna. E quando pensou que pudesse ser uma armadilha, se lançou instintivamente para trás, mas já era tarde. Com esse movimento decretou sua sentença de morte. O arame se estirou e soltou uma trava primitiva — repentinamente, a jovem bétula presa a ele e inclinada até o solo soltou-se e ficou rija, puxando o corpo de Víscero para cima com tanta força que por um momento ele ficou suspenso no ar, balançando as pernas, mas só por um instante, pois logo ficou inerte. Em seguida, a bétula sobrecarregada se partiu e assim Víscero ficou prostrado no chão, na cova que se formou com a extração da argila, onde rebentos de samambaias se preparavam para brotar.

Nesse momento, quem estava agachado lá era Boros.

— Ilumine aqui, por favor — disse —, parece que achei algumas larvas *Cleridae*.

— Você acha que animais selvagens poderiam matar um homem? — perguntei, impressionada com o que havia visto em minha visão.

— Sim, claro que sim. Leões, leopardos, touros, cobras, insetos, bactérias, vírus...

— E corças?

— Certamente achariam uma maneira de fazê-lo.

Então, ele estava do meu lado.

Infelizmente, minha visão não explicava como as raposas da fazenda haviam saído. Nem como o laço da armadilha na perna dele pode ter sido a causa da morte.

— Encontrei *Acarina*, *Cleridae*, larvas das vespas, e *Dermaptera*, isto é, tesourinhas — disse Boros durante o jantar que Esquisito fez na minha cozinha. — E, claro, formigas. Sim, e muito mofo, mas eles o danificaram significativamente na hora de retirar o corpo. Em meu entender, isso comprova que o corpo se encontrava na fase da fermentação butírica.

Comíamos macarrão com molho de queijo azul.

— Não se sabe — continuava Boros — se era mofo ou adipocere, em outras palavras, cera cadavérica.

— O que você está dizendo? O que é isso, essa cera cadavérica? De onde você sabe tudo isso? — inquiria Esquisito com a boca cheia de macarrão e segurando Mariazinha no colo.

Boros explicou que no passado havia trabalhado como consultor da polícia. E estudado um pouco de tafonomia.

— Tafonomia? — perguntei. — E o que é isso?

— É o estudo dos organismos em decomposição. *Taphos*, em grego, significa túmulo.

— Meu Deus — Dísio suspirou, como se estivesse pedindo a intervenção de alguém, mas, obviamente, não aconteceu nada.

— Isso comprovaria que o corpo ficou lá por uns quarenta ou cinquenta dias.

Fizemos cálculos rápidos mentalmente. Dísio foi o mais esperto de nós:

— Então, desde o início de março — ficou pensativo. — Apenas um mês depois da morte do comandante.

Por três semanas não se falava sobre mais nada, até acontecer novamente. Mas agora a quantidade de versões da morte de Víscero que circulavam pela vizinhança era impressionante. Dísio disse que a polícia não o tinha procurado depois do desaparecimento em março porque sua amante também havia sumido. Todos sabiam da existência dela, inclusive a própria esposa. E mesmo que muitos de seus conhecidos considerassem esse sumiço repentino estranho, todos continuavam convencidos de que Víscero tinha seus negócios obscuros. E ninguém queria meter o nariz em assuntos alheios. Sua esposa também se conformara com o desaparecimento. Possivelmente essa situação era cômoda para ela. Tinha até pedido o divórcio, mas obviamente isso não seria mais necessário. Ficou viúva. Parece que assim era melhor para ela. A amante foi encontrada e se descobriu que tinham terminado o relacionamento já em dezembro, e ela estava na casa da irmã, nos Estados Unidos, desde o Natal. Boros achava que a polícia deveria ter emitido um mandado de busca para Víscero, visto que tinham todo tipo de suspeitas. Talvez a polícia soubesse algo que não sabíamos.

Na quarta-feira seguinte, soube na loja de Boas Novas que um animal particularmente interessado em matar pessoas andava pelas redondezas. E que esse mesmo animal havia andado à espreita no ano anterior na região de Opole, só que lá atacava animais domésticos. As pessoas que viviam nas áreas rurais estavam apavoradas e todos fechavam as casas e os estábulos a quatro chaves à noite.

— Eu também tapei todos os buracos da minha cerca — afirmou o dono do poodle, que dessa vez comprava um colete elegante.

Fiquei contente de topar com ele. E de ver seu poodle também. Estava sentado, quieto, olhando para mim com um olhar cheio de sabedoria. Os poodles são mais inteligentes do que as pessoas pensam, embora não pareçam. O mesmo se aplica a muitos outros seres corajosos — não reconhecemos sua inteligência.

Saímos juntos da loja de Boas Novas e por um momento permanecemos ao lado de Samurai.

— Eu me lembro do que a senhora falou naquela vez na delegacia da Guarda Municipal. Achei muito convincente. Acho que não se trata de apenas um animal assassino, mas dos animais em geral. Talvez em consequência das mudanças climáticas tenham se tornado agressivos, inclusive as corças e as lebres. E agora estão se vingando de tudo.

Assim dizia esse velho homem.

Boros partiu. Levei-o até a estação na cidade. Seus alunos nunca chegaram, pois em algum momento o carro dos ecólogos tinha quebrado de vez. Talvez os alunos nem existissem. Talvez Boros tivesse outros assuntos para resolver aqui, não apenas os assuntos dos *Cucujus haematodes*.

Durante os primeiros dias senti muita falta dele — de seus cosméticos no banheiro, e até de suas canecas de chá vazias espalhadas por toda a casa. Ele telefonava todos os dias. Depois com menos frequência, aproximadamente a cada dois dias. Sua voz soava como se vivesse em outra dimensão, em algum além localizado no norte do país, onde as árvores são milenares, e todos os animais se deslocam entre elas em câmera lenta, fora do tempo. Ficava observando, calmamente, a imagem de Boros Schneider, entomologista e tafônomo, desbotar e se dissipar, até que restasse apenas uma absurda trança branca suspensa no ar. Tudo passará.

Uma pessoa sábia sabe disso desde o início e não se arrepende de nada.

12.
Chupa-cabra

O cão do pedinte e o gato da viúva
Alimente-os e tu engordarás.

No fim de junho começou a chover intensamente. Aqui, de vez em quando, costuma ser assim. Nessa época é possível ouvir, por entre a umidade onipresente, as gramas crescendo, as heras trepando sobre os muros, os esporos dos cogumelos se expandido sob a superfície da terra. Após a chuva, quando, por um instante, o sol aparece por entre as nuvens, tudo se torna tão profundo que os olhos se enchem de lágrimas.

Algumas vezes por dia, eu ia verificar o estado da ponte sobre o riacho, ver se as águas agitadas não a tinham destruído.

Esquisito apareceu em minha casa num dia caloroso e tempestuoso com um pedido tímido. Queria que eu o ajudasse a fazer uma fantasia para o baile dos catadores de cogumelos, organizado na noite de São João pela Associação dos Catadores de Cogumelos Boleto. Fiquei espantada ao descobrir que ele era seu tesoureiro.

— Mas a temporada ainda não começou — titubeei, sem saber o que pensar disso.

— Está enganada. A temporada começa com os boletos anelados e champignons, normalmente na metade de junho. Depois já não haverá tempo para os bailes porque vamos andar catando os cogumelos. — E, como prova, estendeu a mão que segurava dois lindos boletos avermelhados.

Eu estava sentada no terraço coberto e me dedicava às minhas pesquisas astrológicas. Desde a metade de maio Netuno aspectava positivamente meu ascendente, o que — conforme havia notado — me inspirava muito.

Esquisito tentava me convencer a ir com ele à reunião. Talvez até quisesse que eu logo me inscrevesse e pagasse a taxa de matrícula. Mas eu não gosto de fazer parte de nenhum tipo de associação. Olhei rapidamente seu mapa astral e descobri que, no caso dele, Netuno também aspectava Vênus positivamente. Talvez seja mesmo uma boa ideia ir ao baile dos catadores de cogumelos? Olhei para ele. Estava sentado diante de mim vestindo uma camisa cinzenta desbotada com uma cesta de morangos no colo. Fui até a cozinha e trouxe uma vasilha. Começamos a limpar os morangos, era preciso que nos apressássemos pois estavam muito maduros. Ele, obviamente, usava suas pinças especiais. Também tentei tirar os talos com elas, mas descobri que era mais fácil fazer isso com os dedos.

— Qual é seu verdadeiro nome? — perguntei. — O que significa esse "Ś" antes de seu sobrenome?

— Świętopełk — respondeu depois de um instante de silêncio, sem olhar para mim.

— Ah, não! — gritei no primeiro momento, mas depois pensei que a pessoa que lhe deu esse nome, acertou em cheio. Świętopełk. Tive a impressão de que essa confissão lhe trouxe alívio. Colocou um morango na boca e disse:

— Meu pai me chamou assim para contrariar minha mãe.

Seu pai era engenheiro de minas. Após a guerra fora delegado a Waldenburg, que posteriormente virou Wałbrzych, como especialista para reabrir a mina de carvão que havia pertencido aos alemães. Logo em seguida, um alemão, já um senhor de idade e diretor técnico da mina, virou seu colaborador. Foi proibido de sair de lá antes que as máquinas começassem a funcionar. Naquela época a cidade estava completamente desabitada, os alemães tinham partido e os trens traziam novos operários do leste da Polônia todos os dias, mas eles se instalavam apenas num único lugar, num único bairro, como se o tamanho da cidade deserta os apavorasse. O diretor alemão fazia o possível para terminar rapidamente o que precisava fazer e partir, enfim, para a Suábia ou Hesse ou qualquer outro lugar com dinheiro. Convidava o pai de Esquisito para almoçar em sua casa e foi assim que, rapidamente, ele se apaixonou pela bela filha do diretor. A melhor solução era que os jovens se casassem. Tanto para a mina quanto para o diretor e para o governo socialista, que tratava a filha do alemão como uma espécie de refém. No entanto, seu casamento, desde o início, não foi feliz. O pai de Esquisito passava muito tempo no trabalho, com frequência descia para a mina, pois era um lugar muito difícil e exigente, onde se extraía antracite de grandes profundezas. Enfim ele começou a se sentir melhor debaixo da terra do que na superfície, embora fosse difícil imaginar algo parecido. Depois de tudo correr bem e a mina começar a funcionar, nasceu sua primeira filha. A menina foi chamada de Ziva, celebrando assim a volta das terras ocidentais à pátria. Mas, aos poucos, os cônjuges descobriam que não se suportavam. Świerszczyński começou a usar uma porta separada para entrar em casa e se alojou nos cômodos do porão. Tinha ali seu gabinete e quarto. Foi nessa época que nasceu seu filho, isto é, Esquisito, talvez o fruto do último coito de despedida. E assim, consciente de que sua esposa alemã tinha problemas em articular seu novo sobrenome, e movido por uma maldade hoje incompreensível, o engenheiro chamou seu filho de Świętopełk. A mãe, que não conseguia pronunciar os nomes dos próprios filhos, morreu logo após eles terminarem a escola secundária. Já o pai endoideceu por completo e passou o resto da vida debaixo da terra, no porão, aumentando continuamente o sistema de cômodos e corredores debaixo da mansão.

— Acho que herdei essas minhas esquisitices de meu pai — concluiu Esquisito.

Eu estava verdadeiramente comovida pela história e pelo fato de nunca ter ouvido (e nunca mais ouvir) um discurso tão longo pronunciado por meu vizinho. Gostaria de conhecer outros episódios de sua vida. Estava curiosa, por exemplo, para saber quem era a mãe de Capa Negra, mas nesse momento Esquisito já me parecia esgotado e triste. Descobrimos também que, sem nos darmos conta, havíamos comido todos os morangos.

Agora, depois que me revelou seu verdadeiro nome, não podia recusar seu pedido. À tarde, então, fomos à reunião. Quando o Samurai arrancou, minhas ferramentas chacoalharam no porta-malas.

— O que você carrega neste carro? — Świętopełk perguntou. — Para que você precisa de tudo isso? De uma geladeira de viagem? De um tanque de gasolina? De pás?

Por acaso ele não sabia que para se viver sozinho nas montanhas é preciso ser autossuficiente?

Chegamos quando todos já haviam se acomodado às mesas e tomavam um café forte, com o pó fervido direto no copo. Fiquei surpresa ao ver que muitas pessoas que conhecia bem das lojas, bancas, assim como aquelas com quem cruzava às vezes na rua, pertenciam à Associação dos Catadores de Cogumelos Boleto. Catar cogumelos era, então, um assunto que conseguia unir as pessoas. Desde o início, a conversa fora dominada por dois homens que pareciam dois galos cantando, se ensurdecendo mutuamente, desfiando as aventuras mal contadas que ambos chamavam de "anedotas". Algumas pessoas tentavam silenciá-los, embora sem efeito. Soube pela vizinha à minha esquerda que o baile seria organizado na sala comunitária da sede do corpo de bombeiros que ficava nas proximidades da fazenda de peles de raposa, perto da curva do Coração de Boi, mas uma parte dos membros manifestou sua oposição a essa ideia.

— Não será nada divertido festejar perto do local da morte de alguém que conhecíamos — disse o homem que dirigia a reunião, e que eu reconheci como sendo o professor de história na escola. Nunca suspeitaria que ele também fosse um aficionado por cogumelos.

— É uma coisa — disse a sra. Grazina, sentada à minha frente, vendedora numa banca de jornais que muitas vezes guardava revistas para mim. — Além disso, lá ainda pode ser perigoso, e alguns dos senhores e das senhoras fumam e vão querer sair para tomar um ar...

— Gostaria de lembrar que é proibido fumar no local. No entanto, o álcool pode ser consumido apenas dentro do estabelecimento, de acordo com a permissão que conseguimos. Caso contrário, será considerado consumo de álcool em local público e será ilegal.

Um murmúrio correu entre os presentes.

— Como assim? — gritou um homem de colete verde-musgo. — Eu, por exemplo, fumo quando bebo. E vice-versa. O que devo fazer, então?

O professor de história que dirigia a reunião ficou desorientado e, na confusão que se criou, todos começaram a dar conselhos sobre como resolver a situação.

— Você pode ficar na porta e manter uma mão com o álcool dentro, e a outra com o cigarro do lado de fora — gritou alguém do fundo da sala.

— Mesmo assim, a fumaça vai entrar na sala...

— Há um terraço coberto no local. Uma varanda seria considerada dentro ou fora? — outra pessoa perguntou sensatamente.

O professor que dirigia a reunião bateu com força contra o tampo da mesa e, nessa mesma hora, o diretor, sócio honorário da Associação, entrou atrasado. Todos ficaram em silêncio. O diretor pertencia à categoria de pessoas acostumadas a chamar a atenção.

Desde a juventude ocupava cargos de chefia: no corpo estudantil, nos Escoteiros ao Serviço da Polônia Socialista, no Conselho Municipal, na Sociedade das Pedreiras e em todos os tipos de conselhos administrativos. E embora tivesse sido deputado por um mandato, todos o chamavam de diretor. Acostumado a comandar, resolveu a situação imediatamente.

— Ora, na verdade, podemos colocar o buffet no alpendre e proclamar o terraço uma zona-buffet — brincou com graça, mas poucas pessoas riram de sua piada.

Preciso admitir que era um homem garboso, embora a barriga proeminente o afetasse. Era confiante, encantador, e sua postura jupiteriana causava uma boa impressão. Sim, este homem nasceu para governar. E não sabia fazer outra coisa senão isso.

O diretor, cheio de si, fez um breve discurso a respeito da necessidade de ir adiante, às vezes mesmo depois das maiores tragédias. Intercalava-o com piadas e se dirigia, a toda hora, a "nossas belíssimas senhoras". Ele tinha a mania bastante comum de repetir constantemente uma expressão. No seu caso era "na verdade".

Eu tinha minha própria teoria a respeito dessas palavras intrometidas: cada pessoa tem uma expressão da qual abusa. Ou que usa inadequadamente. Essas palavras ou frases são a chave para sua mente. O sr. "Supostamente", o sr. "Geralmente", a sra. "Provavelmente", o sr. "Caralho", a sra. "Não é?", o sr. "Assim". O diretor era o sr. "Na verdade". Existem, obviamente, modas relacionadas com determinadas palavras, as mesmas que fazem com que, de repente, por alguma razão louca, as pessoas comecem a usar sapatos ou roupas idênticas. Da mesma forma, repentinamente, as pessoas começam a usar determinadas palavras. Há um tempo a expressão "geralmente" estava em voga, mas a que triunfa agora é "atualmente".

— O falecido, que Deus o tenha em sua glória, na verdade — nessa hora executou um gesto como se quisesse fazer o sinal da cruz — era meu amigo, tínhamos muitos interesses em comum. Era, também, um catador de cogumelos apaixonado e neste ano certamente se juntaria a nós. Era, na verdade, um homem decente, de vastos horizontes. Dava emprego às pessoas e por isso, na verdade, deveríamos respeitá-lo. Trabalho não nasce em árvores. As circunstâncias de sua morte permanecem envoltas em mistério, mas a polícia, na verdade, logo vai chegar à conclusão desse caso. Não deveríamos, na verdade, nos deixar aterrorizar pelo medo ou entrar em pânico. A vida se rege por suas próprias leis, e não podemos ignorá-las. Coragem, meus caros, minhas belíssimas senhoras, sou a favor de, na verdade, pôr fim aos boatos e a uma histeria injustificada. É preciso, na verdade, confiar nas autoridades e viver de acordo com as nossas virtudes comuns — disse isso de um modo como se estivesse se preparando para algum tipo de eleição.

Depois desse discurso, saiu da reunião. Todos estavam admirados.

Eu não conseguia deixar de pensar que aqueles que usam a palavra "verdade", mentem.

Os participantes da reunião voltaram às discussões caóticas. Alguém relembrou o caso da fera que espreitava os vilarejos perto de Cracóvia no ano anterior. E levantou a questão da segurança do baile organizado na sala comunitária do corpo de bombeiros, que ficava nos confins da maior floresta nas redondezas.

— Lembrem-se de como a televisão relatava a perseguição de um animal misterioso em alguma parte perto de Cracóvia em setembro. Por acaso alguém daquele vilarejo filmou o predador. Provavelmente era um jovem leão e foi gravado enquanto corria — um rapaz dizia excitado. Tive a impressão de tê-lo visto na casa de Pé Grande.

— Nãäoo, você deve ter se confundido. Um leão? Por aqui? — disse o homem de colete verde-musgo.

— Não era um leão, mas um jovem tigre — disse a sra. Maria Agulha; chamei-a assim porque era alta, nervosa e costurava trajes muito sofisticados para as damas locais, portanto esse nome combinava muito com ela. — Vi fotos na televisão.

— Ele tem razão, deixe-o terminar, foi isso mesmo — a mulherada se revoltou.

— A polícia o perseguiu por dois dias, esse tigre ou leão, esse animal. Chamaram os helicópteros e a brigada antiterrorista, se lembram disso? Tudo custou meio milhão, mas não conseguiram achá-lo.

— Talvez tenha se mudado para cá?

— Dizem que matava com uma patada.

— Arrancava as cabeças.

— O chupa-cabra — eu disse.

Por um instante pairou o silêncio. Até os dois galos cravaram os olhos em mim.

— O que é um chupa-cabra? — Maria Agulha perguntou, alarmada.

— É um animal misterioso que não consegue ser apanhado. Um animal vingador.

Agora todos falavam ao mesmo tempo. Notei que Esquisito começara a ficar nervoso. Esfregava as mãos como se quisesse se levantar e estrangular a primeira pessoa que surgisse no seu caminho. Era visível que a reunião estava terminando e ninguém era capaz de restaurar a ordem. Eu me senti um pouco culpada por ter mencionado esse chupa-cabra. Mas eu também tinha uma espécie de campanha para fazer.

As pessoas em nosso país não possuíam absolutamente nenhuma capacidade de se associar ou constituir uma comunidade, mesmo sob o estandarte de um cogumelo. É um país de individualistas neuróticos que, no meio de outras pessoas, começam a instruir, criticar, ofender e demonstrar sua indubitável superioridade.

Acho que na República Tcheca é completamente diferente. Lá, as pessoas conseguem conversar tranquilamente e ninguém discute com ninguém. Mesmo que quisessem, não conseguiriam, pois sua língua não serve para discutir.

Voltamos para casa tarde e irritados. Esquisito não abriu a boca no caminho de volta. Eu dirigia o Samurai por atalhos, descendo por estradas esburacadas e sentia prazer em ser sacudida por ele, no jeito que nos jogava contra as portas, enquanto saltava sucessivas poças. Despedimo-nos com um curto "até logo".

Eu estava em pé numa cozinha escura e vazia e sentia que logo sucumbiria à mesma coisa de sempre — o choro. Por isso achei que seria melhor eu deixar de pensar e fazer algo. Assim, me sentei à mesa e escrevi esta carta:

À polícia

Como não recebi uma resposta à minha carta anterior, embora todas as instituições no país sejam obrigadas a fornecê-las num período de catorze dias, me sinto compelida a prestar esclarecimentos sobre os últimos acontecimentos extremamente trágicos ocorridos em nossas cercanias e apresentar certas observações que podem lançar luz sobre o caso da misteriosa morte do comandante e do proprietário da fazenda de peles de raposa Víscero.

Embora pudesse parecer um acidente ocorrido durante o exercício do perigoso ofício de policial ou, talvez, uma infeliz coincidência, é preciso perguntar se a polícia determinou O QUE O FALECIDO FAZIA NESSE LOCAL ÀQUELA HORA? *Teriam sido descobertas quaisquer motivações, pois para muitas pessoas, inclusive a própria abaixo assinada, essas circunstâncias parecem muito estranhas. Além disso, a abaixo assinada esteve no local do ocorrido e encontrou (o que talvez possa ser importante à polícia) uma enorme quantidade de rastros de animais, especialmente rastros de corças. Parecia como se o falecido tivesse sido induzido a sair do carro e guiado até o matagal, sob o qual o poço fatal estava oculto. É muito possível que as corças que ele perseguiu tenham cometido um linchamento.*

Essa situação parece muito semelhante à da outra vítima, embora não fosse possível detectar a presença de rastros depois de um tempo tão longo. No entanto, o drama pode ser explicado pelo tipo de morte. Estamos diante de uma situação fácil de ser imaginada quando um falecido é atraído para o matagal, local onde normalmente as armadilhas são colocadas. Lá, ele cai na armadilha e morre (como — isso ainda deveria ser investigado).

Simultaneamente, gostaria de me dirigir à honorável polícia apelando para que não se abstenha de considerar a ideia de que os animais tenham sido os autores desses acontecimentos trágicos. Preparei algumas informações que podem aclarar um pouco essas questões, visto que há muito tempo não lidávamos com casos de assassinatos cometidos por essas criaturas.

Preciso começar com a Bíblia, na qual está claramente declarado que se um boi matasse uma mulher ou um homem, deveria ser apedrejado. São Bernardo excomungou um enxame de abelhas que com o seu zumbido o atrapalhavam em seu trabalho. As abelhas também teriam sido responsáveis pela morte de um homem em Worms no ano 846. O parlamento local as condenou à morte por asfixia. Em 1394, na França, os porcos mataram e comeram uma criança. A porca foi condenada à forca, mas seus seis filhotes foram perdoados em consideração à sua pouca idade. Em 1639, na França, o tribunal de Dijon condenou um cavalo por ter matado um homem. Havia casos não apenas de assassinatos, mas também de crimes contra a natureza. Assim, no ano de 1472, em Basileia, houve um processo contra uma galinha que chocava estranhos ovos brilhantes. Foi condenada à morte na fogueira por ter feito um pacto com o diabo. Aqui é preciso acrescentar que a limitação mental e a crueldade humana não têm limites.

O processo mais famoso teve lugar na França em 1521. Foi o julgamento das ratazanas que causaram muitos prejuízos. Os burgueses moveram um processo contra elas e lhes foi designado um defensor público, o hábil advogado Bartolomeo Chassenée. Quando seus clientes não compareceram à primeira audiência, Chassenée solicitou a prorrogação do prazo, argumentando que as ratazanas viviam em grande dispersão e, além disso, corriam muito perigo no caminho para o tribunal. Além disso, pediu ao tribunal que garantisse que os gatos dos demandantes não causassem nenhum tipo de dano no caminho para a audiência. Infelizmente, o juiz não pôde dar esse tipo de fiança, portanto o caso fora adiado mais vezes. Finalmente, após um fervoroso discurso de seu defensor, as ratazanas foram inocentadas.

Em 1659, na Itália, os donos dos vinhedos destruídos pelas lagartas emitiram um documento informando sobre uma ação judicial movida contra elas. As folhas contendo o teor da notificação foram pregadas nas árvores locais para que as lagartas pudessem se familiarizar com o indiciamento.

Referindo esses fatos historicamente comprovados, exijo que levem seriamente em consideração minhas suspeitas e conjecturas, pois comprovam que essa linha de pensamento não é uma novidade na jurisdição europeia e que pode ser tratada como um precedente.

Simultaneamente, solicito que as corças e outros eventuais animais culpados não sejam castigados, pois seu ato alegado foi uma reação ao comportamento cruel e insensível das vítimas, que eram, como investiguei cuidadosamente, caçadores ativos.

Atenciosamente,

Dusheiko

Fui até a agência dos correios na manhã do dia seguinte. Queria que a carta fosse enviada como correspondência registrada, assim, teria um comprovante. No entanto, isso tudo me pareceu um pouco sem sentido, pois a delegacia da polícia ficava exatamente em frente aos correios, do outro lado da rua.

Quando estava saindo, um táxi parou do meu lado e o dentista apareceu na janela. Quando bebia, ficava andando de táxi para cima e para baixo e assim gastava o dinheiro ganho com a extração dos dentes.

— Oi, sra. Dushenko — gritou. Estava com o rosto vermelho e um olhar indistinto.

— Dusheiko — eu o corrigi.

— O dia da vingança está chegando. Os regimentos infernais estão próximos — gritou e acenou com a mão estendida para fora da janela. Depois o táxi arrancou cantando os pneus na direção de Kudowa.

13.
O atirador noturno

Aquele que atormenta o duende do besouro
Tece uma morada na noite sem fim.

Duas semanas antes das planejadas festividades dos catadores de cogumelos, visitei Boas Novas e remexemos toneladas de roupas nos fundos da loja à procura de fantasias. Infelizmente havia poucas opções para adultos. A maior parte das fantasias era para as crianças, e ali não faltavam coisas para se criar um sorriso; as crianças poderiam virar o que quisessem — um sapo, Zorro, Batman ou um tigre. Mas conseguimos achar uma máscara de lobo relativamente boa. Então decidi ser um lobo. Completamos o resto por nossa própria conta com um macacão peludo e patas feitas com luvas de pelúcia. A fantasia ficou perfeita em mim. Podia olhar livremente para o mundo de dentro da boca de um lobo.

A situação de Esquisito era um pouco mais complicada. Não conseguimos achar nada para alguém com uma estatura tão imponente. Tudo era muito pequeno para ele. Mas, enfim, Boas Novas teve uma ideia simples e excelente. Já que eu seria o Lobo... Era preciso apenas convencer Esquisito a aderir a essa ideia.

De manhã cedinho, no dia das festividades, depois de uma tempestade noturna, enquanto verificava os danos que o aguaceiro tinha feito nas minhas ervilhas experimentais, avistei na estrada o carro do guarda-florestal e acenei para ele parar. Era um homem jovem e simpático que eu chamava em meus pensamentos de Olho de Lobo. Apostaria tudo que havia algo de errado com suas pupilas — sempre me pareciam alongadas, incríveis. Ele também apareceu por causa da tempestade —

contava as píceas enormes e velhas que haviam sido derrubadas nas redondezas.

— O senhor conhece o *Cucujus haematodes*? — perguntei, passando ao assunto depois das gentilezas iniciais.

— Conheço — respondeu. — Por alto.

— E o senhor sabe que ele bota ovos nos troncos das árvores?

— Por acaso sei. — Notei que tentava prever aonde este inquérito o levaria. — Dessa forma destrói madeira de qualidade. Mas aonde a senhora quer chegar?

Apresentei, resumidamente, o problema. Disse quase o mesmo que Boros havia me contado. No entanto, pude ver pela expressão de Olho de Lobo que ele me considerava uma louca. Seus olhos semicerraram num sorriso simpático e condescendente e ele falou comigo como se eu fosse uma criança:

— Sra. Dushenko...

— Dusheiko — o corrigi.

— A senhora é uma mulher tão boa. Faz tudo com personalidade. Mas a senhora não imagina que seria possível parar a extração por causa de alguns besouros nos troncos? A senhora tem, por acaso, alguma coisa fria para beber?

De repente, toda a minha energia se esvaiu. Não me levava a sério. Se eu fosse Boros ou Capa Negra, talvez me ouviria, procuraria argumentar, discutir. Para ele, eu era apenas uma velha completamente lunática que vivia nesse ermo. Uma mulher inútil e sem importância, mesmo que gostasse de mim. Eu até sentia sua simpatia.

Eu me arrastei até a casa e ele me seguiu. Acomodou-se no terraço e bebeu meio litro de caldo de frutas misturado com água. Ao observá-lo enquanto bebia, pensei que dentro desse caldo poderia espremer a seiva do lírio do vale ou misturar um sonífero em pó, prescrito por Ali. E depois de ele dormir, eu o trancaria na sala das caldeiras ou o manteria preso por algum tempo só a pão e água. Ou, pelo contrário, o engordaria e todos os dias verificaria, pela grossura de seu dedo, se já estava pronto para ser assado. Assim, eu lhe ensinaria o respeito.

— Já não existe a natureza natural — ele disse, e foi então que percebi quem realmente era esse guarda-florestal: um funcionário público. — Já é tarde demais. Os mecanismos naturais foram desequilibrados e agora é preciso manter tudo isso sob controle para evitar uma catástrofe.

— Corremos o risco de uma catástrofe por causa do *Cucujus*?

— Claro que não. Precisamos da madeira para fazer escadas, pisos, móveis e papel. Como a senhora imagina isso? Acha que pisaremos em ovos só porque o *Cucujus haematodes* se reproduz lá? É preciso caçar as raposas, caso contrário, sua população crescerá tanto que começará a constituir ameaça às outras espécies. Há alguns anos havia tantas lebres que destruíam as culturas...

— Em vez de matá-las, poderíamos espalhar contraceptivos para que não se multiplicassem.

— A senhora tem consciência do custo que isso gera? Além disso, não é um método eficaz. Umas não vão comer a quantidade suficiente, outras comerão demais. Precisamos manter algum tipo de ordem, já que a natural deixou de existir.

— As raposas... — comecei a falar, pensando no majestoso Cônsul que transitava entre estas terras e a República Tcheca.

— Pois é — ele me cortou. — A senhora imagina o perigo que aquelas raposas soltas da fazenda de peles representam? Felizmente, uma parte delas já foi apanhada e levada para outra fazenda.

— Não pode ser — gemi. Achei esse pensamento insuportável, mas me consolei rapidamente pensando que ao menos haviam aproveitado um pouco de liberdade.

— Elas não conseguiriam viver em liberdade, sra. Dusheiko. Morreriam. Não conseguiam caçar, já tinham a digestão alterada, músculos fracos. Que uso teria sua linda pelagem em liberdade?

Olhou para mim por um instante e vi que o pigmento de sua íris era distribuído desigualmente. Suas pupilas eram completamente normais, redondas, como as de qualquer outra pessoa.

— Não se preocupe tanto. Não carregue o peso do mundo inteiro nas costas. Vai ficar tudo bem — levantou-se da cadeira. — Mãos à obra. Vamos recolher esses troncos. Talvez a senhora queira comprar um pouco da madeira para o inverno? É uma boa oportunidade.

Não queria. Depois que ele partiu, senti, dolorosamente, o peso de meu próprio corpo e, de verdade, não tinha vontade de ir a nenhuma festa, muito menos à festa dos chatos catadores de cogumelos. Pessoas que passam o dia inteiro vagando pela floresta por causa de cogumelos devem ser extremamente chatas.

Senti muito calor e desconforto dentro da minha fantasia; a cauda se arrastava pelo chão e tinha que ter cuidado para não pisar nela. Fui com o Samurai até a casa de Esquisito e admirei suas peônias enquanto esperava. Depois de um instante, ele apareceu na porta. Fiquei pasma de admiração. Usava botas pretas, meias finas brancas e um lindo vestido florido com avental. Na cabeça, tinha um chapeuzinho vermelho amarrado com fitas embaixo do queixo.

Estava zangado. Acomodou-se no banco do passageiro e não disse nem uma palavra até chegar à sede do corpo de bombeiros. Segurava seu chapeuzinho vermelho no colo e o pôs na cabeça só ao atravessarmos a porta do estabelecimento.

— Como você pode ver, sou completamente desprovido de senso de humor — disse.

Todos chegaram logo depois da missa rezada pelos catadores de cogumelos. Nessa hora todos começavam a brindar. O diretor retomava esses brindes com muita vontade, tão convencido de sua magnífica aparência que estava de terno, fantasiado de si próprio. A maioria dos foliões acabava de se fantasiar no banheiro; não tinham ousado participar da missa fantasiados. Contudo, estava lá o padre Farfalhar com a sua tez pouco saudável. De batina, também parecia fantasiado de padre. O Círculo das Donas de Casa Camponesas, convidadas especiais, cantou algumas canções tradicionais e em seguida começou a tocar uma orquestra composta de um homem que manejava habilmente um aparelho com teclado, imitando todas as músicas de sucesso.

As circunstâncias eram essas. A música tocava alto e era irritante. Incomodava na hora de conversar, portanto todos se entregaram a consumir as saladas, o cozido de repolho e os frios fatiados. Havia garrafas de vodca em cestos de crochê feitos para parecerem diferentes espécies de cogumelos. Depois de comer e de tomar alguns copinhos da aguardente, o padre Farfalhar se levantou e se despediu. Só então é que as pessoas começaram a dançar, como se antes a presença do padre as deixasse constrangidas. Os sons rebatidos pelo teto alto da antiga sede do corpo de bombeiros voltavam estrondando sobre os dançarinos.

Próximo de mim havia uma mulher miúda, ereta e tensa, que vestia uma blusa branca. Estava tão nervosa e agitada que me lembrou Mariazinha, a cadela de Esquisito. Eu a havia visto se aproximar do diretor, que já estava alto, e falar com ele rapidamente. Ele se debruçou sobre ela e depois franziu o cenho, irritado. Agarrou seu braço e deve tê-lo apertado com força, pois ela o puxou para trás. Depois disso, o diretor abanou com a mão, como se estivesse espantando um inseto impertinente, e desapareceu por entre os casais na pista de dança. Por isso imaginei que pudesse ser sua esposa. Voltou à mesa e ficou remexendo o cozido de repolho com um garfo. E como Esquisito estava fazendo muito sucesso como Chapeuzinho Vermelho, cheguei mais perto dela e me apresentei.

— Ah, é a senhora — disse, e em seu rosto triste surgiu a sombra de um sorriso.

Tentávamos conversar, mas o barulho da música foi reforçado pelo estrondo dos passos de dança sobre o piso de madeira. Bum bum bum. Para entender o que dizia, tive que olhar atentamente para o movimento de seus lábios. Entendi que queria levar o marido para casa o mais rápido possível. Todos sabiam que o diretor era festeiro e que tinha uma tendência fértil, tipicamente eslava, perigosa para ele próprio e para os outros. Depois, era preciso encobrir seus desmandos. Descobri, também, que ensinei inglês à sua filha mais nova, e por isso a conversa era mais fácil, particularmente porque a filha me considerava "cool". Fora um elogio bastante agradável.

— É verdade que a senhora achou o corpo de nosso comandante? — a mulher me perguntou, procurando com o olhar a silhueta alta do marido.

Eu confirmei.

— E não ficou com medo?

— Claro que fiquei.

— A senhora sabe, eles todos eram amigos de meu marido. Ele tinha uma forte relação com todos. Ele também parece estar com medo, mas eu não sei muito bem que tipo de negócio os unia. Só uma coisa me preocupa... — hesitou e silenciou. Olhei para ela, esperando que concluísse a frase, mas ela apenas acenou com a cabeça e vi lágrimas em seus olhos.

A música aumentou de volume e ficou ainda mais viva, pois tocaram a canção "Falcões".* Todos que até então ainda não haviam dançado, se ergueram e invadiram a pista de dança. Não tive a menor intenção de gritar mais alto que o homem-orquestra.

Quando seu marido apareceu, de relance, acompanhado de uma cigana vistosa, ela puxou minha pata:

* Canção tradicional polonesa. [N. E.]

— Vamos lá fora fumar.

Disse isso como se não importasse se eu fumava ou não. Por isso não protestei, embora não fumasse havia dez anos.

Enquanto atravessávamos a multidão exaltada fomos empurradas e impetuosamente convidadas a dançar. Os catadores de cogumelos alegres se transformaram num séquito dionisíaco. Ficamos do lado de fora, aliviadas, numa mancha de luz projetada pelas janelas da sede do corpo de bombeiros. Era uma noite úmida de junho que cheirava a jasmim. Tinha acabado de cair uma chuva cálida, mas o céu continuava nublado. Parecia que ia chover outra vez. Eu me lembrei de noites como essa na época da minha infância e, de repente, fiquei triste. Não tinha certeza se queria conversar com essa mulher perdida e inquieta. Ela acendeu o cigarro, nervosa, tragou com força e disse:

— Não consigo parar de pensar naquilo. Corpos mortos. Quando ele volta de uma caçada, joga em cima da mesa da cozinha um quarto de uma corça. Normalmente as repartem em quatro pedaços. O sangue escuro se esparrama sobre o tampo da mesa. Depois, corta aquilo em pedaços e guarda no congelador. Sempre quando passo ao lado da geladeira, penso que há um corpo esquartejado dentro dela. — Tragou o cigarro profundamente outra vez. — Ou, por exemplo, no inverno, pendura lebres mortas na varanda para que sua carne fique mais macia. E elas ficam lá, suspensas, com os olhos abertos e os focinhos cobertos de sangue coagulado. Eu sei, sei que sou neurótica, hipersensível e deveria me tratar.

Olhou para mim com uma repentina esperança, como se quisesse que eu a contrariasse, mas eu, em meus pensamentos, registrava que neste mundo ainda existiam pessoas normais.

Mas nem consegui reagir, pois ela voltou a falar:

— Eu lembro que quando era pequena eles contavam uma história sobre o atirador noturno. Você conhece?

Acenei com a cabeça num gesto de negação.

— A história é daqui, é uma lenda local, supostamente dos tempos dos alemães. Diziam que um atirador noturno rondava no escuro, caçando gente má. Voava sobre uma cegonha negra, acompanhado de cães. Todos tinham medo dele e à noite trancavam as portas. E certo rapaz daqui, ou talvez de Nowa Ruda, ou Kłodzko, gritou pela chaminé pedindo que o atirador noturno caçasse algo para ele. Alguns dias depois, um quarto de um corpo humano caiu pela chaminé da casa do rapaz e de sua família. Isso se repetiu ainda três vezes, até que o corpo fosse juntado e enterrado. Depois daquilo, ele nunca mais apareceu e seus cães transformaram-se em musgo.

O frio que soprou subitamente da floresta me fez estremecer. A imagem dos cães que se transformam em musgo não queria desaparecer, permanecia diante de meus olhos. Pestanejei.

— Uma história estranha, como se fosse de um pesadelo, não é? — Acendeu outro cigarro e agora vi que suas mãos tremiam.

Eu queria acalmá-la de alguma maneira, mas não tinha a menor ideia de como fazê-lo. Nunca tinha visto uma pessoa à beira de um ataque de nervos. Coloquei uma pata em seu antebraço e a acariciei delicadamente.

— A senhora é uma boa pessoa — disse, e ela me fitou com o olhar de Mariazinha e, de repente, começou a chorar. Chorava baixinho, como uma menina, apenas seus ombros tremiam. Isso durou muito tempo, pelo visto tinha muitos motivos para chorar. Tive que testemunhar, ficar ao lado dela e assistir. Parecia não esperar mais nada de mim. Abracei-a e ficamos assim juntas — um lobo disfarçado e uma pequena mulher na mancha da luz projetada pela janela da sede do corpo de bombeiros. As sombras dos dançarinos passavam por nós.

— Vou para casa. Estou esgotada — disse ela em tom de lamentação.

O som retumbante das pernas batendo contra o chão vinha de dentro. Dessa vez dançavam ao som de uma versão brega de "Falcões" que, aparentemente, caíra mais no gosto dos festeiros que as outras canções. De vez em quando se ouvia um "Ei! Ei!" como se fosse o som de balas explodindo. Por um instante fiquei absorta em meus pensamentos.

— Você vai, querida — eu disse, depois de uma pausa para pensar. Tratá-la por "você" foi um alívio. — Eu espero o seu marido e o levo para casa. Estou preparada para isso. De qualquer forma, estou esperando o meu vizinho. Onde exatamente vocês moram?

Mencionou uma daquelas ruas localizadas depois da curva do Coração de Boi. Eu sabia onde ficava.

— Não se preocupe com nada — disse. — Encha a banheira de água e descanse.

Tirou a chave da bolsa e hesitou:

— Às vezes penso que é possível desconhecer completamente a pessoa com quem se vive há anos — olhava nos meus olhos com tanto pavor que fiquei petrificada. Entendi o que ela queria dizer com isso.

— Não, não foi ele. Não foi ele, pode ter certeza. Estou segura disso — disse.

Ela agora me olhava interrogativamente. Hesitei, sem saber se deveria falar isso para ela.

— Uma vez tive duas cadelas que prestavam muita atenção para que tudo fosse dividido justamente — comida, carinho e privilégios. Os animais têm um senso de justiça muito bem desenvolvido. Lembro do olhar delas quando eu fazia algo errado, quando as reprovava injustamente ou não cumpria a palavra. Olhavam com uma dor tão grande, como se não conseguissem entender como eu podia ter violado a lei sagrada. Aprendia com elas uma justiça absolutamente básica e natural. — Silenciei por um momento, e depois acrescentei: — Nós temos a visão do mundo, mas os animais têm a percepção do mundo. Sabia disso?

Ela acendeu mais um cigarro.

— E o que aconteceu com elas?

— Estão mortas.

Puxei a máscara do lobo para cobrir melhor o meu rosto.

— Elas tinham suas brincadeiras em que enganavam só por diversão. Quando uma delas achava um osso já esquecido e a outra não sabia como tirá-lo dela, fingia que um carro vinha pela estrada e que era preciso latir para ele. Assim, a outra soltava o osso e corria até a estrada sem saber que era um alarme falso.

— Sério? Como se fossem gente.

— Elas eram mais humanas que as pessoas de todas as formas possíveis. Mais carinhosas, sábias, alegres... E as pessoas acham que podem fazer de tudo com os animais, como se fossem coisas. Acho que quem matou minhas cadelas foram os caçadores.

— Não, por que fariam algo assim? — perguntou, inquieta.

— Dizem que matam apenas cães selvagens que são um perigo para os animais selvagens, mas não é verdade. Eles se aproximam das casas.

Queria falar sobre a vingança dos animais, mas me lembrei das advertências de Dísio para não contar minhas teorias a todos por aí. Permanecíamos agora no escuro sem enxergar nossos rostos.

— É uma tolice — disse. — Nunca vou acreditar que ele seria capaz de matar um cão.

— Haveria uma grande diferença entre uma lebre, um cão e um porco? — perguntei, mas ela não respondeu.

Entrou no carro e arrancou. Era um enorme e luxuoso Jeep Cherokee. Eu o conhecia. Era curioso como uma mulher tão pequena e frágil conseguia lidar com um carro tão grande, pensei e voltei para a sala, pois estava começando a chover de novo.

Esquisito, com as bochechas coradas de uma forma engraçada, dançava com uma mulher corpulenta que usava o traje tradicional de uma cracoviense, e parecia bastante contente. Fiquei assistindo. Ele se movimentava gracioso, sem exageros, e guiava sua parceira calmamente. E acho que notou que estava sendo observado, pois, de súbito, a girou com estilo e confiança. Pelo visto, tinha se esquecido de sua aparência. Era uma visão engraçada — duas mulheres dançando: uma enorme, outra minúscula.

Depois dessa dança foram anunciados os resultados da votação da melhor fantasia. Ganhou um casal de Transilvânia, fantasiado de cogumelos amanitas. O prêmio era um atlas de cogumelos. O segundo lugar era nosso e ganhamos um bolo em forma de cogumelo. Tivemos que dançar diante de todos como Chapeuzinho Vermelho e Lobo, e depois fomos esquecidos de vez. Só então é que consegui tomar um copinho de vodca e, de repente, senti uma enorme vontade de me divertir. Sim, que toquem mesmo os "Falcões". Mas Esquisito já queria ir embora para casa. Estava preocupado com Mariazinha, que nunca deixava sozinha por muito tempo — afinal, era traumatizada pela experiência no galpão de Pé Grande. Disse-lhe que tinha me responsabilizado por levar o diretor para casa. A maioria dos homens ficaria para me acompanhar nessa tarefa difícil, mas não Esquisito. Achou alguém que também ia embora da festa mais cedo, talvez aquela bela cigana, e desapareceu de uma forma pouco cavalheiresca. Pois é, eu já estava acostumada a cumprir sozinha as tarefas difíceis.

De manhã tive aquele sonho outra vez. Desci até o porão e elas estavam lá — minha mãe e minha avó. Ambas em vestidos leves e floridos de verão, ambas segurando bolsas como se estivessem indo à igreja ou tivessem se perdido no caminho. Desviaram o olhar quando comecei a repreendê-las.

— O que vocês estão fazendo aqui, mãe? — perguntei com raiva. — Como é possível?

Estavam entre a pilha de madeira e a fornalha, absurdamente elegantes, embora a estampa dos seus vestidos parecesse desbotada.

— Vão embora daqui! — gritei, mas, subitamente, minha voz ficou presa na garganta. Podia ouvir ruídos e sussurros crescentes vindos da garagem.

Virei naquela direção e notei que havia muitas pessoas: mulheres, homens e crianças em roupas estranhamente festivas que tinham perdido a cor e ficado cinzentas. Tinham o mesmo olhar desorientado e assustado, como se não soubessem o que estavam fazendo lá. Vinham de algum lugar em multidões, ficavam amontoados na porta, sem saber se podiam entrar. Sussurravam desordenadamente entre si, arrastando as solas contra o piso de pedra da sala das caldeiras e da garagem. A multidão crescente empurrava as primeiras fileiras para a frente. Fiquei verdadeiramente apavorada.

Tateei a maçaneta atrás das minhas costas e silenciosamente, sem chamar atenção, consegui escapar dali. Depois, com as mãos tremendo, demorei até conseguir trancar a porta da sala das caldeiras.

O medo desse sonho persistiu depois que acordei. Estava inquieta e pensei que o melhor que eu podia fazer era visitar Esquisito. O sol estava nascendo, tinha dormido pouco. Uma névoa delicada pairava sobre tudo, e logo se transformaria em orvalho.

Ele abriu a porta, sonolento. Não tinha se lavado bem: suas bochechas ainda estavam vermelhas do batom que lhe havia passado no dia anterior.

— O que aconteceu? — perguntou.

Não sabia o que lhe responder.

— Entre — murmurou. — E como foi?

— Tranquilo. Tudo bem — respondi banalmente, sabendo que Esquisito gostava de perguntas e respostas banais.

Sentei e ele começou a preparar o café. Primeiro, se pôs a limpar a máquina demoradamente, colocou a água com um copo medidor, e notei que não parava de falar. Era muito estranho vê-lo tão animado. Świętopełk tagarela.

— Sempre quis saber o que você tem nessa gaveta — disse.

— Aqui está — abriu e mostrou-a. — Tenho só coisas úteis.

— Como eu no meu Samurai.

A gaveta se abria silenciosamente ao puxá-la leve e delicadamente com o dedo. Os utensílios culinários estavam dispostos ordenadamente em elegantes compartimentos cinzentos. Um rolo de massa, batedor de ovos, batedor de leite à pilha, uma colher para sorvete. E depois algum tipo de utensílio que já não conseguiria reconhecer — diversos tipos de colheres compridas, espátulas, ganchos estranhos. Todas eles pareciam instrumentos cirúrgicos para operações complicadas. Era visível que seu dono cuidava muito deles — estavam polidos e dispostos em seus respectivos lugares.

— O que é isto? — peguei na mão uma larga pinça metálica.

— É uma pinça para o plástico filme. Uso quando a película fica colada no rolo — disse e encheu as xícaras de café.

Depois pegou o pequeno aparelho para bater o leite e fez uma espuma nevada que despejou sobre o café. Tirou da gaveta um conjunto de círculos com desenhos recortados e um recipiente com cacau. Por um instante ficou pensando que desenho escolher e optou por um coração. Polvilhou o cacau por cima e eis que ganhei um coração de cacau marrom sobre a espuma que cobria o café. Lançou um largo sorriso.

Mais tarde naquele dia pensei sobre sua gaveta de novo — que olhar para dentro dela me deixava absolutamente calma, e que eu realmente gostaria de ser um desses utensílios úteis.

***

Na segunda-feira todos já sabiam que o diretor estava morto. Foi achado pelas mulheres que faziam faxina na sede do corpo de bombeiros. Uma delas teria ficado traumatizada e foi internada no hospital.

À polícia

Entendo que a honorável polícia não tem a possibilidade de responder às cartas (não anônimas) escritas pelos cidadãos por algum motivo muito importante. Não questionarei esses motivos, no entanto, me permitirei a voltar ao assunto que havia levantado na carta anterior. Mas não desejo à polícia, nem a qualquer outra pessoa, que seja tão ignorada. Um cidadão ignorado pelas repartições públicas está condenado, de alguma forma, à inexistência. Porém, é preciso lembrar que quem não possui direitos, tampouco tem obrigações.

Tenho o prazer de informar que consegui a data de nascimento e fiz o mapa astral do falecido sr. Víscero (infelizmente sem o horário, o que torna meu mapa impreciso). Achei nele algo incrivelmente interessante que confirma, em sua totalidade, as hipóteses por mim levantadas anteriormente.

Descobri que, no momento da sua morte, o Marte do falecido transitava em Virgem, o que, de acordo com as melhores regras da astrologia tradicional, possui muitas analogias com animais criados para a produção de peles. Simultaneamente, o Sol em Peixes aponta para as partes mais frágeis do corpo, como os tornozelos. Portanto, parece que a morte da vítima havia sido prevista com exatidão em seu mapa natal. Se a polícia seguisse as observações dos astrólogos, muitas pessoas poderiam ser protegidas da desgraça. O posicionamento dos planetas nos indica claramente que os animais criados para a produção de peles, provavelmente raposas, selvagens ou aquelas que fugiram da fazenda (ou ambos os grupos que agiram em conluio), foram os autores desse cruel assassinato. De alguma forma, conseguiram guiar a vítima até uma armadilha posta lá há anos pelos homens. A armadilha em que caiu, conhecida como "forca", era particularmente cruel. A vítima ficou suspensa no ar por algum tempo.

Esta descoberta nos leva a uma conclusão geral. Convinha que a honorável polícia reparasse onde Saturno se encontrava nos mapas astrais de todas as vítimas. Todas elas tinham Saturno nos signos animais, e, para acrescentar, o senhor diretor o tinha em Touro, o que anuncia uma morte violenta por asfixia causada por um animal...

Gostaria, também, de anexar um recorte de jornal onde se analisam as denúncias sobre um certo animal não identificado visto na região de Opole, que teria matado outros animais com um poderoso golpe de pata na altura do peito. Recentemente vi na televisão um filme gravado com um celular em que é possível ver um jovem tigre. Tudo isso teve lugar na região de Opole, portanto, não muito distante de nós. Talvez se trate de animais vindos de um zoológico que se salvaram da enchente e que agora estariam vivendo em liberdade? De qualquer modo, vale a pena investigar o assunto, especialmente porque, como tenho observado, a população local está aos poucos sendo tomada por um medo doentio, ou mesmo pelo pânico...

Escrevia a carta quando alguém bateu timidamente à minha porta. Era a escritora, a Acinzentada.

— Sra. Dusheiko — falou logo após entrar. — O que está acontecendo aqui? A senhora sabe de algo?

— Por favor, não fique aí na porta para não pegar friagem. Entre.

Vestia um longo suéter tricotado, com botões, que chegava quase até o chão. Entrou dando passos pequenos e se sentou na ponta da cadeira.

— O que será de nós? — perguntou dramaticamente.

— A senhora teme que os animais vão nos matar também?

Ela se irritou.

— Não acredito nessa sua teoria. É um absurdo.

— Pensei que a senhora, pelo fato de ser escritora, tivesse imaginação e a capacidade de conjeturar, e não estivesse fechada a ideias que, à primeira vista, parecem impossíveis. A senhora deveria saber que tudo o que podemos imaginar constitui algum tipo de verdade — concluí citando Blake, e tive a impressão de que isso a deixou um pouco admirada.

— Não escreveria nem uma linha, se não tivesse os pés no chão, sra. Dusheiko — disse num tom de funcionária pública, e depois acrescentou em voz baixa: — Não consigo imaginar isso. Conte-me, é verdade que ele foi asfixiado pelas melolontas?

Preparava chá. Chá preto. Para que ela aprendesse o que era um chá de verdade.

— Foi, sim — disse. — Estava todo coberto desses insetos, entraram em sua boca, nos pulmões, no estômago e nos ouvidos. As mulheres disseram que ele estava coberto de besouros. Eu não vi isso, mas consigo imaginá-lo muito bem. *Cucujus haematodes* por toda parte.

Ela me lançou um olhar penetrante. Mas eu não conseguia decifrá-lo.

Servi o chá.

14. A queda

O questionador que senta sorrateiro
Nunca saberá como Responder.

Vieram me buscar de manhã cedo e disseram que precisava prestar depoimento. Respondi que passaria na delegacia durante a semana.

— A senhora não entendeu — respondeu o jovem policial, o mesmo que trabalhava com o comandante. Foi promovido depois da sua morte e agora chefiava a delegacia na cidade. — A senhora vai nos acompanhar até Kłodzko.

Disse isso num tom tão categórico que não protestei. Apenas tranquei a casa e levei a escova de dentes e meus comprimidos, caso fossem precisos. Só faltava eu ter um ataque lá.

Como fazia duas semanas que chovia torrencialmente e havia uma inundação, fomos pelo caminho mais longo, pelo asfalto, onde era mais seguro. Quando descíamos do planalto para o vale, vi um bando de corças; pararam e olhavam sem medo para a viatura da polícia. Descobri, com alegria, que não as conhecia. Devia ser um novo bando vindo da República Tcheca para nosso verde e saboroso prado nas montanhas. Os policiais não estavam interessados nas corças. Não falavam comigo, nem entre eles.

Recebi uma caneca de café solúvel com creme de leite artificial e o interrogatório começou.

— É verdade que a senhora ia levar o diretor para casa? Conte em detalhes, por favor, minuto após minuto, o que exatamente a senhora viu.

E muitas outras perguntas desse tipo.

Não havia muita coisa para contar, mas tentei relatar todos os detalhes com precisão. Disse que decidi esperar pelo diretor do lado de fora, porque dentro estava muito barulhento. Ninguém mais se preocupava com a zona-tampão e todos fumavam lá dentro, o que me fazia muito mal. Então me sentei na escada e fiquei olhando para o céu.

Depois da chuva, Sirius surgiu, e o Arado de Ursa Maior apareceu... Fiquei refletindo se as estrelas podiam nos ver. E se pudessem, o que pensavam de nós? Será que realmente conheciam nosso futuro, sentiam compaixão por permanecermos presos no presente, sem a menor possibilidade de nos movimentarmos? Mas também fiquei pensando que, apesar de tudo, apesar de nossa fragilidade e ignorância, temos uma incrível vantagem sobre as estrelas — o tempo trabalha para nós, nos dando uma enorme possibilidade de transformar o mundo sofredor e doloroso em um mundo feliz e tranquilo. As estrelas é que estão presas em seu poder e, essencialmente, não conseguem nos ajudar. Criam apenas redes, tecem nos teares cósmicos urdiduras que nós mesmos precisamos preencher com nosso próprio fio. E pensei, então, numa hipótese interessante: talvez as estrelas nos vejam da mesma forma como nós enxergamos nossos cães — nossa consciência supera a deles. Em certos momentos, sabemos o que é melhor para nossos bichos de estimação: usamos uma guia para passear com eles e para que não se percam, os esterilizamos para que não se reproduzam despropositadamente e os levamos ao veterinário para tratá-los. No entanto, eles não entendem como, por que ou para quê. Mas acabam se submetendo. Então, talvez, nós também deveríamos nos submeter à influência dos astros, mas despertando, ao mesmo tempo, nossa sensibilidade humana. Fiquei refletindo assim, sentada à sombra naquela escada. E quando vi a maioria das pessoas se recolhendo para casa e saindo a pé ou de carro, entrei na sala para lembrar ao diretor que o levaria para casa. Mas ele não estava lá, nem em qualquer outro lugar. Verifiquei nos banheiros e dei uma olhada em volta da sede do corpo de bombeiros. Perguntei também a todos os catadores de cogumelos alegres onde ele estava, mas ninguém podia me dar uma resposta sensata. Uma parte ainda cantarolava "Falcões", outros terminavam de beber cerveja e, sem se preocupar com a proibição, bebiam do lado de fora. Pensei, então, que alguém provavelmente o tinha levado para casa mais cedo simplesmente sem eu perceber. E ainda tenho certeza de que foi uma suposição razoável. O que podia acontecer de errado? Mesmo que tivesse adormecido em algum lugar no meio das bardanas, era uma noite quente e ele não estaria em perigo. Nada de suspeito me veio à cabeça, então peguei o Samurai e voltamos para casa.

— Quem é Samurai? — o policial perguntou.

— Um amigo — respondi de acordo com a verdade.

— Informe o sobrenome, por favor.

— Samurai Suzuki.

Ficou desorientado, e o outro sorriu sorrateiramente.

— Por favor, nos diga, sra. Dushenko...

— Dusheiko — corrigi.

— ... Dusheiko. A senhora suspeita que alguém pudesse ter um motivo para causar algum dano ao diretor?

Estranhei.

— Vocês não leem minhas cartas. Expliquei tudo lá.

Eles se entreolharam.

— Não lemos, mas estamos perguntando a sério.

— Mas eu estou respondendo a sério. Eu lhes escrevi. Além disso, até agora não recebi nenhuma resposta. É mal-educado não responder às cartas. O artigo 171, parágrafo 1º, diz que a pessoa interrogada deve ter a possibilidade de se expressar livremente nos limites determinados pelo fim da ação em questão, e só depois é que se pode fazer perguntas, cujo objetivo é completar, esclarecer ou controlar a declaração.

— A senhora tem razão — disse o primeiro.

— É verdade que estava todo coberto de besouros? — perguntei.

— Não podemos dar uma resposta a essa pergunta. Para o bem da investigação.

— E como morreu?

— Nós é que lhe fazemos perguntas, e não o contrário — o primeiro falou, e o segundo adicionou:

— Durante a festa, as testemunhas viram a senhora falando, nas escadas, com o diretor.

— É verdade, eu o estava lembrando de que o levaria para casa porque sua mulher havia me pedido. Mas parecia que ele não conseguia se concentrar naquilo que lhe dizia. Pensei, então, que seria melhor simplesmente esperar até que a festa terminasse e ele estivesse pronto para sair.

— A senhora conhecia o comandante?

— Claro que conhecia. O senhor sabe bem disso — me dirigi ao jovem policial. — Para que perguntar se o senhor sabe a resposta? Não é uma perda de tempo?

— E Anselmo Víscero?

— Seu nome era Anselmo? Nunca teria imaginado. Uma vez eu o encontrei aqui, sobre a ponte. Estava com sua amiga. Foi há muito tempo, faz uns três anos. Conversamos rapidamente.

— Sobre o quê?

— Nada de especial, já não me lembro. Aquela mulher estava lá, então pode confirmar tudo.

Sabia que a polícia gostava de ter tudo confirmado.

— É verdade que a senhora se comportou de uma maneira agressiva durante uma caçada, aqui nas redondezas?

— Diria que me comportei raivosamente, não agressivamente. Há uma grande diferença. Expressei minha ira porque estavam matando os animais.

— A senhora ameaçou matá-los?

— Às vezes a ira põe na boca da gente diversas palavras, mas também faz com que depois nos esqueçamos de muita coisa.

— Há testemunhas que declaram que a senhora gritou, cito — aqui olhou para os papéis espalhados: — "Eu vou matar vocês, seus (uma palavra obscena), vocês vão ser castigados por esses crimes. Não têm nenhuma vergonha, não têm medo de nada. Vou acabar com vocês, dar porrada nessas suas cabeças".

Leu isso sem nenhuma emoção, o que me fez rir.

— Por que a senhora está sorrindo? — perguntou o segundo num tom ofendido.

— Parece cômico que eu possa ter falado esse tipo de coisa. Sou uma pessoa calma. Talvez sua testemunha tenha exagerado?

— A senhora nega que uma ação judicial foi movida contra a senhora por haver derrubado e destruído púlpitos de caça?

— Não, não tenho a menor intenção de negar nada. Paguei uma multa. Há documentos comprovando isso.

— E faltariam documentos para comprovar o quê? — perguntou um deles, ao que lhe parecia, com astúcia, mas acho que consegui me esquivar de uma maneira inteligente:

— Estimado senhor, muitas coisas. Tanto em minha, como em sua vida. Não dá para explicar tudo isso com palavras, nem sequer com documentos oficiais.

— Por que a senhora fez aquilo?

Olhei para ele como se tivesse caído da Lua.

— Por que o senhor me pergunta algo que o senhor mesmo sabe?

— Responda às perguntas, por favor. Preciso que tudo seja registrado no protocolo.

Relaxei por completo.

— Uhm. Então, mais uma vez: para que não se atire deles contra os animais.

— De onde a senhora conhece de uma forma tão detalhada alguns dos pormenores do crime?

— Quais?

— Por exemplo, esses relacionados com o senhor diretor. Como a senhora sabia que aquele besouro era *Cucujus haematodes*? Foi o que a senhora falou para a escritora.

— Falei mesmo? É um besouro muito comum aqui.

— E como a senhora sabe disso? Daquele ento… daquele cara dos insetos que se hospedou em sua casa na primavera?

— Talvez. Mas, sobretudo, dos mapas astrais, como já expliquei antes. Tudo está contido nos mapas astrais. Os menores detalhes. Mesmo como o senhor está se sentindo hoje, e qual é a cor preferida de sua roupa íntima. O mais importante é saber como ler todas essas informações. O diretor tinha aspectos muito ruins em sua terceira casa, que é a casa dos animais pequenos. Insetos também.

Os policiais não conseguiam parar de trocar olhares significativos, o que considerei mal-educado. Em seu trabalho não deveriam estranhar nada. Continuava com plena autoconfiança e já sabia que eram dois malandros:

— Eu tenho praticado a astrologia por muitos anos e tenho uma experiência vasta. Tudo está interligado com tudo, e todos permanecemos numa rede de diversas correspondências. Deveriam ensinar isso nas academias policiais. É uma tradição antiga e sólida. Remonta a Swedenborg.

— A quem? — perguntaram juntos.

— Swedenborg, um sueco.

Vi que um deles anotou esse sobrenome.

Continuaram a conversar comigo dessa forma por mais duas horas, e, à tarde, me apresentaram o mandado de prisão por quarenta e oito horas e o mandado de busca e apreensão em minha casa. Fiquei pensando, febril, se não tinha deixado a roupa íntima suja à vista.

À noite, recebi uma sacola de plástico e adivinhei que fora entregue por Dísio e Boas Novas. Havia nela duas escovas de dentes (por que duas? Será que uma para a manhã e a outra para a noite?), uma camisola muito luxuosa e sensual (Boas Novas deve tê-la achado no novo abastecimento de roupa na loja), alguns doces e um volume de Blake traduzido por um tal de Fostowicz. Querido Dísio.

Pela primeira vez estava numa prisão inteiramente material e foi uma experiência muito difícil. A cela era limpa, pobre e sombria. Quando a porta atrás de mim se fechou, entrei em pânico. Meu coração batia com força e fiquei com medo de gritar. Sentei sobre a cama e tive medo de me mexer. Pensei, então, que preferia morrer a passar o resto de minha vida num lugar desses. Sim, sem sombra de dúvida. Não dormi a noite inteira, nem sequer me deitei. Fiquei na mesma posição até a manhã. Estava suada e suja. Senti como se as palavras ditas naquele dia tivessem sujado minha língua e meus lábios.

As faíscas vêm diretamente da fonte de luz e são feitas de uma pura claridade, é o que dizem as lendas mais antigas. Quando um ser humano está para nascer, a faísca começa a cair. Primeiro passa pela escuridão do espaço sideral, depois pelas galáxias e enfim, antes de cair aqui, na Terra, é rebatida, coitada, pelas órbitas dos planetas. Cada um deles contamina a faísca com alguns atributos, e ela escurece e vai se apagando.

Primeiro, Plutão traça os marcos dessa experiência cósmica e revela suas regras básicas — a vida é um acontecimento instantâneo, seguido pela morte, que um dia permitirá que a faísca se liberte da armadilha; não há outra saída. A vida é uma espécie de campo de manobras experimentais muito exigente. A partir desse momento, tudo o que você fizer contará, cada pensamento e cada ato. No entanto, eles não servirão para te castigar ou premiar depois, mas porque constituirão seu mundo. Assim funciona essa máquina. Mais tarde, ao cair, a faísca atravessa a faixa de Netuno e se perde em seus vapores nebulosos. Netuno lhe dá, como uma espécie de consolação, todas as ilusões, a sonâmbula memória da saída, sonhos de voar, fantasias, narcóticos e livros. Urano dota da capacidade de se rebelar, e a partir de então será a prova da memória das origens da faísca. Quando ela passa pelos anéis de Saturno, se torna claro que, no fundo, a prisão espera por ela. Um campo de trabalho, hospital, regras e formulários, um corpo doente, uma doença letal, a morte de uma pessoa querida. No entanto, Júpiter lhe oferece consolo, dignidade e otimismo, um belo presente: tudo-dará-certo. Marte acrescenta força e agressividade, que certamente serão úteis. Passando junto do Sol, fica ofuscada, de sua vasta e antiga consciência, resta apenas um pequeno e minúsculo Eu, separado de tudo. E assim será a partir de então. Imagino isso da seguinte maneira: um pequeno dorso, um ser aleijado com as asas arrancadas, uma mosca atormentada por crianças cruéis; quem sabe como ela sobreviverá nas trevas. Glória às deusas, graças a elas agora Vênus barra o caminho da queda. A faísca recebe dela o dom do amor, de uma pura compaixão, a única coisa que pode salvar a ela mesma e às outras faíscas; graças aos dons de Vênus poderão se apoiar e se unir. Um pouco antes da queda, passa ainda por um planeta estranho e pequeno que lembra um coelho hipnotizado, que não gira em torno de seu próprio eixo, mas se move velozmente, encarando o Sol — é Mercúrio. Ele lhe dá a língua, a capacidade de se comunicar. Passando pela Lua, recebe dela algo tão intangível como a alma.

Só então é que cai na Terra e imediatamente se reveste de um corpo. Humano, animal ou vegetal.

É assim que as coisas funcionam.

Fui solta no dia seguinte, ainda antes de que se cumprissem as nefastas quarenta e oito horas. Vieram me buscar todos os três, e os abracei como se tivesse sido exilada deste mundo por anos.

Dísio chorou, enquanto Boas Novas e Esquisito se sentaram, rijos, no banco de trás. Era visível que estavam apavorados com o que aconteceu, muito mais do que eu, e, enfim, fui eu quem precisou consolá-los. Pedi que Dísio parasse no supermercado e compramos sorvete.

Mas, falando de uma forma geral, desde a minha permanência na prisão, fiquei muito distraída. Não consegui me conformar que os policiais tivessem revistado minha casa e passei a sentir sua presença em toda parte; reviraram as gavetas, os armários e a escrivaninha. Não acharam nada, pois o que poderiam ter achado? Mas a ordem fora abalada, a paz, destruída. Perambulava pela casa incapaz de fazer qualquer trabalho. Falava sozinha e percebia que algo estava errado comigo. Sentia-me atraída pelas minhas enormes janelas — ficava diante delas e não conseguia tirar os olhos do que via — as gramas cor de ferrugem ondulando, sua dança movida por um vento invisível, o motor desse movimento. E trechos cintilantes de verdes de todas as tonalidades que mudavam constantemente. Ficava pensativa e me perdia em pensamentos por horas a fio. Deixei, por exemplo, as chaves na garagem e não consegui achá-las por uma semana. Queimei o bule. Tirava os legumes do congelador quando já estavam ressecados e passados. Com o canto do olho, via quanto movimento havia em minha casa — as pessoas entravam e saíam, subiam da sala das caldeiras para o térreo e para o jardim, e vice-versa. As meninas corriam alegremente pelo vestíbulo. Minha mãe estava sentada no terraço tomando chá. Ouvia o som da colherzinha batendo ligeiramente contra a xícara e seus suspiros longos e tristes. As coisas só se acalmavam quando Dísio vinha; e quase sempre vinha acompanhado de Boas Novas, quando não havia previsão de uma entrega de mercadorias na loja para o dia seguinte.

Um dia, quando as dores aumentaram, Dísio chamou a ambulância. Tive que ser internada. Era uma boa hora para a ambulância vir — era agosto, a estrada estava seca e firme, o tempo era lindo e — glória aos planetas — eu tinha acabado de tomar minha ducha matinal e estava com os pés limpos.

Agora eu estava deitada numa enfermaria, estranhamente vazia, com as janelas abertas de onde vinham aromas dos hortos — de tomates maduros, gramas secas, caules queimados. O Sol entrou em Virgem, que começava suas arrumações outonais se guarnecendo de provisões para o inverno.

Claro, me visitavam, mas nada me incomoda mais do que as visitas no hospital. Nunca sei de verdade o que fazer comigo mesma. Qualquer conversa nesse lugar desagradável se torna artificial e forçada. Espero que ninguém tenha me levado a mal quando pedi que fossem embora para casa.

O dermatologista Ali se sentava junto de minha cama com frequência. Vinha da unidade vizinha e sempre me trazia jornais amassados, lidos e relidos por aqueles que os tiveram em suas mãos. Contava-lhe sobre minha ponte na Síria (seria interessante saber se ainda estava lá), e ele me falava sobre seu trabalho com tribos nômades no deserto. Durante um tempo havia sido médico dos nômades. Acompanhava-os em suas andanças, os examinava e os tratava. Sempre em movimento. Ele próprio era nômade. Não conseguiu ficar em nenhum hospital mais do que dois anos. Depois desse período, repentinamente, algo começava a cansá-lo e perturbá-lo, e ele procurava outro emprego em outro lugar. Depois de, enfim, ter conseguido ganhar a confiança dos pacientes, ultrapassado todo tipo de preconceito, ele os deixava. Um dia, um aviso apareceria na porta de seu consultório para dizer que o dr. Ali já não atenderia mais. Seu estilo de vida errante e suas origens o condenavam a ser objeto de interesse de diversos serviços secretos — por isso seu telefone sempre estava com escuta. Pelo menos era o que ele afirmava.

— O senhor tem alguma moléstia? — lhe perguntei certo dia.

Tinha, sim. Todos os invernos, caía em depressão, e o quarto no hotel de operários onde o governo local o instalou aprofundava ainda mais essa melancolia. Ele tinha um objeto valioso comprado depois de anos de trabalho — era uma enorme lâmpada que emitia raios parecidos com os solares, projetada para animar os espíritos. Com frequência, ele passava noites inteiras com o rosto virado para esse Sol artificial e vagava em pensamento pelos desertos da Líbia ou da Síria, ou talvez do Iraque.

Eu me perguntava como podia ser seu mapa astral. Mas estava doente demais para fazer os cálculos. Dessa vez estava mal. Estava numa sala escura com uma forte fotoalergia, com a pele vermelha e rachada que ardia como se estivesse sendo cortada por pequenos bisturis.

— A senhora tem que evitar o sol — ele me advertia. — Nunca tinha visto uma pele assim, a senhora está *fardada* a viver debaixo da terra.

Ria porque para ele isso era inimaginável, estava todo virado para o sol como um girassol. Já eu, era como uma endívia ou um broto de batata e deveria passar o resto da vida na sala das caldeiras.

Eu o admirava por ter — conforme o que dizia — a quantidade exata de pertences para poder colocá-los, a qualquer hora, em duas malas num período de uma hora. Decidi aprender isso com ele. Prometi a mim mesma que logo que saísse, começaria a treinar. Uma mochila e um laptop era o que deveria bastar a qualquer pessoa. Dessa forma, não importava onde estivesse, Ali se sentia sempre em casa.

Esse médico errante me lembrou também que não devemos nos acomodar demais em nenhum lugar. Então eu provavelmente tinha exagerado um pouco com a minha casa. Ganhei desse médico moreno uma *galabia* — uma túnica branca até o tornozelo, com mangas compridas, abotoada até o pescoço. Ele disse que a cor branca funcionava como um espelho e refletia os raios de luz.

Na segunda metade de agosto, meu estado piorou tanto que fui levada a Breslávia para fazer exames. Não me preocupei muito com eles. Devaneava o dia inteiro, delirando sobre minha ervilha-de-cheiro: era preciso criar a sexta geração, caso contrário, os resultados das minhas pesquisas deixariam de ser válidos e outra vez acreditaríamos que não herdamos nossa experiência de vida, todas as ciências do mundo se perderiam, não seríamos capazes de aprender nada com a história. Sonhei que telefonei para Dísio, mas ele não atendia porque minhas meninas acabaram de ter filhotes e havia um monte deles no chão do vestíbulo e na cozinha. Eram seres humanos, uma raça completamente nova de seres humanos paridos por animais. Ainda estavam cegos, ainda não tinham aberto os olhos. E sonhei que procurava as meninas numa grande cidade, a esperança ainda permanecia viva e era uma esperança estúpida, muito dolorida.

Um dia desses, a escritora veio me visitar no hospital de Breslávia para me consolar educadamente e para me informar delicadamente que estava vendendo sua casa.

— Já não é o mesmo lugar de antigamente — disse, me entregando panquecas com cogumelos feitas por Ágata.

Dizia que sentia más vibrações ali, estava com medo à noite, tinha perdido o apetite.

— Não se pode viver num lugar onde acontece esse tipo de coisa. E onde, por ocasião desses terríveis crimes, foram revelados pequenos desvios e desonestidades. Descobri que vivia entre monstros — disse, agitada. — A senhora é a única justa no meio daquilo tudo.

— De qualquer forma, a senhora sabia que eu ia desistir de tomar conta das casas no próximo inverno? — disse, aturdida com o elogio.

— É uma boa decisão. A senhora deveria passar um tempo em um país quente...

— ... mas sem o sol — acrescentei. — A senhora conhece algum lugar desse tipo salvo o banheiro?

Ignorou minha pergunta.

— O anúncio da venda da casa já foi publicado no jornal — ficou pensativa por um momento. — Além disso, lá ventava demais. Não aguentava o uivo incessante do vento. É impossível se concentrar com algo sussurrando, assobiando e murmurando o tempo todo no seu ouvido. A senhora notou, por acaso, quanto barulho produzem as folhas nas árvores? Especialmente nos álamos, é algo insuportável. Começam em junho e continuam se balançando até novembro. Horrível.

Nunca havia pensado nisso.

— Fui interrogada, sabia? — ela disse, revoltada, mudando repentinamente de assunto.

Não fiquei nem um pouco surpresa, pois todos tinham sido interrogados. Esse assunto virou uma prioridade. Que palavra horrível.

— E aí? A senhora conseguiu ajudá-los?

— Sabe, às vezes tenho a impressão de que vivemos num mundo que nós mesmos projetamos. Determinamos o que é bom e o que é ruim, desenhamos mapas de significados... E depois, durante a vida inteira, lutamos contra aquilo que concebemos. O problema é que cada um tem a sua própria versão, por isso é tão difícil as pessoas chegarem a um acordo.

Havia certa verdade nisso.

Quando se despedia de mim, revirei meus pertences e lhe entreguei a pata de uma corça. Desembrulhou-a, tirando do papel em que estava envolta, e seu rosto se contorceu numa expressão de asco.

— O que é isto, pelo amor de Deus? Sra. Dusheiko, o que está me dando aqui?

— Por favor, fique com isso. É um pouco como o dedo de Deus. Já está desidratada, não fede mais.

— O que eu devo fazer com isso? — perguntou, desanimada.

— Faça bom uso.

Embrulhou a pata de volta no papel, hesitou ainda à porta e depois foi-se embora.

Fiquei muito tempo ponderando sobre o que a Acinzentada tinha dito. E me parece que coincide com uma teoria minha. Aliás, acho que a psique humana se constituiu para nos incapacitar de enxergar a verdade. Para nos impedir de ver o mecanismo sem obstáculos. A psique é nosso sistema de defesa — é responsável por não nos permitir entender aquilo que nos rodeia. Ocupa-se principalmente de filtrar as informações, embora as possibilidades do cérebro sejam enormes. Seria impossível suportar tamanho conhecimento, visto que todas as partículas do mundo, por menores que sejam, estão compostas de sofrimento.

Então, primeiro saí da cadeia. Depois saí do hospital. Não há dúvidas quanto ao fato de que estivesse lutando com as influências de Saturno. No entanto, em agosto ele se deslocou o suficiente para deixar de ser um aspecto negativo, por isso passamos o resto do verão como uma boa família. Permaneci deitada num quarto escuro, Esquisito arrumava e comandava a casa, Dísio e Boas Novas cozinhavam e faziam as compras. Quando me senti melhor, fomos outra vez à República Tcheca, àquela livraria impressionante, e visitamos Honza e seus livros. Almoçamos duas vezes com ele e organizamos uma pequena conferência dedicada a Blake, sem subsídios ou suporte da União Europeia.

Dísio achou um filme curto na internet. Dura apenas um minuto. Um cervo robusto ataca um caçador. Nós o vemos empinado sobre as duas patas traseiras e golpeando o homem com as patas dianteiras. O caçador cai, mas o animal não para, pisa em cima dele com raiva, não permite que fuja rastejando debaixo de seus cascos. O homem tenta proteger a cabeça e fugir, se arrastando sobre os joelhos debaixo desse animal enraivecido, mas o cervo o derruba de novo.

Essa cena não tem final, não se sabe o que aconteceu depois, nem com o caçador, nem com o cervo.

Deitada no meu quarto escuro, no meio do verão, assisti a essa gravação infinitas vezes.

15.
Festa de Santo Huberto

O balido, o latido, o urro e o rugido
São ondas que batem na costa do céu.

Minha Vênus está danificada, ou exilada, é assim que se fala sobre o planeta que não se encontra no signo em que deveria estar. Além disso, Plutão, que em meu caso governa o ascendente, permanece num aspecto negativo em relação a ela. Essa situação faz com que eu tenha, ao que me parece, a síndrome da Vênus Preguiçosa. Foi assim que chamei essa característica. Trata-se, então, de uma pessoa dotada pelo destino, mas que não aproveitou nada de seu potencial. É inteligente e esperta, mas não se dedica com seriedade aos estudos. Em vez disso, usa a inteligência para jogar cartas e paciência. Possui um corpo bonito, mas o destrói por negligência, se intoxicando com substâncias estimulantes e ignorando médicos e dentistas.

Esse tipo de Vênus induz a um estranho tipo de preguiça — oportunidades na vida são perdidas porque se dormiu demais, porque se ficou sem vontade de sair de casa, porque você se atrasou ou foi negligente. É uma tendência ao sibaritismo, a uma vida passada num leve estado de alucinação, a se dispersar em pequenos prazeres, a sentir aversão ao esforço e uma absoluta falta de predisposição à rivalidade. Longas manhãs, cartas não abertas, assuntos deixados para depois, projetos inacabados. Aversão a qualquer tipo de poder e submissão, um calado e preguiçoso costume de andar pelos próprios caminhos. Pode-se dizer que esse tipo de pessoa não tem nenhum proveito.

Quem sabe, se eu me esforçasse, em setembro voltaria à escola, mas não conseguia me motivar para me recompor.

Lamentei que as crianças tivessem perdido um mês de aulas. Mas o que é que eu poderia fazer? Estava toda dolorida.

Só consegui voltar ao trabalho em outubro. Sentia-me muito melhor, de tal forma que organizei aulas adicionais de inglês durante a semana e assim recuperava a matéria com os alunos. Mas era impossível trabalhar normalmente. Em outubro, os alunos começaram a ser liberados das minhas aulas porque os preparativos para inaugurar e consagrar a nova capela estavam avançando a todo o vapor. Seria consagrada a santo Huberto no dia de sua festa — 3 de novembro. Eu não queria liberar as crianças. Preferia que conhecessem mais vocabulário em inglês do que aprendessem a vida dos santos de cor. A jovem diretora interveio.

— A senhora está exagerando. Há certas prioridades — disse, soando como se ela própria não acreditasse naquilo que dizia.

Acho que a palavra "prioridade" é tão feia quanto "falecido" ou "concubino", mas não queria, de verdade não queria, discutir com ela sobre a liberação das crianças ou por causa das palavras.

— Naturalmente, a senhora vai estar presente na consagração da nova capela, certo?

— Não sou católica.

— Não faz mal. Todos nós somos católicos em termos culturais, mesmo que não gostemos disso. Por isso, venha, por favor.

Não estava preparada para esse argumento em particular, por isso me calei. Recuperava a matéria com os alunos nas aulas adicionais, às tardes.

Interrogaram Dísio mais duas vezes e seu contrato foi, enfim, rescindido por mútuo acordo. Trabalharia lá apenas até o fim do ano. Deram uma justificativa confusa: cortes de postos de trabalho, reajustes, a mesma coisa de sempre. Pessoas como Dísio sempre respondem primeiro. No entanto, acho que tudo isso tinha a ver com seu depoimento. Era considerado suspeito? Dísio nem sequer se preocupou com isso. Já tinha decidido virar tradutor. Planejava se dedicar à tradução da poesia de Blake. Excelente. Traduzir de uma língua para outra e desse modo aproximar as pessoas é uma bela ideia.

Ele conduzia agora sua própria investigação, o que não era de estranhar — todos esperavam, tensos, que a polícia fizesse novas descobertas, por revelações que de uma vez por todas encerrassem essa cadeia de morte. Ele visitou com esse intuito as esposas de Víscero e do diretor, e investigou os caminhos percorridos pelas vítimas o máximo que pôde.

Sabíamos que todos os três haviam morrido depois de um golpe na cabeça executado com algo pesado, embora não se soubesse com que tipo de ferramenta. Especulávamos que podia ter sido, simplesmente, um grande pedaço de madeira ou um galho grosso, mas ele deixaria marcas características sobre a pele. Porém, neste caso parecia que fora usado um grande objeto com uma superfície dura e lisa. Além disso, no lugar do impacto a polícia havia detectado pequenas quantidades de sangue de um animal, provavelmente de uma corça.

— Eu estava certa — insisti mais uma vez. — Estão vendo? Foram as corças.

Dísio achava mais provável a hipótese de algum tipo de rixa. Sabia-se, com certeza, que o comandante estava voltando da casa de Víscero naquela noite, e que Víscero o tinha subornado.

— Talvez Víscero tenha tentado pegar o outro para tomar o dinheiro de volta. Eles brigaram, o comandante caiu, Víscero se assustou e desistiu de procurar a grana — contava o pensativo Dísio.

— Mas quem, então, teria assassinado Víscero? — Esquisito perguntou filosoficamente.

Para dizer a verdade, gostei da ideia da corrente de pessoas más se eliminando mutuamente.

— Hum, por acaso, não teria sido o diretor? — Esquisito voltou a fantasiar.

Era mais provável que o comandante encobrisse os crimes de Víscero. Mas não sabemos se o diretor tinha algo a ver com isso. Se o diretor fosse o autor dos crimes, quem o teria matado então? Existe a possibilidade de que nos três casos o motivo fosse vingança e provavelmente também se tratasse de negócios. Teria algum cunho de verdade esse papo sobre a máfia? A polícia teria provas? Era muito provável que outros policiais estivessem envolvidos nesses procedimentos obscuros, e por isso a investigação estivesse demorando tanto.

Deixei de falar sobre minha própria teoria. Realmente, estava apenas me expondo ao ridículo. Acinzentada tinha razão — as pessoas são capazes de entender apenas aquilo que inventam para si mesmas e é com isso que se alimentam. A visão de um complô entre pessoas que representavam o poder na província, corrupto e desmoralizado, encaixava no tipo de história que a televisão e os jornais mais gostavam de mostrar. Nem os jornais, nem a televisão estão interessados nos animais, a não ser que um tigre escape do zoológico.

O inverno começa logo depois do Dia de Todos os Santos. As coisas aqui funcionam assim, o outono retira todas as suas ferramentas e os seus brinquedos, sacode as folhas, pois já não serão necessárias, varre-as para debaixo das divisas dos campos, retira as cores das gramas até ficarem cinzentas e desbotadas. Depois, tudo ganha nitidez e se torna branco e negro: a neve cai sobre os campos lavrados.

— Conduza seu arado sobre os ossos dos mortos — disse a mim mesma, citando as palavras de Blake; a citação seria mesmo essa?

Fiquei à janela olhando para essas arrumações apressadas da natureza, até a noite cair. A partir de então a marcha do inverno prosseguiu na escuridão. De manhã, tirei do armário aquele casaco vermelho de penas que comprei de Boas Novas e uma touca de lã.

A geada apareceu nos vidros do Samurai, uma película novinha, finíssima e delicada como um micélio cósmico. Dois dias depois do Dia de Todos os Santos fui à cidade para visitar Boas Novas e comprar botas para a neve. A partir desse momento é preciso estar preparado para o pior. O céu estava baixo, como sempre nessa época do ano. As luzes nos cemitérios ainda não haviam queimado por completo, vi pela cerca que as velas multicoloridas tremeluziam durante o dia, como se as pessoas quisessem apoiar com essa chama mísera o Sol que enfraquecia em Escorpião. Plutão tomou o poder sobre o mundo. Fiquei triste. Ontem escrevi e-mails para meus generosos patrões informando que neste ano já não me responsabilizaria por cuidar de suas casas no inverno.

Só no caminho lembrei que era dia 3 de novembro, e que haveria as celebrações da Festa de Santo Huberto no vilarejo.

Sempre que se organiza algum tipo de fraude duvidosa, envolvem-se as crianças desde o começo. Lembro-me que da mesma forma, há muitos anos, nos metiam nos desfiles do Primeiro de Maio. Agora elas participariam do Concurso Municipal de Artes Plásticas das Crianças e dos Adolescentes do Condado de Kłodzko — "Santo Huberto: modelo de um ecologista contemporâneo" — e depois de uma peça em que seria apresentada a vida e a morte do santo. Ainda em outubro escrevi uma queixa dirigida ao Conselho de Educação a propósito do assunto, mas não recebi nenhuma resposta. Considerava isso, assim como muitos outros assuntos, um escândalo.

Muitos carros estacionaram ao longo do asfalto, o que me lembrou da missa, e decidi entrar na igreja para ver o resultado desses longos preparativos outonais que afetaram tanto as aulas de inglês. Olhei para o relógio e parecia que a missa já havia começado.

Às vezes costumava entrar na igreja e ficar em paz, na presença de outras pessoas. Sempre gostei quando as pessoas se reuniam sem precisar conversar. Se pudessem fazê-lo, imediatamente começariam a contar asneiras, fofocas, começariam a enrolar e se gabar. E assim, permanecem sentadas em fileiras, todas imersas em seus pensamentos, revendo aquilo que aconteceu recentemente e imaginando aquilo que aconteceria num futuro próximo. Desta maneira controlam sua vida. À semelhança de todos, me sentava no banco e caía numa espécie de devaneio. Pensava preguiçosamente, como se os pensamentos viessem de fora de mim, das cabeças dos outros, ou talvez das cabeças dos anjos de madeira, alocadas próximo de mim. Sempre vinha à minha mente algo novo, diferente dos pensamentos que tinha em casa. Nesse aspecto, a igreja era um bom lugar.

Às vezes tinha a impressão de que, se quisesse, poderia ler ali os pensamentos das outras pessoas. Algumas vezes ouvi os pensamentos alheios em minha própria cabeça: "Que padrão escolhemos para o papel de parede novo do quarto: seria melhor o liso, ou talvez aquele com um estampado delicado? O dinheiro na conta tem uma taxa de juros demasiadamente baixa, outros bancos dão uma comissão melhor, é preciso checar as ofertas logo na segunda-feira e transferir a grana. De onde ela tira tanto dinheiro? Como ela consegue comprar toda essa roupa? Será que eles não comem nada e gastam tudo que ganham com as roupas dela? Como ele envelheceu! Olhe quanto cabelo branco tem na cabeça! E pensar que era o homem mais bonito no vilarejo. E agora? Está acabado... Falarei com o médico, sem rodeios. Direi logo: quero uma licença... Nunca, jamais concordarei com algo assim, não permitirei que os outros me tratem como se fosse uma criança...".

O que haveria de errado nesse tipo de pensamento? Os meus não são muito diferentes. É bom que esse Deus, caso exista, ou mesmo que não exista, nos tenha providenciado algum lugar para poder pensar em paz. Talvez seja esse o objetivo principal da oração — pensar em paz, não querer nada, não pedir nada; simplesmente colocar a sua própria cabeça em ordem. Isso deveria ser o suficiente.

No entanto, sempre depois dos primeiros instantes agradáveis de relaxamento, voltavam as antigas perguntas da infância. Provavelmente porque sou um pouco infantil por natureza. Como é possível Deus ouvir simultaneamente todas as orações vindas de todos os cantos do mundo? E se elas forem contraditórias? Precisa ouvir as orações de todos esses filhos da mãe, demônios, gente ruim? Será que eles oram? Haveria lugares onde este Deus não está presente? Estaria na fazenda de peles de raposa? Caso estivesse, o que ele pensa a respeito? Ou no abatedouro de Víscero? Frequentaria esse lugar também? Sei que são perguntas bobas e ingênuas. Os teólogos morreriam de rir de mim. Minha cabeça é feita de madeira, assim como esses anjos suspensos na abóbada do céu artificial.

Mas o que me impedia de pensar era a voz impertinente e desagradável do padre Farfalhar. Sempre tinha a impressão de que quando se movia, seu corpo seco e ossudo, coberto de pele flácida e escura, farfalhava levemente. Sua batina roçava as calças, o queixo roçava o colarinho eclesiástico, suas articulações crepitavam. Que tipo de criatura divina era esse padre? Tinha uma pele seca e enrugada que sobrava em toda parte. Diziam que antigamente era obeso, e tratou a obesidade com cirurgia, deixando que retirassem metade do seu estômago. E depois emagreceu muito, talvez a causa tenha sido essa. Não conseguia resistir à impressão de que ele era todo feito de papel de arroz, daquele tipo que se usa para fazer abajures. Para mim, ele era uma criatura artificial e oca. E inflamável.

No início do ano, quando ainda estava imersa no mais profundo desalento por causa das meninas, o padre foi à minha casa na época das suas tradicionais visitas pós-natalinas. Primeiro, chegaram seus coroinhas com alvas vestidas sobre casacos quentes. Eram meninos de bochechas coradas que desmentiam a seriedade de emissários sacerdotais. Eu tinha um pouco de halva, que beliscava de vez em quando, então a reparti entre eles. Comeram e cantaram algumas canções, e depois saíram para a frente da casa.

O padre Farfalhar apareceu ofegante e entrou em minha pequena sala de estar com um passo rápido, sem bater as botas para tirar a neve, pisando diretamente sobre o tapete. Aspergiu as paredes com o aspersório, baixou o olhar, fez uma oração e, em seguida, num átimo, colocou uma imagem santa sobre a mesa e se sentou no canto do sofá. Fez tudo isso na velocidade da luz, mal consegui acompanhá-lo com o olhar. Tinha a impressão de que não se sentia bem em minha casa e, se fosse por ele, sairia logo.

— Aceita um chá? — perguntei timidamente.

Não aceitou. Por um momento permanecemos em silêncio. Vi os coroinhas lançando bolas de neve na frente da casa.

Subitamente, senti uma necessidade absurda de encostar meu rosto em sua manga engomada, larga e limpa.

— Por que chorar? — perguntou, usando esse estranho linguajar impessoal dos padres, que falam "temer", em vez de "ter medo", "debruçar-se sobre algo", em vez de "prestar atenção", "instruir", em vez de "conhecer". Mas isso nem me incomodou tanto. Chorava.

— Minhas cadelas desapareceram — eu disse, enfim.

Era uma tarde de inverno, a penumbra penetrava as pequenas janelas da sala de estar. Não conseguia enxergar a expressão em seu rosto.

— Entendo sua dor — ele disse, depois de um momento. — Mas são apenas animais.

— Eram meus únicos parentes. Minha família. Minhas filhas.

— Favor não blasfemar — irritou-se. — Não se pode falar de cães como suas filhas. Favor não chorar mais. É melhor orar, alivia o sofrimento.

Puxei-o por essa linda manga limpa até a janela e lhe mostrei o pequeno cemitério. As lápides estavam tristemente cobertas de neve; numa delas havia uma pequena lanterna acesa.

— Já aceitei o fato de elas estarem mortas. O padre sabe que provavelmente foram assassinadas por caçadores?

Ele não disse nada.

— Queria, ao menos, poder enterrá-las. Como devo passar pelo luto se nem sequer sei como morreram e onde estão seus corpos?

O padre se mexeu, apreensivo.

— Não se pode tratar os animais como se fossem pessoas. Esse tipo de cemitério é um pecado, é o fruto da soberba humana. Deus concedeu um lugar aos animais abaixo do ser humano, para que sirvam a ele.

— Diga, então, o que devo fazer. Talvez o senhor saiba, padre?

— Orar — respondeu.

— Por elas?

— Por si própria. Os animais não têm alma, não são imortais. Não serão salvos. Orar por si própria.

Foi a memória que voltou, essa cena triste de um ano antes, quando ainda não sabia o que eu sei hoje.

A missa ainda não havia acabado. Ocupei um lugar próximo da saída, junto das crianças do terceiro ano, que estavam, aliás, com um aspecto um pouco esquisito. A maioria delas estava fantasiada de corças, cervos e lebres. Tinham máscaras feitas de papelão e estavam inquietas para se apresentar. Entendi que a apresentação começaria logo depois da missa. Cederam lugar para mim amavelmente. Assim, permaneci sentada entre as crianças.

— Que peça vão apresentar? — perguntei, sussurrando, a uma menina da turma 3A, cujo lindo nome era Jagoda.

— O encontro de santo Huberto com um cervo — disse. — Eu vou fazer o papel de lebre.

Sorri para ela. Mas, para dizer a verdade, não entendia essa lógica: Huberto, antes de ser proclamado santo, era um inútil e um perdulário. Adorava caçar. Matava. E um dia, durante uma caçada, viu Cristo na cruz sobre a cabeça do cervo que tentava matar. Caiu de joelhos e se converteu. Percebeu a gravidade de seus pecados até então cometidos. A partir daquele momento deixou de caçar e virou um santo.

Por que uma pessoa assim vira o padroeiro dos caçadores? O que choca nisso tudo é uma falta de lógica fundamental, pois se todos os devotos de Huberto quisessem segui-lo, deveriam parar de matar. E já que os caçadores o escolheram como padroeiro, transformaram Huberto em padroeiro do pecado que costumava cometer, e do qual se libertou. Fazem dele o santo padroeiro do pecado. Já tinha aberto a boca e enchido os pulmões de ar para compartilhar minhas dúvidas com Jagoda, quando concluí que não era o lugar, nem a hora de discutir, particularmente porque o padre estava cantando muito alto. Então formulei apenas uma hipótese em minha mente, de que se tratava de uma apropriação por antítese.

A igreja estava cheia não só por causa dos alunos que foram pastoreados até lá, mas também havia muitos homens completamente estranhos que lotavam as primeiras fileiras dos bancos. Eram tantos que formavam uma mancha verde diante dos meus olhos. Dos dois lados do altar havia ainda outros segurando estandartes multicoloridos que pendiam frouxamente. Nesse dia o padre Farfalhar também estava de gala e seu rosto cinzento e flácido parecia ter sido ungido. Não conseguia mergulhar em meu estado preferido e me abandonar em contemplações, como de costume. Estava inquieta, ansiosa e senti como se estivesse entrando aos poucos naquele estado em que as vibrações começam a circular dentro de mim.

Alguém tocou delicadamente em meu ombro. Olhei para trás. Era Gregório, um menino com um olhar belo e inteligente de uma das turmas mais avançadas. Eu tinha sido sua professora no ano anterior.

— A senhora achou seus cachorros? — perguntou, sussurrando.

Lembrei imediatamente que no outono anterior sua turma me ajudou a fixar avisos em cercas e pontos de ônibus.

— Não, Gregório. Infelizmente, não.

Gregório pestanejou.

— Sinto muito, sra. Dusheiko.

— Obrigada.

A voz do padre Farfalhar cortou um silêncio frio, ligeiramente adornado com sussurros e pigarros. Todos estremeceram para, depois de um instante, caírem de joelhos com um estrondo que se propagou até a abóbada da igreja.

— Cordeiro de Deus... — as palavras trovejaram sobre nossas cabeças e ouvi um som estranho, um ligeiro retumbar que ressoava de todos os lados — eram as pessoas batendo em seus próprios peitos enquanto oravam ao Cordeiro.

Em seguida, se dirigiram para o altar, deslizando dos bancos com as mãos postas em oração e o olhar cravado no chão, como pecadores arrependidos. Formou-se um tumulto no meio do corredor, mas todos demonstravam boa vontade, mais do que normalmente, então cediam a passagem, sem trocar olhares, terrivelmente sérios.

Não conseguia deixar de pensar naquilo que carregavam na barriga, o que comeram no dia anterior e hoje, se já tinham digerido os presuntos, se as galinhas, os coelhos e os bezerros já tinham passado por seu estômago.

O exército verde das primeiras fileiras também se ergueu e avançou em direção ao altar. O padre Farfalhar se deslocava agora ao longo de um gradil acompanhado de um coroinha e os alimentava com mais carne, dessa vez em forma simbólica, mas mesmo assim, carne, o corpo de um ser vivo.

Pensei que se existisse um Deus verdadeiramente bondoso, deveria aparecer em sua forma real como um carneiro, uma vaca ou um cervo e trovejar com sua voz poderosa, deveria berrar, e se não pudesse aparecer em pessoa, então deveria mandar seus vigários, seus arcanjos de fogo, para que acabassem de vez com essa terrível hipocrisia. No entanto, é claro que ninguém interveio. Jamais intervém.

O som dos pés arrastados no chão silenciava aos poucos e, enfim, a turba foi se dirigindo aos bancos. O padre Farfalhar começou a lavar, solenemente e em silêncio, o cálice e a bandeja. Pensei que seria útil uma minúscula máquina de lavar louça, só para um par de utensílios; apertaria apenas um botão e assim teria mais tempo para o sermão. Subiu no púlpito, ajeitou as mangas rendadas — a imagem delas um ano antes em minha sala de estar voltou mais uma vez — e disse:

— Rejubilo-me muito com a possibilidade de consagrar nossa capela neste dia feliz. É, para mim, uma enorme alegria, pois sendo o capelão dos caçadores, tive a possibilidade de participar desta valiosa iniciativa. — Pairou um silêncio, como se por um instante, depois de um banquete, todos quisessem se dedicar à digestão.

O padre olhou para as pessoas reunidas e continuou:

— Como vocês sabem, caros irmãos e caras irmãs, exerço há anos a tutela de nossos corajosos caçadores. Sendo seu capelão, consagro os assentamentos de caça, organizo encontros, celebro os sacramentos e acompanho os mortos à "terra da caça eterna"; cuido também dos assuntos relacionados com as questões éticas da caça e procuro fazer com que os caçadores obtenham benefícios espirituais.

Comecei a me mexer nervosamente. Mas o padre continuou:

— Em nossa igreja, a linda capela de santo Huberto ocupa uma nave. A estátua do santo já está em seu altar, e logo a capelinha será ornada com dois vitrais. Um deles apresenta o cervo com a cruz radiada que, conforme a lenda, foi encontrado por santo Huberto durante uma caçada. O segundo vitral apresenta o próprio santo.

Os fieis viraram as cabeças na direção apontada pelo padre Farfalhar.

— A iniciativa de construir a capela — continuava o padre — partiu de nossos corajosos caçadores.

Agora os olhos de todos os presentes se dirigiram às primeiras fileiras. Os meus também. Relutantemente. O padre Farfalhar pigarreou e era visível que se preparava para um discurso muito sério.

— Os caçadores, meus caros irmãos e minhas caras irmãs, são os embaixadores e colaboradores de Deus em sua obra de criação, de proteção aos animais e de cooperação. É preciso ajudar a natureza, em que o ser humano vive, para que ela possa se desenvolver. Através do abatimento, os caçadores sustentam uma adequada política venatória. Construíram e sistematicamente abastecem com alimentos para os animais — nessa hora olhou discretamente para as suas anotações — quarenta e um cochos para as corças, quatro armazéns-cevadouros para os cervos, vinte e cinco comedouros para os faisões e cento e cinquenta barreiros para os cervídeos...

— E quando os animais vêm para comer, atiram contra eles — eu disse em voz alta, e as cabeças mais próximas de mim se viraram na minha direção, me reprovando. — É o mesmo que convidar alguém para almoçar e matá-lo — acrescentei.

As crianças olhavam para mim assustadas, com os olhos bem abertos. Eram as mesmas crianças para quem eu dava aulas. A turma 3B.

O padre Farfalhar, ocupado com sua oração, estava demasiado longe para me ouvir. No púlpito, enfiou as mãos nas largas mangas rendadas da sobrepeliz e ergueu os olhos para a abóbada da igreja, onde as estrelas pintadas havia muito começavam a descascar.

— ... só na atual temporada de caça prepararam para o inverno quinze toneladas de forrageira de alto valor nutritivo... — enumerava. — Há muitos anos nossa associação de caça compra e solta faisões para organizar as caçadas esportivas que melhoram o orçamento da associação. Cultivamos as tradições e os costumes relacionados com a caça, iniciamos e instituímos os caçadores recém-ingressados, obrigados a fazer o juramento — dizia, e em sua voz ressoava orgulho. — Organizamos as duas caçadas mais importantes do ano, no dia de santo Huberto, como hoje, e na véspera de Natal, de acordo com a tradição e respeitando as regras venatórias. Mas, sobretudo, procuramos gozar da beleza da natureza, cuidar dos costumes e das tradições — continuava, inspirado. — Ainda há muitas pessoas que se ocupam da caça predatória e não respeitam as leis da natureza, do meio ambiente, matam os animais de uma forma cruel, sem cuidar da legislação cinegética. Vocês respeitam a lei. Felizmente, hoje em dia o conceito da caça mudou. Já não somos mais vistos como aqueles que querem atirar em tudo o que se move, mas como aqueles que cuidam da beleza da natureza, da ordem e harmonia. Nos últimos anos nossos caros caçadores construíram sua própria casa do caçador, em que se encontram com frequência, discutem sobre questões relacionadas com a cultura, ética, disciplina e segurança durante a atividade venatória. Abordam também outros assuntos que despertam seu interesse...

Bufei, soltando uma risada tão alta que dessa vez a metade da igreja se virou em minha direção. Engasguei-me. Uma criança me passou um lenço de papel. Ao mesmo tempo, sentia as minhas pernas ficarem dormentes. Era aquela desagradável sensação de dormência chegando, me obrigando a mexer os pés e, depois, os músculos das batatas das pernas. Se não fizesse isso, uma força terrível explodiria meus músculos. Pensei que estava tendo um ataque, e que talvez fosse algo bom. Sim, exatamente, olhem aqui, estou tendo um ataque.

Agora estava claro porque as torres de caça, que pareciam mais com as torres dos vigias nos campos de concentração, costumavam ser chamadas de púlpitos. Num púlpito um homem se coloca acima dos outros seres e concede a si próprio o direito de decidir sobre sua vida e sua morte. Vira um tirano e um usurpador. O padre discursava inspirado, quase em êxtase:

— Sujeitai toda a terra. Essas palavras foram dirigidas por Deus a vocês, caçadores, pois Deus faz do homem seu colaborador para que participe da obra da criação e para que essa obra seja concluída. A palavra "caçar" significa procurar por algo, portanto um caçador é alguém que procura cumprir sua vocação de zelar por essa dádiva divina que é a natureza, de um modo consciente, sensato e prudente. Desejo a vocês que sua associação cresça e que sirva às outras pessoas e a toda a natureza...

Consegui sair da fileira. Fui andando sobre pernas estranhamente rígidas até chegar quase ao próprio púlpito.

— Ei, você, saia daí — eu disse. — Basta.

Pairou um silêncio e ouvi com satisfação minha voz ecoar, rebatida pela abóbada e pelas naves, tornando-se cada vez mais forte; era por isso que aqui a própria fala impressionava tanto.

— Estou falando com você. Não está ouvindo? Desça daí!

Farfalhar me encarava com os olhos assustados, bem abertos, e seus lábios tremiam, como se, completamente surpreso, tentasse achar alguma palavra adequada para essa situação. Mas não conseguia.

— Pois é, pois é — repetia, nem impotente, nem provocativamente.

— Desça desse púlpito, já! E caia fora! — gritei.

Foi então que senti no ombro a mão de alguém e vi um dos homens de uniforme atrás de mim. Sacudi-me, e nessa hora chegou correndo outro. Ambos agarraram meus braços com força.

— Assassinos — disse.

As crianças olhavam para mim, apavoradas. Pareciam irreais em suas fantasias, como se fossem uma nova raça humana-animal que estava prestes a nascer. As pessoas começaram a murmurar e a se agitar em seus assentos. Sussurravam entre si, indignadas, mas eu também via compaixão em seus olhos, e foi o que me deixou ainda mais irada.

— O que vocês estão olhando? — gritei. — Caíram no sono, e por isso estão ouvindo essas balelas sem piscar os olhos? Perderam o juízo? E o coração? Vocês, por acaso, ainda têm algum coração?

Já não tentava me soltar. Deixei que me retirassem calmamente da igreja. Virei-me, já próximo da porta, e gritei para eles todos:

— Sumam daí. Todos! Agora! — Abanei as mãos numa tentativa de espantá-los. — Vão embora! Caiam fora! Foram hipnotizados, ou o quê? Já perderam as últimas sobras de compaixão?

— Acalme-se, por favor. Aqui está mais fresco — disse um dos homens quando saímos para fora. O outro acrescentou, em forma de ameaça:

— Ou chamaremos a polícia.

— Têm razão, é preciso chamar a polícia. Aqui se incita ao crime.

Deixaram-me e trancaram a porta pesada para que não pudesse voltar à igreja. Imaginei que o padre Farfalhar continuava seu sermão. Sentei-me sobre uma mureta e me acalmei aos poucos. A ira passava, o vento frio esfriava meu rosto, que ardia.

A ira sempre deixa atrás de si muito espaço vazio que, imediatamente, é inundado pela tristeza, e flui como um grande rio, sem começo nem fim. Minhas lágrimas voltaram, suas fontes foram renovadas.

Olhava para duas pegas que brincavam no gramado em frente à casa paroquial. Como se quisessem me alegrar. Como se estivessem dizendo — não se preocupe, o tempo está do nosso lado, a obra tem que ser concluída, não há outra saída... Examinavam com curiosidade uma embalagem brilhosa de chiclete e depois uma delas a apanhou com o bico e saiu voando. Eu a segui com o olhar. Acho que o seu ninho ficava no telhado da casa paroquial. Pegas. Incendiárias.

No dia seguinte, embora eu não tivesse aulas, a jovem diretora da escola me telefonou e pediu que eu fosse falar com ela à tarde, quando já não houvesse ninguém no edifício. Sem que eu pedisse, trouxe uma caneca de chá e um pedaço de bolo de maçã. Já sabia do que se tratava.

— Dona Janina, a senhora entende que depois do acontecido... — disse, preocupada.

— Não sou nenhuma "dona Janina", já pedi que não me chame assim — a corrigi, mas talvez desnecessariamente; já sabia o que ia dizer, e provavelmente estivesse tentando aumentar sua autoconfiança com esse tipo de formalidade.

— ... sra. Dusheiko, o.k.

— Sim, eu sei. Preferia que vocês ouvissem a mim, e não a eles. Desmoralizam as crianças com o que dizem.

A diretora tossiu.

— A senhora provocou um escândalo, e, ainda por cima, numa igreja. O pior é que isso aconteceu na presença das crianças para as quais a pessoa do padre, assim como o lugar do ocorrido, deveriam ser especiais.

— Especiais? Então, por isso mesmo não se pode deixar que elas ouçam esse tipo de coisa. Você mesma escutou aquilo.

A moça respirou profundamente e continuou a falar sem olhar para mim:

— Sra. Dusheiko, a senhora não tem razão. Existem certas regras e tradições e nós estamos comprometidos com elas. Não se pode rejeitar tudo assim, de repente... — Era visível que ela se preparava internamente e eu já sabia o que ia dizer.

— Não quero que, como você disse, se rejeite tudo. Só não permito que se instigue as crianças a praticarem o mal e que lhes ensinem a serem hipócritas. O elogio do assassinato é um mal. É simples. Nada mais do que isso.

A diretora apoiou a cabeça sobre as mãos e falou em voz baixa:

— Preciso rescindir o contrato com a senhora. Já deve ter suspeitado disso. Seria melhor se a senhora conseguisse um atestado por motivo de doença para este semestre — será uma gentileza nossa para com a sua pessoa. A senhora esteve doente e continuará de licença médica. Por favor, me entenda, não posso agir de outra forma.

— E o inglês? Quem vai dar as aulas de inglês?

Ela ficou vermelha:

— Nossa professora de catequese se formou em línguas — me olhou com um olhar estranho. — Além do mais... — hesitou. — Rumores sobre seus métodos inconvencionais de ensinar a língua estrangeira já tinham chegado a mim antes. Dizem que a senhora queimava algum tipo de vela ou de fogos de artifício junto com os alunos e depois os outros professores se queixavam que as salas cheiravam a fumaça. Os pais estão com medo de que tenha sido algum ritual satânico, satanismo. Eles podem ser mesmo pessoas simples... Mas, além disso, a senhora alimenta as crianças com coisas estranhas. Com balas de durião. O que é aquilo, aliás? Se alguma delas passasse mal, quem se responsabilizaria? A senhora nunca parou para pensar?

Seus argumentos acabaram comigo. Sempre fiz meu melhor para surpreender as crianças, para que permanecessem sempre interessadas. Agora senti como se toda a minha força se esgotasse. Fiquei sem vontade de falar. Ergui-me pesadamente da cadeira e saí sem dizer nada. Com o canto do olho, a vi arrumando nervosamente os papéis sobre a mesa com as mãos trêmulas. Pobre mulher.

Tinha tudo o que precisava no Samurai. O crepúsculo, que caía diante de meus olhos, me favorecia. Sempre favorece pessoas como eu.

Sopa de mostarda. Pode ser preparada rápida e facilmente, por isso consegui fazê-la a tempo. Primeiro, é preciso aquecer um pouco de manteiga na frigideira e acrescentar farinha, como se fôssemos preparar o molho bechamel. A farinha absorve maravilhosamente bem a manteiga derretida, depois sacia-se com ela, incha com satisfação, e é então que acrescentamos a metade de leite e outra metade de água. Nessa hora terminam, infelizmente, as travessuras da farinha com a manteiga, e, aos poucos, tudo se transforma em uma sopa. É preciso, então, salgar esse líquido claro e inocente, acrescentar pimenta e cominho, levar à fervura e tirar do fogo. E só então acrescentar a mostarda em três espécies: a granulada francesa de Dijon, a cremosa e lisa mostarda de Sarepta ou de Krems, e a mostarda em pó. É importante não deixar que a mostarda ferva porque assim perderá seu sabor e ficará amarga. Sirvo esta sopa acompanhada de torradas e sei o quanto Dísio gosta dela.

Vieram os três juntos e fiquei imaginando que surpresa queriam me fazer, ou mesmo se, por acaso, não era o dia de meu aniversário de tão sérios que estavam. Dísio e Boas Novas vestiam lindos casacos de inverno, ambos iguais, e me ocorreu que realmente poderiam formar um belo casal. Ambos tão miúdos e belos, delicadas campânulas brancas que cresceram à beira de uma trilha. Esquisito estava estranhamente soturno, mexia os pés inquietamente e esfregava as mãos uma contra a outra, sem parar. Trouxe uma garrafa de licor de arônia feito por ele próprio. Nunca gostei do sabor de seus destilados. Na minha opinião, economizava no açúcar, e seus licores sempre ficavam um pouco amargos.

Sentaram-se imediatamente à mesa enquanto eu ainda terminava de fritar as torradas. Olhei para eles todos reunidos, talvez pela última vez. Foi a ideia que surgiu em minha cabeça — que estava na hora de nos despedirmos. E dessa vez vi nós quatro de uma forma diferente — como se tivéssemos muito em comum, como se formássemos uma família. Percebi que pertencíamos a esse grupo de pessoas que o mundo considera inúteis. Não fazemos nada de significativo, não produzimos ideias importantes, nem objetos de utilidade, nem alimentos. Não lavramos a terra, não fomentamos o crescimento de nenhuma economia. Não nos reproduzimos, com a exceção de Esquisito, que tem um filho, mesmo que ele fosse o Capa Negra. Até agora nunca demos ao mundo nada de útil. Não inventamos nada. Não temos poder, não dispomos de nada além de nossas pequenas posses. Cumprimos nossas tarefas, mas elas não têm nenhuma importância para os outros. Se desaparecêssemos, não mudaria, essencialmente, nada. Ninguém notaria.

Entre o silêncio da noite e o rumor da chama no fogão ouvi o som das sirenes, vindo de algum lugar embaixo, do vilarejo, trazido pelas rajadas de vento. Fiquei pensando se eles também estavam ouvindo esse som ameaçador. Mas conversavam em voz baixa, inclinados e próximos um do outro, tranquilamente.

Enquanto enchia os ramequins, fiquei tão comovida que mais uma vez lágrimas verteram dos meus olhos. Para minha sorte, não notaram nada, ocupados com a conversa. Recuei com a panela para a bancada junto da janela e os observei furtivamente. Via o rosto pálido, acinzentado de Esquisito, seus cabelos brancos alisados e penteados para o lado e bochechas recém-barbeadas. Via Boas Novas de perfil, com uma bela linha do nariz e do pescoço, com um lenço colorido atado na cabeça, e as costas de Dísio, miúdas, curvadas, trajando um suéter tricotado. O que acontecerá com eles? Como essas crianças vão se virar?

E como eu vou me virar? Afinal, eu sou como eles. Os frutos de minha vida não são material para a construção de nada, nem no meu tempo, agora, nem em nenhum outro, jamais.

Mas por que, então, deveríamos ser úteis? E para quem? Quem é que dividiu o mundo em útil e inútil, e quem lhe deu o direito de fazê-lo? Desse modo, o cardo não teria o direito de viver, nem um rato que devora os grãos nos armazéns, nem sequer as abelhas ou os zangões, as ervas daninhas ou as rosas. Quem foi o dono da mente que se atreveu a tanta arrogância para julgar quem é melhor ou pior? Uma árvore enorme, torta e cheia de buracos sobreviveu por vários séculos sem ser derrubada, porque não se podia fazer nada com ela. Esse exemplo deveria animar pessoas como nós. Todos conhecem o benefício do útil, mas ninguém conhece o proveito do inútil.

— Há um clarão sobre o vilarejo lá embaixo — disse Esquisito, à janela. — Alguma coisa pegou fogo.

— Sentem-se. Estou servindo as torradas — os convidei quando me assegurei de que meus olhos já estavam secos. Mas eles não viriam à mesa. Todos estavam à janela, em silêncio. E depois olharam para mim. Dísio com um verdadeiro sofrimento, Esquisito com incredulidade, e Boas Novas, por baixo dos olhos, com uma tristeza que era de partir o coração.

Foi então que o telefone de Dísio tocou.

— Não atenda — gritei. — A ligação vai passar pela operadora tcheca, vai custar caro.

— Não posso não atender, ainda trabalho na polícia — respondeu, e falou ao telefone: — Pois não?

Nós o olhamos ansiosos. A sopa de mostarda esfriava.

— Estou chegando — disse Dísio e eu senti uma onda de pânico, uma sensação de que tudo estava perdido e que agora partiriam para sempre.

— A casa paroquial está em chamas. O padre Farfalhar está morto — disse Dísio, mas, em vez de sair, se sentou à mesa e começou a comer a sopa mecanicamente.

Tenho Mercúrio em retrogradação, então me expresso melhor por escrito do que falando. Poderia ser uma ótima escritora. Mas, ao mesmo tempo, tenho problemas em expressar meus sentimentos e os motivos que me levam a praticar as ações. Tinha que me confessar a eles e, ao mesmo tempo, não conseguia falar nada. Como expressar tudo isso com palavras? Por causa de uma simples lealdade tinha que explicar o que havia feito antes que soubessem pelos outros. Mas Dísio foi o primeiro a falar.

— Nós sabemos que foi você — disse. — Por isso viemos aqui hoje. Para tomar alguma decisão.

— Queríamos tirá-la daqui — Esquisito acrescentou em tom grave.

— Mas não imaginamos que você faria de novo. Foi você? — Afastou a sopa inacabada.

— Sim — respondi.

Coloquei a panela de volta no fogão e tirei o avental. Estava diante deles pronta para o julgamento.

— Percebemos quando soubemos como o diretor morreu — Dísio falou em voz baixa. — Aqueles besouros. Só você poderia ter feito aquilo. Ou Boros, mas Boros não estava aqui havia muito tempo. Liguei para ele para verificar isso. Não acreditou, mas admitiu que realmente os feromônios tinham sumido. Eram muito valiosos, e não conseguia explicar o seu sumiço. Estava em sua floresta e tinha um álibi. Fiquei pensando muito no porquê e naquilo que você tinha em comum com alguém como o diretor. Depois cheguei à conclusão de que isso tinha a ver com as meninas. Além disso, você não escondia o fato de que eles caçavam, não é? Todos. E agora vejo que o padre Farfalhar também.

— Era o capelão deles — sussurrei.

— Já tive algumas suspeitas quando vi o que você carregava no seu carro. Não falei nada para ninguém. Mas você tem consciência de que seu Samurai parece o carro de um soldado das forças especiais?

De repente senti que estava perdendo as forças nas pernas e me sentei no chão. A força que me sustentava se esvaiu, se dissipou como ar.

— Você acha que vou ser presa? Acha que eles estão vindo atrás de mim agora e vão me prender outra vez na cadeia? — perguntei.

— Você matou gente. Tem consciência disso? Você sabe disso?

— Calma — falou Esquisito. — Calma.

Dísio se inclinou, agarrou meus ombros e me sacudiu:

— Como isso tudo aconteceu? Como você fez isso? Por quê?

Arrastando-me sobre os joelhos, me aproximei do aparador e puxei de baixo do oleado a foto que havia retirado da casa de Pé Grande. Entreguei-lhes sem olhar para ela. Estava gravada em meu cérebro e não conseguia esquecer nem o mínimo detalhe.

16.
A fotografia

Os tigres da ira são mais sábios
que os cavalos da instrução.

Tudo estava nítido na fotografia. Era a melhor prova de um crime que alguém poderia imaginar.

Havia nela homens uniformizados, alinhados, e diante deles, sobre o gramado, jaziam os cadáveres de animais dispostos ordenadamente: lebres, uma junto da outra, dois javalis, um grande e outro menor, corças e, depois, muitos faisões e patos, patos-reais e marrequinhas, pequenos que nem uns pontinhos, como se esses cadáveres formassem uma frase dirigida a mim, as aves formassem longas reticências que diziam: isso não terá fim.

Mas o que vi no canto da foto fez com que quase desmaiasse. Tudo ficou escuro diante dos meus olhos. Você não percebeu, Esquisito, ocupado com o corpo de Pé Grande, ficou falando algo enquanto eu lutava contra a náusea. Quem não reconheceria a pelagem branca e as manchas negras? No canto da foto havia três cães mortos, também dispostos ordenadamente. Eram troféus. Não conhecia um deles. E os dois outros eram as minhas meninas.

Os homens se apresentavam orgulhosamente em seus uniformes. Posaram para a foto sorrindo. Podia reconhecê-los sem dificuldades. No meio estava o comandante, e junto dele o diretor. Do outro lado, estava Víscero, vestido como um soldado das forças especiais, e a seu lado o padre Farfalhar com seu colarinho clerical. Estava lá também o diretor do hospital e o comandante do corpo de bombeiros, assim como o dono do posto de gasolina. Eram pais de família, cidadãos exemplares. Atrás da fileira dos destacados, um pouco de lado, estavam os ajudantes e batedores; eles já não posavam. E Pé Grande de lado, como se tivesse se dado conta no último momento e corrido para aparecer na foto. Estavam lá também alguns dos bigodudos com pilhas de gravetos nos braços para a fogueira que estavam prestes a fazer. Se não fosse pelos cadáveres que jaziam aos seus pés, alguém poderia imaginar que todos estavam tão satisfeitos porque celebravam algum acontecimento feliz. Havia panelas com o cozido de repolho, linguiças encravadas em paus de madeira, espetos e garrafas de vodca que esfriavam em baldes. O cheiro másculo de couro curtido, escopetas lubrificadas, álcool e suor. Gestos de hegemonia, insígnias do poder.

Decorei detalhadamente cada pormenor desde a primeira olhada. Não precisei estudar nada.

Não havia nada de estranho no fato de eu, sobretudo, me sentir aliviada. Finalmente soube o que aconteceu com as meninas. Andei à procura delas até o Natal, antes que perdesse a esperança. Visitava os asilos e perguntava às pessoas; colocava anúncios. "Desapareceram as cadelas da sra. Dusheiko, não as viram, por acaso?" — os alunos perguntavam. Dois cachorros desapareceram, sumiram do mapa. Sem deixar nenhum rastro. Ninguém os viu — como poderiam vê-los se estavam mortos? Agora podia adivinhar onde foram parar os seus corpos. Alguém me disse que Víscero sempre levava os restos da caça para a fazenda de peles para alimentar as raposas.

Pé Grande sabia de tudo desde o início e decerto se divertia ao me ver preocupada. Via-me as chamando, desesperadamente, e andando para o outro lado da fronteira. Não disse nada.

Naquela noite fatídica, preparou uma corça que havia caçado ilegalmente. Para dizer a verdade, nunca entendi essa diferença entre "caçar ilegalmente" e "caçar". Em ambos os casos, trata-se de matar. Um é matar de maneira furtiva e ilegal; o outro, aberta e legal. Simplesmente se engasgou com seu osso. Foi devidamente castigado. Eu não conseguia parar de pensar que realmente fora um castigo. As corças o castigaram por matá-las de uma maneira tão cruel. Engasgou-se com seu corpo. Os ossos delas ficaram entalados em sua garganta. Por que os caçadores não reagiam à caça predatória de Pé Grande? Não sei. Acho que sabia demais sobre o que acontecia depois da caça, quando eles, de acordo com o padre Farfalhar, se ocupavam com discussões éticas.

Então, enquanto você, Świętopełk, procurava o sinal da operadora de seu telefone celular, eu achei esta foto. Também peguei a cabeça da corça para enterrar seus restos mortais no cemitério.

Quando voltei para casa de madrugada, depois daquela noite terrível vestindo Pé Grande, já sabia o que tinha que fazer. Aquelas corças que avistamos em frente à casa me disseram. Elas me escolheram dentre outras pessoas — talvez porque não coma carne e elas sentem isso — para que eu continuasse a agir em seu nome. Apareceram diante de mim como o cervo de Huberto — para que, em segredo, virasse a mão castigadora da justiça. Não só das corças, mas de outros animais também, visto que não têm voz nos parlamentos. Deram-me até uma ferramenta muito hábil. Ninguém suspeitou.

Segui o comandante durante alguns dias e isso me deu satisfação. Observava sua vida. Não era interessante. Descobri, por exemplo, que frequentava o bordel ilegal de Víscero. E que bebia apenas Absolut.

Naquele dia esperava, como de costume, na estrada, até ele voltar do trabalho. Segui-o de carro e, como sempre, não percebeu minha presença. Ninguém presta atenção a mulheres velhas que andam para cima e para baixo com sacolas na mão.

Esperei longamente em frente à casa de Víscero até ele sair, mas chovia e ventava, então fiquei com frio e fui embora. Sabia, no entanto, que voltaria pelo desfiladeiro, por caminhos secundários, já que devia ter bebido álcool. Não tinha a menor ideia do que iria fazer. Queria conversar com ele, ficar cara a cara — sob minhas condições, e não as dele, como naquele dia na delegacia onde era uma simples cidadã, uma louca rabugenta que nada pode, patética e ridícula.

Talvez quisesse assustá-lo. Vesti a capa de chuva amarela. Parecia um enorme anão. Em frente à minha casa notei que a sacola de plástico na qual havia trazido a cabeça da corça, e que depois pendurei na ameixeira, juntou água e congelou. Tirei-a do gancho e levei comigo. Não sei se a peguei com a intenção de usá-la. Não se pensa nessas coisas na hora em que elas acontecem. Sabia que Dísio viria naquela noite, portanto não podia ficar esperando pelo comandante por muito tempo. Mas logo depois de chegar ao desfiladeiro, seu carro se aproximou e pensei que fosse um sinal. Saí para a estrada e comecei a acenar com as mãos. Sim, ele se assustou. Tirei o capuz para lhe mostrar minha cara. Estava com raiva.

— O que a senhora quer de novo? — gritou para mim, colocando a cabeça para fora do carro.

— Quero lhe mostrar algo — disse.

Eu mesma não sabia o que estava fazendo. Ele hesitou por um momento, mas, pelo fato de estar bastante embriagado, estava disposto a se aventurar. Desceu do carro e seguiu por um trecho atrás de mim, cambaleando.

— O que você quer me mostrar? — perguntou, dirigindo-se a mim informalmente.

— Algo que tem a ver com a morte de Pé Grande — articulei a primeira coisa que me veio à cabeça.

— Pé Grande? — perguntou desconfiado, depois entendeu de quem se tratava e riu maliciosamente. — Pois é, realmente tinha pés enormes.

Seguia-me curioso, andamos alguns passos para a esquerda, na direção do matagal e do poço.

— Por que você não me falou que matou meus cachorros? — perguntei, virando-me de repente em sua direção.

— O que você quer me mostrar? — perguntou irritado, tentando manter a autoridade. Só ele tinha o poder de fazer as perguntas ali.

Apontei o dedo indicador para ele como se fosse o cano de uma pistola e cutuquei sua barriga.

— Foi você quem matou meus cachorros?

Ele riu e relaxou imediatamente.

— Do que é que você está falando? Você sabe de algo que eu não sei?

— Sim — disse. — Responda à minha pergunta.

— Não fui eu que atirei. Talvez Víscero, ou o padre.

— O padre? O padre caça? — fiquei boquiaberta.

— E por que não caçaria? É o capelão. Caça e muito.

Seu rosto estava inchado e toda hora ele ajeitava o cinto da calça. Não suspeitei que tivesse dinheiro lá.

— Vire, mulher, quero mijar — disse, repentinamente.

Estávamos bem junto do poço quando ele começou a abrir o zíper. Sem refletir, posicionei-me com a sacola cheia de gelo como se estivesse me preparando para um lançamento de martelo. Meu único pensamento foi: "isto é *die kalte Teufelshand*", assim, de repente. Não havia mencionado que o esporte em que ganhei as minhas medalhas era o lançamento de martelo? Fui vice-campeã nacional em 1971. Assim, o meu corpo assumiu a posição familiar e reuniu toda sua força. É impressionante a sabedoria do corpo. Poderia dizer que foi ele quem tomou a decisão, se impulsionou e golpeou.

Ouvi apenas um estalo. O comandante ainda permaneceu em pé por um momento, vacilando. Logo em seguida o sangue correu cobrindo todo seu rosto. O punho frio atingiu sua cabeça. Meu coração batia com força e o rumor de meu próprio sangue me ensurdecia. Não conseguia pensar em nada. Vi-o cair junto do poço, devagar, suavemente, quase graciosamente, e sua barriga cobrir a abertura. Era preciso fazer pouco esforço para empurrá-lo para dentro. Sério.

E é tudo. Não pensei mais nisso. Estava certa de que o havia matado e me sentia bem com isso. Não estava nem um pouco arrependida. Senti apenas um grande alívio.

Sobrou apenas uma coisa. Tirei do bolso o dedo de Deus, aquela pata de corça, uma daquelas que havia achado na casa de Pé Grande. Enterrei a cabeça e as três patas; deixei uma para mim. Não sei dizer por quê. Fiz marcas na neve com ela, muitas marcas espalhadas caoticamente. Pensei que ficariam até a manhã, comprovando que as corças estiveram lá. Contudo, apenas você, Dísio, as viu. A água caía do céu e apagava os vestígios. Isso também foi um sinal.

Voltei para casa e comecei a preparar nosso jantar.

Sei que tive muita sorte e foi exatamente isso o que me encorajou. Não seria uma evidência de que o momento era adequado, e que tinha a aprovação dos planetas? Como ninguém intervém para impedir essa maldade que se alastra por toda parte? Seria como com as minhas cartas enviadas às instituições? Deveriam responder, mas não o fazem. Seria inconvincente a maneira como solicitamos uma intervenção desse tipo? É possível aceitar coisas banais que provocam apenas um desconforto, mas não uma crueldade sem sentido e onipresente. É simples — se as outras pessoas estão felizes, nós estamos felizes. É a economia mais simples do mundo. Imaginava-me indo à fazenda de peles de raposa, munida do punho frio, para começar um processo que reverteria todo o mal. Naquela noite, o

Sol entraria em Áries e começaria um ano completamente novo. Se o mundo foi criado pelo mal, então o bem precisa destruí-lo.

Por isso, procedi com Víscero depois de um planejamento minucioso. Primeiro, liguei para ele e disse que precisávamos nos encontrar. Afirmei que havia falado com o comandante pouco antes de sua morte e ele me pediu para lhe entregar algo. Concordou na hora. Naquele momento ainda não sabia que o comandante tinha algum dinheiro com ele, mas depois entendi que Víscero esperava recuperá-lo. Disse que iria à fazenda de peles quando ele estivesse sozinho. Aceitou. Estava apavorado por causa da morte do comandante.

Mais cedo naquele dia, preparei a armadilha. Peguei do galpão de Pé Grande as armadilhas de arame. Já tinha as desmontado tantas vezes que sabia como funcionavam. É preciso escolher uma árvore jovem e flexível e incliná-la, puxando-a até o chão. Depois de curvá-la assim, é necessário segurá-la apertando um galho forte com um fecho. Fixa-se a ele um laço de arame. Quando um animal cair numa armadilha desse tipo, começa a se sacudir, a árvore se endireita, voltando à posição vertical e quebrando o pescoço do animal. Coloquei o laço de arame por entre as samambaias, depois de fazer esforço para dobrar uma bétula de tamanho mediano.

À noite, nenhum dos funcionários fica na fazenda de peles, a luz permanece apagada e o portão fechado. Naquele momento o portão estava aberto. Para eu poder entrar. Encontramo-nos dentro da fazenda, em seu escritório. Sorriu ao me ver.

— Conheço a senhora de algum lugar — disse.

Não havia gravado na memória o nosso encontro sobre a ponte. Não se lembrava de encontros com velhotas como eu.

Disse-lhe que precisávamos sair, até onde estava a encomenda do comandante — eu a havia escondido na floresta. Pegou as chaves e o casaco e saiu atrás de mim. Quando o guiava por entre as samambaias molhadas, começou a ficar inquieto, mas eu fiz bem o meu papel. Respondia às suas perguntas insistentes com meias-palavras.

— É aqui mesmo — disse, enfim.

Olhou em volta, desconfiadamente, e me mirou de um jeito como se acabasse de entender.

— O quê? Aqui não há nada.

— Aqui — apontei, e ele deu um único passo, pisando no laço com uma perna. Acho que de longe isso devia ter parecido engraçado — ele me obedecia como se fosse uma criança no jardim de infância. Imaginava que minha armadilha quebraria seu pescoço da mesma forma que acontecia com as corças. Queria que fosse assim porque ele tinha alimentado as raposas com os corpos das minhas meninas. E porque caçava. E por esfolar os animais. Acho que seria um castigo justo.

Infelizmente, não sou perita em assassinatos. O arame se enganchou na altura do tornozelo e a árvore, ao se erguer, apenas o derrubou. Caiu e uivou de dor, o arame provavelmente cortou sua pele, e talvez os músculos também. Tinha o meu plano B com a sacola. Dessa vez a havia preparado conscientemente, no congelador. Uma arma do crime ideal para uma velhota. As mulheres velhas como eu sempre andam com algum tipo de sacola de plástico, não é? Era fácil — golpeei-o com toda a força enquanto ele tentava se levantar, uma, duas, talvez mais vezes. Depois de cada golpe esperava por um instante para ver se conseguiria ouvir sua respiração. Finalmente, silenciou. Estava ali em pé, junto do corpo morto prostrado no chão no silêncio e na escuridão, sem pensar em nada. Outra vez sentia apenas alívio. Tirei de dentro do seu casaco as chaves e o passaporte, empurrei o corpo para dentro de uma cova de onde antigamente se extraía argila e o cobri com galhos. Voltei silenciosamente à fazenda de peles e entrei lá.

Queria esquecer aquilo que vi. Chorando, tentava abrir as gaiolas e expulsar as raposas de lá, mas descobri que as chaves de Víscero só abriam a primeira sala que levava para as restantes. Procurei durante muito tempo as outras chaves, remexendo o conteúdo dos armários e das gavetas, até que as achei, enfim. Estava determinada a não sair de lá até soltar esses animais. Demorei a abrir todas as gaiolas. As raposas estavam desorientadas, agressivas, sujas, doentes, algumas tinham feridas nas patas. Não queriam sair, não conheciam a liberdade. Quando agitava as mãos, instigando-as para saírem, rosnavam para mim. Finalmente, tive uma ideia — deixei a porta escancarada e recuei até o carro. Descobri só depois que todas tinham fugido.

Joguei fora as chaves no caminho para casa. Depois de decorar a data e o lugar de nascimento desse demônio queimei o passaporte na sala das caldeiras. Fiz o mesmo com a sacola de plástico esvaziada, embora sempre procurasse não queimar lixo de plástico.

Voltei sem ser notada. Já no carro não me lembrava de nada. Sentia-me cansada, meus ossos doíam e fiquei vomitando a noite inteira.

Às vezes essas lembranças voltavam. Estranhava porque o corpo de Víscero ainda não havia sido encontrado. Imaginava que as raposas fossem devorá-lo, roê-lo até os ossos, e depois espalhá-los pela floresta. Mas elas nem tocaram nele. Mofou, o que, no meu entendimento, provava que ele não era um ser humano.

A partir daquele momento eu carregava todas as ferramentas possíveis comigo no Samurai: a sacola de plástico com o gelo numa geladeira de viagem, uma picareta, um martelo, pregos, assim como seringas e minha glicose. Estava pronta para agir a qualquer momento. Não mentia quando repetia que os animais estavam se vingando das pessoas. Era assim mesmo. Eu era sua ferramenta.

Mas vocês acreditariam se eu dissesse que não estava completamente consciente daquilo que fazia? E que, logo em seguida, me esquecia do que tinha acontecido, como se fosse protegida por poderosos mecanismos de defesa? Não deveria culpar minhas moléstias por tudo isso, pelo fato de simplesmente, de vez em quando, ser Belona ou Medeia em vez de Janina?

Nem sei quando ou como peguei o frasco com os feromônios de Boros. Mais tarde, ele me ligou a propósito disso, mas não confessei. Disse que devia tê-los perdido e lamentei seu descuido.

Por isso, quando disse que levaria o diretor para casa, já sabia o que aconteceria. As estrelas começaram a fazer a contagem regressiva. Eu apenas me submetia à vontade delas.

Ele estava sentado, encostado à parede olhando fixamente para o nada. Quando entrei em seu campo de visão, tive a impressão de que ele não me notava, mas tossiu e disse em voz grave:

— Me sinto mal, sra. Dusheiko.

Esse homem estava sofrendo. "Mal" não se referia apenas ao seu estado pelo excesso de álcool. Ele estava mal, de forma geral, e era isso o que lhe tornava mais próximo.

— O senhor não deveria exagerar no álcool.

Estava pronta para executar a sentença, mas ainda não havia tomado a decisão definitiva. Pensei que se estivesse agindo dentro da lei, tudo se resolveria de tal forma que eu saberia exatamente o que fazer.

— Me ajude — disse em voz rouca. — Me leve para casa.

Uma tristeza ressoou em suas palavras. Fiquei com pena dele. Sim, tinha razão, deveria levá-lo para casa. Libertá-lo dele próprio, dessa vida decaída e cruel que levava. Era exatamente o sinal, eu o percebi logo.

— Espere um pouquinho, já volto.

Fui até o carro e tirei a sacola de plástico com o gelo. Uma testemunha eventual poderia pensar que queria lhe fazer compressas para aliviar a enxaqueca. Mas não havia testemunhas. A maioria dos carros já havia saído. Alguém ainda gritava na entrada; ressoavam vozes altas.

No bolso, carregava o frasco que roubei de Boros.

Quando voltei, ele estava sentado com a cabeça reclinada para trás, chorando.

— Se o senhor continuar bebendo dessa maneira, terá um infarto — disse. — Vamos.

Amparei-o, segurando seu braço, e puxei para cima para que se levantasse.

— Por que você está chorando? — perguntei.

— A senhora é tão boa…

— Sou — respondi.

— E a senhora? Por que chora?

Não sabia.

Entramos na floresta. Continuei empurrando-o para cada vez mais fundo. Soltei-o só depois que as luzes da sede do corpo de bombeiros ficaram quase invisíveis.

— Tente vomitar, logo se sentirá melhor — disse. — E eu vou lhe mandar para casa.

Olhou para mim com um olhar inconsciente.

— Como assim, você vai me "mandar" para casa?

Dei um tapinha tranquilizador nas suas costas:

— Força, vomite.

Ele encostou-se numa árvore e se curvou. Um fio de saliva verteu de sua boca.

— Você quer me matar, não é? — ofegou.

Começou a tossir e pigarrear, então ouvi um gorgolejo e o diretor vomitou.

— Oh — disse, envergonhado.

Foi então que lhe dei um pouco dos feromônios de Boros para tomar na tampa da garrafa.

— Logo vai se sentir melhor.

Engoliu sem pestanejar e começou a soluçar.

— Você me envenenou?

— Sim — eu disse.

E foi então que cheguei à conclusão de que sua hora havia chegado. Envolvi as alças da sacola de plástico em torno da mão e girei o corpo para executar o golpe com o maior ímpeto possível. Golpeei. Acertei as costas e a nuca, o diretor era muito mais alto do que eu, mas o golpe era tão poderoso que ele acabou caindo de joelhos. E outra vez pensei que as coisas estavam correndo sozinhas da maneira mais oportuna. Executei o segundo golpe, dessa vez eficaz. Algo estalou, ele gemeu e caiu no chão. Tive a impressão de que estava agradecido por aquilo que fiz. No escuro, posicionei sua cabeça de tal forma que sua boca ficasse aberta. Depois despejei o resto dos feromônios sobre seu pescoço e sua roupa. No caminho de volta, joguei o gelo fora junto da sede do corpo de bombeiros, e meti a sacola de plástico no bolso.

Foi assim que tudo aconteceu.

Permaneciam sentados, imóveis. A sopa de mostarda já tinha esfriado havia muito tempo. Ninguém disse nem uma palavra, então vesti o casaco polar, saí de casa e fui em direção ao desfiladeiro.

Eu podia ouvir o som das sirenes ressoando de algum lugar do vilarejo; seu barulho funesto, lamurioso, era propagado pelo vento por todo o planalto. Depois tudo silenciou e vi apenas as luzes do carro de Dísio que se afastava.

17. Vésper

Cada lágrima de cada olho
Vira um bebê na eternidade
Isto é apreendido pelo brilho da fêmea
E retornado para seu próprio deleite.

Dísio deve ter passado em minha casa de manhã cedo quando eu ainda dormia depois de tomar meus comprimidos. Como eu poderia adormecer depois do que havia acontecido? Não o ouvi batendo à porta. Não queria ouvir nada. Por que não ficou por mais tempo? Não bateu na janela? Devia ter algo importante para me dizer. Estava com pressa.

Eu estava na varanda, desorientada, e vi apenas o volume com as obras de Blake deixado sobre o capacho ao pé da porta, o mesmo que compramos na República Tcheca. Por que ele o deixara aí? O que queria dizer com isso? Abri o livro e comecei a folheá-lo automaticamente, mas nenhum pedaço de papel caiu de dentro dele, nem notei nenhum recado.

O dia estava escuro e úmido. Mal conseguia arrastar as pernas. Fui fazer um chá forte e só então notei que uma das folhas do livro estava marcada com um pedaço de grama. Li algo que ainda não havíamos traduzido, um fragmento de uma das cartas de Blake para Richard Phillips, marcado delicadamente com um lápis (Dísio detestava qualquer tipo de marcação nos livros):

"... li no artigo 'O oráculo e os verdadeiros bretões' datado do dia 13 de outubro de 1907 que" — e aqui Dísio escreveu com lápis: "o sr. Black Coat" — "um cirurgião com uma fúria fria de Robespierre fez com que a polícia revistasse a pessoa e os bens e a propriedade de um certo astrólogo para, em seguida, metê-lo na cadeia. Um homem que consegue ler as estrelas é, com frequência, perseguido por sua influência, não menos que os seguidores de Newton, que não as leem e não podem ler, são perseguidos por sua própria forma de pensar e por seus experimentos. Todos somos sujeitos a errar; quem poderia dizer que todos nós não somos criminosos?"

Demorei um pouco mais de dez segundos para entender e depois desfaleci. O fígado se manifestou com uma dor torpe e crescente.

Comecei a juntar os meus pertences e o laptop numa mochila, quando ouvi o som do motor de um carro, aliás, de pelo menos dois carros. Não havia tempo para ficar refletindo, peguei tudo e corri para baixo, para a sala das caldeiras. Por um segundo pensei que talvez minha mãe e minha avó estivessem lá me esperando. E as meninas. Talvez fosse a melhor solução — me juntar a elas. Mas ninguém estava lá.

Entre a sala das caldeiras e a garagem há um pequeno esconderijo para o hidrômetro, os cabos e o esfregão. Todas as casas deveriam ter um esconderijo desse tipo para a eventualidade de perseguições ou guerras. Todas sem exceção. Enfiei-me lá dentro com a mochila e o laptop debaixo do braço, de pijama e chinelos. A dor de estômago aumentava.

Primeiro, ouvi as batidas, depois o rangido da porta de entrada e os passos no vestíbulo. Ouvi eles subirem as escadas e abrirem todas as portas. Ouvi a voz de Capa Negra e daquele policial jovem que trabalhou com o comandante e depois me interrogou. Mas havia outros também que eu não conhecia. Espalharam-se por toda a casa. Chamavam-me:

— Cidadã Dusheiko! Dona Janina! — e na verdade isso já era razão suficiente para eu não querer responder.

Subiram para o primeiro andar, que devem ter enchido de lama, e revistaram todos os cômodos. Depois um deles começou a descer, e logo a porta da sala das caldeiras se abriu. Alguém entrou examinando tudo minuciosamente, olhou para dentro da despensa e depois passou para a garagem. Senti o movimento do ar quando passou a apenas uma dezena de centímetros de mim. Prendi a respiração.

— Onde você está, Adão? — ressoou uma voz vinda de cima.

— Aqui! — respondeu, gritando quase no meu ouvido. — Não tem ninguém aqui.

Alguém lá em cima soltou um palavrão feio.

— Brr, que lugar horrível — o homem que estava na sala das caldeiras comentou com ele mesmo e subiu para o térreo. Deixou a luz acesa.

Conseguia ouvi-los conversando no vestíbulo, deliberando.

— Ela deve ter ido embora...

— Mas deixou o carro. Não é estranho? Teria ido a pé?

Foi então que ouvi a voz de Esquisito se juntar às deles. Estava ofegante, como se tivesse corrido atrás da polícia:

— Ela me disse que ia visitar uma amiga em Szczecin.

De onde ele tirou essa ideia? Szczecin! Ridículo!

— Pai, por que o senhor não me falou antes?

Não houve resposta.

— Para Szczecin? Ela tem alguém lá? Pai, o que o senhor sabe? — Capa Negra perguntava, pensativo. Esquisito devia estar se sentindo mal por ser pressionado assim pelo filho.

— Como ela vai chegar lá? — começou uma discussão agitada, interrompida novamente pela voz do jovem policial:

— Poxa, chegamos tarde. Faltou pouco para apanhá-la, enfim. É incrível quanto tempo ela conseguiu nos enganar e quantas vezes esteve ao nosso alcance.

Agora todos estavam no vestíbulo e do esconderijo senti que um deles acendera um cigarro.

— É preciso ligar imediatamente para Szczecin e verificar como ela foi parar lá. De ônibus, de trem, de carona? É preciso mandar uma ordem de prisão — dizia Capa Negra.

E o jovem policial afirmou:

— Acho que não vamos precisar de uma unidade antiterrorista para procurar por ela. É uma velhota esquisita e maluca.

— É perigosa — soltou Capa Negra.

Estavam saindo.

— É preciso lacrar esta porta.

— E aquela lá embaixo. Tudo bem. Vamos lá — ainda trocavam algumas palavras.

De repente, ouvi a voz estridente de Esquisito:

— Eu me casarei com ela quando ela sair da cadeia.

E Capa Negra imediatamente respondeu com raiva.

— Pai, o senhor já perdeu o juízo por completo aqui neste ermo?

Permaneci lá enfiada naquele canto, na completa escuridão, ainda por muito tempo depois que foram embora, até ouvir o ruído dos motores de seus carros. E depois disso, esperei mais uma hora só escutando minha própria respiração. Não precisava sonhar mais. Estava na sala das caldeiras, como em meus sonhos, no lugar aonde vêm os mortos. Parecia ouvir suas vozes de algum lugar debaixo da garagem, no fundo do morro, uma enorme procissão subterrânea. Mas outra vez era o vento, como sempre no planalto. Subi as escadas, esgueirando-me como um ladrão, e me vesti rapidamente para a jornada. Tinha apenas dois sacos de viagem pequenos. Ali teria ficado orgulhoso de mim. Era óbvio que havia uma terceira saída, pelo depósito. Foi por esse caminho que saí de lá, deixando a casa para os mortos. Esperei no galpão do professor até que escurecesse. Tinha comigo apenas os objetos mais importantes — minhas anotações, as obras de Blake, os remédios e o laptop com minha astrologia. E as Efemérides, claro, para o caso de eu acabar em alguma ilha deserta. Quanto mais me afastava da casa atravessando a neve rasa e úmida, mais a alma ficava aliviada. Na fronteira, olhei para meu planalto e me lembrei do dia em que eu o vi pela primeira vez — fiquei encantada, embora ainda não soubesse que um dia moraria lá. O fato de não termos consciência do que vai acontecer no futuro é um erro terrível na programação do mundo. É algo que deveria ser consertado na primeira oportunidade que surgir.

Uma densa penumbra já encobria os vales atrás do planalto e daqui de cima via as luzes das maiores cidades da região — Lewin e Frankenstein muito longe no horizonte, e Kłodzko, ao norte. O ar estava límpido e as luzes cintilavam. Aqui, do alto, a noite ainda não havia caído, o céu no oeste mantinha tons de laranja e castanho e continuava a escurecer. Eu não tinha medo dessa escuridão. Caminhava adiante na direção das montanhas Stołowe, tropeçando nos torrões congelados de terra e nas touceiras de gramas secas. Sentia calor na minha roupa polar, de touca e cachecol, mas sabia que assim que atravessasse a fronteira não precisaria mais deles. Na República Tcheca sempre faz mais calor, as encostas estão expostas ao sul.

E foi então que, do lado tcheco, Vênus, minha donzela, brilhou sobre o horizonte.

A cada minuto, resplandecia com mais intensidade, como se um sorriso surgisse sobre o rosto soturno do céu. Sabia, então, que havia escolhido a direção certa e ia no caminho certo. Ela brilhava no céu quando atravessei a floresta em segurança e quando passei a fronteira sem ser percebida. Ela me guiava. Atravessava os campos tchecos o tempo todo me guiando em sua direção. E ela descia cada vez mais e parecia me incentivar a segui-la atrás do horizonte.

Guiou-me até a estrada de onde via a cidade de Náchod. Segui pelo acostamento da estrada, animada e leve pois, a partir dali, qualquer coisa que acontecesse seria certa e boa. Não temia nada, embora as ruas da cidade tcheca já estivessem vazias. Mas seria possível temer qualquer coisa na República Tcheca?

Por isso, quando cheguei à livraria e fiquei diante da sua vitrine, não sabia o que aconteceria depois. Vênus continuava comigo, embora invisível por trás dos telhados das casas. Então descobri que, apesar da hora, havia alguém na livraria. Bati à porta. Quem abriu foi Honza, nem um pouco surpreso. Eu disse que precisava pernoitar.

— Claro — disse apenas e me deixou entrar sem fazer nenhuma pergunta.

Alguns dias depois Boros veio me buscar. Trouxe roupas e perucas que Boas Novas preparou cuidadosamente para mim. Parecíamos, agora, um casal de velhinhos indo a um enterro e, de certa maneira, era isso mesmo — íamos ao meu próprio funeral. Boros comprou, aliás, uma linda coroa de flores. Dessa vez tinha um carro, e embora não fosse seu — uns estudantes o haviam emprestado para ele — dirigia rápido e com firmeza. Parávamos com frequência em estacionamentos, eu me sentia muito mal. A viagem era longa e cansativa. Quando chegamos ao destino, não conseguia me manter em pé e Boros teve que me segurar no colo ao cruzar a porta.

Agora vivo na estação dos entomologistas nos confins da floresta de Białowieża e, desde que comecei a me sentir um pouco melhor, procuro, todos os dias, fazer minha pequena ronda. Mas ando com dificuldade. Além disso, tenho pouca coisa para vigiar aqui, a floresta é impenetrável. Às vezes, quando a temperatura aumenta e oscila em torno de zero graus, aparecem sobre a neve os sonolentos dípteros, os colêmbolos e os *Cynips quercusfolii.* Já decorei seus nomes. Às vezes também vejo aranhas. Soube, no entanto, que a maioria dos insetos entra num estado de hibernação. As formigas se aninham no fundo de um formigueiro e dormem até a primavera. Queria que as pessoas tivessem tamanha confiança mútua. Talvez por causa de um ar diferente e das recentes experiências, minhas moléstias têm se agravado, então passo a maior parte do tempo sentada, olhando pela janela.

Quando Boros aparece, sempre traz uma sopa interessante na garrafa térmica. Eu não tenho força suficiente para cozinhar. Traz também os jornais, me incentivando a ler, mas eles me dão nojo. Os jornais procuram nos manter num estado de desassossego permanente para manipular nossas emoções, desviar nossas atenções do que realmente importa. Por que deveria me submeter ao seu poder e pensar da maneira que eles obrigam a pensar? Dou voltas em torno da casa, traço trilhas em sentidos opostos. Acontece de eu não reconhecer meus próprios rastros sobre a neve e então pergunto: quem andou por aqui? Quem deixou essas pegadas? Acho que é um bom sinal não se reconhecer. No entanto, procuro concluir minhas investigações. Meu próprio mapa astral é o milésimo entre os que fiz, e muitas vezes me debruço sobre ele, fazendo o melhor que posso para entendê-lo. Quem sou eu? Uma coisa está certa — conheço a data de minha morte.

Penso em Esquisito, que este inverno estará sozinho no planalto. E no pavimento de concreto que ajudei a fazer — vai aguentar a neve? Fico imaginando como todos sobreviverão mais um inverno. Os morcegos no porão da casa do professor. As corças e as raposas. Boas Novas está estudando na Breslávia e mora em meu apartamento. Dísio também está lá porque viver a dois é sempre mais fácil. E lamento que não tenha conseguido convencê-lo a se interessar pela astrologia. Com frequência lhe escrevo pela mão de Boros. Ontem mandei uma história. Ele vai entender do que se trata:

Na Idade Média, na época em que Santo Agostinho ainda não havia proibido ler o futuro escrito nas estrelas, um certo monge astrólogo previu a própria morte a partir do seu mapa astral. Morreria do golpe de uma pedra que cairia em sua cabeça. A partir de então, sempre usou um capacete de ferro debaixo de seu capuz de monge. Até que, uma Sexta-Feira Santa, o tirou junto com o capuz — mais para não chamar a atenção para si do que por amor a Deus. E foi então que uma pequena pedra caiu em sua cabeça desprotegida, ferindo-o ligeiramente. Porém o monge estava certo de que a profecia havia se cumprido, então pôs todas as coisas de sua vida em ordem e, um mês depois, morreu.

É assim que funcionam as coisas, Dísio. Mas eu sei que ainda tenho bastante tempo.

Nota da autora

As epígrafes e citações contidas no texto provêm das obras *Provérbios do Inferno*, *Augúrios da inocência* e *O viajante mental*, assim como das cartas de William Blake. O fragmento da página 156 faz parte da canção "Riders on the Storm", da banda The Doors.

O sermão do padre Farfalhar é uma compilação de autênticos sermões de capelães dos caçadores encontrados na internet.

Agradeço ao Netherlands Institute for Advanced Study (NIAS) por ter me proporcionado um ambiente de calma e criatividade para poder escrever esta obra.

Este livro foi publicado com o apoio do
© POLAND TRANSLATION Program

Grafia atualizada segundo o Acordo Ortográfico da Língua Portuguesa de 1990, que entrou em vigor no Brasil em 2009.

capa
Flávia Castanheira
ilustração de capa
Talita Hoffmann
composição
Jussara Fino
preparação
Manoela Sawitzki
revisão
Huendel Viana
Ana Alvares

17ª reimpressão, 2025

Dados Internacionais de Catalogação na Publicação (CIP)

Tokarczuk, Olga (1962-)
Sobre os ossos dos mortos / Olga Tokarczuk ; tradução Olga Bagińska-Shinzato. — 1. ed. — São Paulo : Todavia, 2019.

Título original: Prowadź swój pług przez kości umarłych
ISBN 978-65-80309-69-6

1. Literatura polonesa. 2. Romance. 3. Ficção contemporânea. I. Bagińska-Shinzato, Olga. II. Título.

CDD 891.85

Índice para catálogo sistemático:
1. Literatura polonesa : Romance 891.85

Bruna Heller — Bibliotecária — CRB 10/2348

todavia
Rua Fidalga, 826
05432.000 São Paulo SP
T. 55 11. 3094 0500
www.todavialivros.com.br

fonte
Register*
papel
Pólen natural 80 g/m²
impressão
Geográfica